『芭蕉行脚図《ばしょうあんぎゃず》』

元禄6年（1693）に芭蕉の門弟・許六が描いた芭蕉と、曾良と思われる人物の肖像。芭蕉存命中の作品であり、芭蕉の晩年の顔立ちに最も近いと推測される。（天理大学附属天理図書館所蔵）

曾良本《そらほん》

『おくのほそ道《みち》』

決定稿以前の芭蕉草稿を曾良が筆写したもの。「見せ消ち」や、決定稿による加筆訂正が施されており、推敲過程を知ることができ貴重である。(天理大学附属天理図書館所蔵)

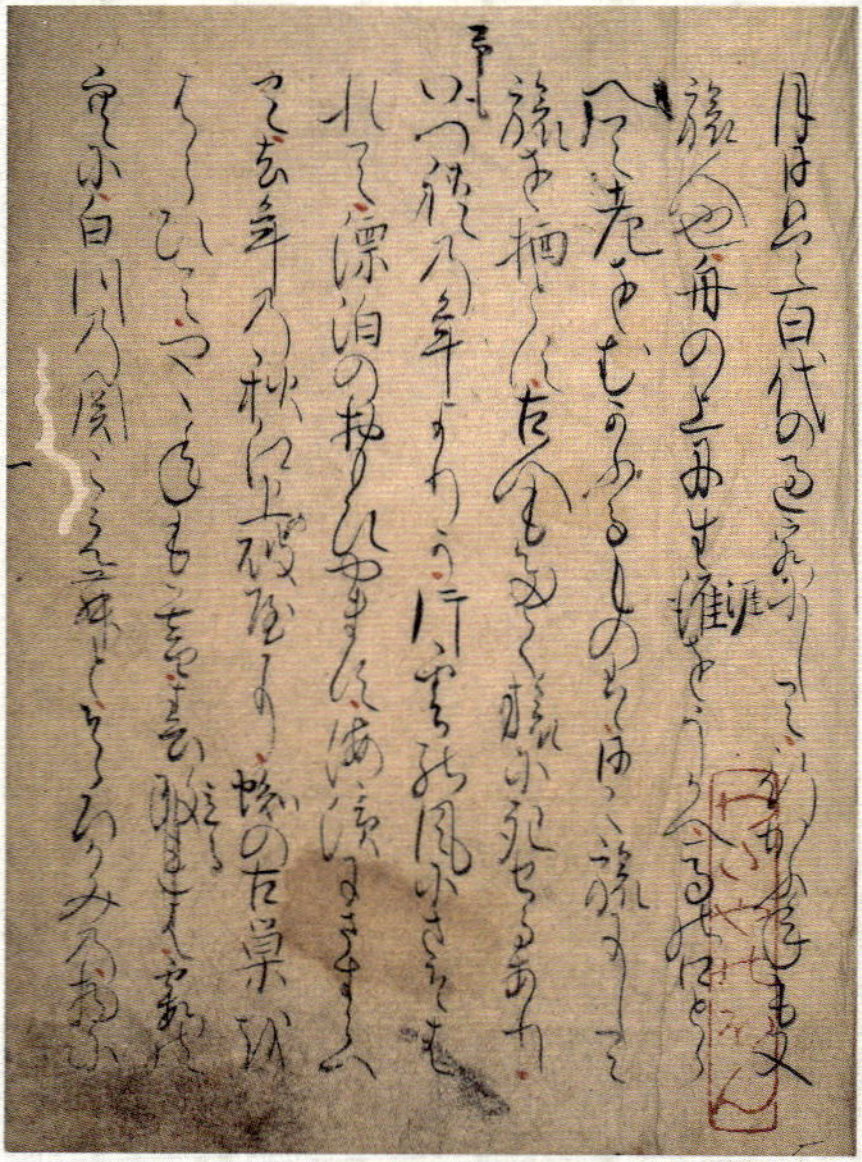

芭蕉稲荷神社《ばしょういなりじんじゃ》

大正6年(1917)の大津波のあと、江東区常盤1丁目から「芭蕉遺愛の石の蛙」(伝)が出土し、同年10月の東京府は、この地を「芭蕉翁古池の跡」と指定した。地元では芭蕉稲荷神社として祀っている。境内には祠芭蕉庵跡碑・句碑がある。(アフロ)

『陸奥《みちのく》 松島《まつしま》風景《ふうけい》 富山《とみやま》眺望《ちょうぼう》之《の》略図《りゃくず》』

『広重六十余州名所図会』に描かれた江戸時代の松島。芭蕉は『おくのほそ道』の序章でも松島についてふれており、旅の大きな目的地のひとつであった。
(国立国会図書館所蔵)

『奥《おく》の細道《ほそみち》画巻《がかん》 旅立《たびだち》』(蕪村筆《ぶそんひつ》)

与謝蕪村が安永８年(秋)に描いたとされる『奥の細道画巻』の挿絵。『奥の細道画巻』は上下二巻からなり、末尾に蕪村の奥書と蕪村門人月渓(村松呉春)の真蹟証詞がある。(逸翁美術館所蔵)

夏《なつ》の山寺《やまでら》

芭蕉が参詣の折、「閑さや岩にしみ入る蝉の声」と詠んだ山形市にある天台宗の寺院、宝珠山立石寺。(アフロ)

毛越寺《もうつうじ》の芭蕉句碑《ばしょうくひ》

芭蕉直筆と伝わる毛越寺境内の句碑。元禄２年（1689）５月に平泉を訪れた芭蕉は、この近くの高館で最期を遂げた鎌倉時代の悲劇の武将、源義経を偲び「夏草や兵どもが夢の跡」と詠んだ。

図説 地図とあらすじでわかる！
おくのほそ道

萩原恭男［監修］

青春新書
INTELLIGENCE

はじめに——芭蕉は何を思い、そして何を伝えようとしたのか

松尾芭蕉《まつおばしょう》は、紀行文《きこうぶん》を書くならば、従来の紀行文にはない、新しみのあるものを書くべきであるといっている。

まず冒頭に「人の世に常住《じょうじゅう》不変《ふへん》なものはなく、どんどんと変化して行くのが、その本質である」と無常観《むじょうかん》を述べ、全編の基調となる主題を提示している。

中世の紀行文では、序文が本文とまったく別の章として書かれているのに対し、『おくのほそ道《みち》』では、旅に出るに至った心境から旅立ち前の仕度《したく》の場面へと、滞《とどこお》りなく続いている。

また、『おくのほそ道』は、日付を出してその日の出来事を記すという、日並の紀行文の形式をとらなかった。というのも、芭蕉は体験した事実をそのまま書いてしまっては意味がないと感じていたからだ。『おくのほそ道』では日付がないことにより、それぞれの章は独立しながらも、前後の章と関連づけた読み方が可能となった。つまり、現実に縛《しば》られることなく、旅で得た素材をもとに、それらを有機的に結びつけて、より味わい深い文章にすることができたのだ。例えば、「室《むろ》の八島《やしま》」から「日光《にっこう》」までは世俗《せぞく》から離れた気

分が流れ、「殺生石《せっしょうせき》・遊行柳《ゆぎょうやなぎ》」から「しのぶの里《さと》」までは、風雅《ふうが》なものに対する強い関心で一貫している。

一方、際立った対比を感じさせる構成もある。「室の八島」と「仏五左衛門《ほとけござえもん》」、「石巻《いしのまき》」と「平泉《ひらいずみ》」、「尿前《しとまえ》の関《せき》」と「尾花沢《おばなざわ》」などである。

以上、構成上の新しみのほかに、人物を章の主題としたことも、従来の紀行文にはなかった。「仏五左衛門」、「曾良《そら》」（日光）、「等躬《とうきゅう》」（須賀川《すかがわ》）、「画工加右衛門《がこうかえもん》」（宮城野《みやぎの》）、「清風《せいふう》」（尾花沢）、「実盛《さねもり》」（小松《こまつ》）、等栽《とうさい》（福井《ふくい》）などがそれである。

言葉の面でも、「そぞろ神」「ひなの家」（序章）、「風流のしれもの」（宮城野）、「彩椽《さいてん》」（塩釜《しおがま》）、「芦角一声《ろかくいっせい》」（最上川《もがみがわ》）、「隻鳧《せきふ》」（那谷《なた》・山中温泉《やまなかおんせん》）、「萩《はぎ》の塵《ちり》」（種《いろ》の浜《はま》）など、必要に応じて芭蕉は新しい熟語をつくりだした。また、「抜《ぬ》け参《まい》り」という新しい風俗を取りあげ、遊女《ゆうじょ》と同宿する契機にした。さらに、文の終わりの一句で主題を集約する基本の形式のほかに、二句・四句・五句と並記して、単調にならぬように工夫している。

芭蕉は、みちのくの旅のあいだ、見聞したなかで特に印象に残ったことを書いた。彼は旅の楽しみとして、次の四つをあげている。

一、神の造り出した美しい景色を見ること――松島《まつしま》、象潟《きさかた》

二、一切の執着を捨てた仏道修行者の旧跡を訪ねること――雲巌寺《うんがんじ》、雄島《おじま》、瑞巌寺《ずいがんじ》、永平寺《えいへいじ》

三、歌枕を訪れて、古人の感動を追体験すること――遊行柳、白河《しらかわ》の関《せき》、武隈《たけくま》、宮城野、末《すえ》の松山《まつやま》、種の浜

四、片田舎で俳諧《はいかい》に志ある人に出会うこと――大石田《おおいしだ》

芭蕉は、これらを巧みに配置し、長短の文を組み合わせて単調を排し、陰影に富む紀行文を創造したのである。

この紀行文では、二字の熟語を多用し、対句表現も目立つ。対象によって、文体を工夫しているのである。これらは、文章にリズムを生む効果を出している。芭蕉は句作の折、句調を大切にして、再三口ずさんでから言葉を選ぶよう弟子に教えている。この姿勢は『おくのほそ道』にも生きている。全文に行き渡っている諧調《かいちょう》を、是非音読して味わっていただきたいと思う。

萩原恭男

図説『地図とあらすじでわかる！ おくのほそ道』◆目次

第二段　奥州をめぐる
——須賀川から平泉まで——

＊本書に掲載してある『おくのほそ道』全原文は、『芭蕉　おくのほそ道』校注者萩原恭男（岩波書店）に拠らせていただきました。地図は各県の『歴史の道調査報告書』をもとに監修者が作成した地図に基づいています。
＊各章扉の地図中にある番号は、図版ページの地図にある番号と対応しています。

写真協力／萩原恭男、医王寺、義仲寺、多賀城市商工観光課、天理大学附属天理図書館、にかほ市役所、毎日新聞社、宮城県産業経済部観光課、山中温泉観光協会、読売新聞社、アフロ
本文デザイン・図版・ＤＴＰ／ハッシィ

序段

『おくのほそ道』を読む前に

松尾芭蕉の半生

旅立ち前の芭蕉の動向

伊賀上野で俳諧に精進した松尾芭蕉

松尾《まつお》芭蕉《ばしょう》は一六四四（寛永《かんえい》二十一）年、伊賀上野《いがうえの》に誕生した。本名は松尾忠右衛門宗房《まつおちゅうえもんむねふさ》。代々が郷士《ごうし》の家柄だった。

芭蕉は十代後半から俳諧《はいかい》に興味を持ったようだが、彼の俳諧人生において、藤堂《とうどう》藩の伊賀付大将、藤堂新七郎《しんしちろう》家に仕え始めたことが大きい。親しくした新七郎家嗣子《しし》の良忠《よしただ》（俳号は蝉吟《せんぎん》）は、貞門《ていもん》という俳諧一派の宗匠である北村季吟《きたむらきぎん》門下。その影響で、芭蕉も共に貞門を学ぶようになる。

当時の俳号は名乗りを音読みした宗房《そうぼう》。彼はめきめきと頭角をあらわしていく。

だが、芭蕉二十三歳の時、転機が訪れる。蝉吟が若くして没してしまったのだ。のちに芭蕉が抱くようになる無常観《むじょうかん》は、この若き主君の死が影響しているとも考えられる。その後、芭蕉は江戸へ出るが、それまでの数年の生活はよく分かっていない。ただ、俳諧は

漂泊の詩人松尾芭蕉

家族

父、松尾与左衛門
母、伊賀名張の人
1兄1姉3妹
妻子なし

経歴

通称、松尾忠右衛門
1644（正保元）年生まれ
1694（元禄7）年死去
伊賀国上野出身

前半生

藤堂良忠に仕える
主君の死後俳諧宗匠を志して江戸へ
深川に隠棲する

紀行文

『野ざらし紀行』
『鹿島詣（かしま紀行）』
『笈の小文』
『おくのほそ道』

代表句

「古池や蛙飛こむ水のをと」
「夏草や兵どもが夢の跡」
「閑さや岩にしみ入蝉の声」
「旅に病で夢は枯野をかけ廻る」

作風（連句を中心に）

『冬の日』蕉風開眼
『猿蓑』円熟の「匂付」
『炭俵』「かるみ」の新風

続けていたようだ。

事実、二十九歳になった一六七二（寛文《かんぶん》十二）年一月、発句合《ほっくあわせ》『貝《かい》おほひ』を菅原社に奉納。それを携《たずさ》えて江戸に出た。

江戸での名声と苦悩

江戸での芭蕉は俳人たちと交流し、そのつてで大名内藤風虎《ないとうふうこ》の俳諧サロンに出入りしたり、北村季吟から『埋木《うもれぎ》』の伝授を受けたりしていたようだ。苦労しながらも着々と俳人としての地歩《ちほ》を固めつつあった。

一六七五（延宝《えんぽう》三）年五月、当時一世を風靡《ふうび》し始めていた談林《だんりん》の宗匠《そうしょう》、西山宗因《にしやまそういん》歓迎の百韻興行《ひゃくいんこうぎょう》に一座したことから、談林へ傾倒していく。談林とは宗因を中心とした俳人の一派のこと。貞門とは異なり、堅苦しい作法にとらわれることなく、遊戯性に富んだ句を詠む流派である。芭蕉は談林に投じ、これを契機に俳号を桃青《とうせい》と改めている。

さらに、一六七七（延宝五）年、あるいはその翌年に、立机《りっき》（一人前の宗匠として認められること）し、一六八〇（延宝八）年四月、『桃青門弟独吟二十歌仙《とうせいもんていどくぎんにじっかせん》』を刊行した。こうして、江戸の俳壇に確固たる位置を占めるに至った。

芭蕉作風の変遷

	貞門時代	談林時代	蕉　風
句風	縁語や掛詞を用いて、知的なおもしろさを旨とする俳諧の流派。1660年代になると、日常的な通俗言語の俳諧への流入に対応できなくなり、やがて大坂の西山宗因を中心とした談林の台頭を招くことになる。芭蕉が俳諧を始めた時、主君である藤堂良忠（俳号蝉吟）が貞門だったため、彼もまた貞門に属した。現在知られている芭蕉のもっとも古い句は「春やこし年や行けん小晦日」（今日は12月29日、立春なので、今日の小晦日[29日]はまだ年内、春が来たといってよいのか、それとも年がいってしまったといった方がいいのか、迷ってしまう）というものだった。	形式にのっとった句風を旨とした貞門に対するアンチテーゼとして興隆した流派。西山宗因を中心に、1670年代に一世を風靡した。やがて蕉風が台頭するにしたがって衰退する。句風の特徴は開放的、遊戯的なところにある。芭蕉も一時期談林に染まった時期があり、そのときの句は「あら何ともなやきのふは過てふくと汁」（何もなくてよかった、昨日は河豚汁を食べたから、あたらないかとびくびくしていたのに）というような、のちの芭蕉の句とは趣を異にするものだった。	貞門、談林と句風を変遷させた芭蕉は、やがてそれまでの滑稽さを持った俳諧に飽き足らなくなる。従来の流派は俳諧の根源たる連歌のパロディの域を出ず、これら2派の宗匠たちも、俳諧を連歌の余技として見る傾向から抜けきれなかった。芭蕉は俳諧をひとつの芸術として独立したものにすべく工夫を重ね、その求道的生活の末に蕉風を確立する。「風雅の誠」を基本とした「不易流行」を説き、独自の路線を追い求めた芭蕉は、現在、俳聖として名を残すまでになった。

現代人にとって、芭蕉の句といえばしみじみとした味わい深い風情を持つものとして知られるが、芭蕉は幾度か句風を変遷させたのちに、現在、人々に知られるような句風を確立したのである。

一見、順風満帆《じゅんぷうまんぱん》に見える芭蕉だが、この頃から悩みを深めていた。

俳諧の宗匠の収入は、弟子の連句《れんく》に点をつけ、それによって点礼《てんれい》をもらうのが基本であった。芭蕉はこの点者《てんじゃ》という仕事に疑問を持ち始める。

添削《てんさく》を請《こ》う者の多くは俳諧の芸術性を追究するのではなく、点取り競争にうつつを抜かし、宗匠は宗匠で弟子を奪い合う始末。しかも弟子の多くが富裕な町人や武士で、時には彼らの意向に迎合《げいごう》することを余儀《よぎ》なくされることもある。芭蕉はそんな生活を続けたのでは、真の俳諧の道を追求し得ないと気付く。

また、同時に談林の多くの人が流派の特

性である、奔放性《ほんぽうせい》のある創作活動において壁にぶちあたったように、芭蕉も自分の俳諧に行き詰まりを感じ始めていた。その迷いをはらうべく、近所の臨川庵《りんせんあん》に住んでいた仏頂《ぶっちょう》和尚《おしょう》を師とし、禅《ぜん》の修行にも打ち込んだようだ。芭蕉はこの和尚を敬慕《けいぼ》しており、のちに『おくのほそ道《みち》』の旅の途中、和尚ゆかりの地を訪れてもいる。

深川隠棲から行脚の旅へ

一六八〇（延宝八）年、芭蕉が出した答えは安定した生活を捨て、俳諧を文芸として高めるための思索を深めるため、深川《ふかがわ》へ隠棲《いんせい》することだった。それは、点者生活との訣別《けつべつ》と、純粋に俳諧の道を究《きわ》める覚悟を示すものであった。

そして、これが大きな転機となり、「蕉風《しょうふう》」の誕生へとつながっていく。

翌年の春、門人李下《りか》から送られた芭蕉が根付き、いつしか深川の草庵は「芭蕉庵」と呼ばれるようになり、芭蕉もこの葉が風雨に破れやすいのを愛し、俳号も桃青から芭蕉と改めた。

この芭蕉庵は二年後に火事で焼け落ちるが、門人たちの助けにより、近くに新たな芭蕉庵が新築された。とはいえ、自らの住まいが一瞬にして灰燼《かいじん》に帰《き》したことは、芭蕉にとってその人生観に影響を与えるほど大きな出来事だった。加えて、この頃母の死もあり、無常観を深めていくことになる。

こうして、世俗《せぞく》と離れ、風狂《ふうきょう》の精神を実践を通して確認しようとしたのが「旅」だった。自らの俳諧を旅によって深めようとした芭蕉は、四十一歳の時、初めての旅『野《の》ざらし紀行《きこう》』に出発する。そして、この旅の途中、名古屋での『冬の日』五歌仙によって、「蕉風」と呼ばれる革新的な新風を樹立することになった。

しかし、芭蕉は、決してとどまることを知らなかった。常に新しみを追求し続けることこそが俳諧の真実の道だと気付いたからだ。

芭蕉は二年後の一六八七（貞享《じょうきょう》四）年の『笈《おい》の小文《こぶみ》』の旅を経て、一所不住、現在の境地に安住しないことが、自らの俳諧を進展させることと痛感した。一六八九（元禄《げんろく》二）年の『おくのほそ道』の旅は、『野ざらし紀行』や『笈の小文』の旅を通して確認した自らの信念をさらに深めるためのものであった。

風狂の精神を実践し「蕉風」を開眼

芭蕉の作風は貞門から談林へ、そして漢詩文口調の天和調《てんなちょう》から蕉風へと変遷していった。若い頃の芭蕉の作風は当時の俳人たちがたどった多くの道と同じものだった。

しかし、なぜ芭蕉が革新的な蕉風を樹立することができたのか、その理由はどこにあったのだろうか。

俳諧はもともと機智《きち》・滑稽《こっけい》を意味し、「俳諧之連歌《れんが》」は連歌の一体ものだった。それが江戸時代に入ると、松永貞徳《まつながていとく》を指導者とした貞門派によって、手軽で知的な楽しみとして、庶民に親しまれるようになった。芭蕉も蝉吟と一緒に貞門を学んだ。

だが、縁語《えんご》、掛詞《かけことば》などの言葉上の遊戯を楽しむ作風に、次第に多くの人々があきたらなくなっていく。

その古風を打破したのが大坂の西山宗因を中心とした談林だった。自由闊達《じゆうかったつ》で軽妙洒脱《けいみょうしゃだつ》な俳諧は、瞬《また》く間に江戸にも広まり、芭蕉も談林に傾倒していく。

宗匠としてひとり立ちした頃の芭蕉の句は「かびたんもつくばゝせけり君が春」のように「かびたん」（かぴたん）という、長崎出島《でじま》のオランダ商館長を素材として、ことさら新しさを狙った句をつくっていた。

だが、やがて談林は極端な奔放に走りすぎ、多くの人が行き詰まっていく。芭蕉も同じく限界を感じ始める。

芭蕉の紀行文

『野ざらし紀行』	1684（貞享元）年8月から翌年4月までの9か月間、伊勢や伊賀から大垣、名古屋、奈良、京都、木曽、甲斐などをまわった旅を、自作の45句を中心にまとめて作りあげた芭蕉最初の紀行文。
『鹿島詣』（かしま紀行）	1687（貞享4）年、門人の曽良、宗波を伴って常陸国の鹿島の月見に赴いた際の紀行文。文体は擬古的で古風なもの。
『笈の小文』	1687年の10月から翌年4月にかけて、伊良湖崎、伊勢、伊賀上野、吉野、奈良、須磨・明石の遊覧に終わる紀行文。
『おくのほそ道』	1689（元禄2）年、門人の曽良を伴い、江戸深川から奥羽を経て北陸路をたどり、美濃国大垣に至るまでの紀行文。

談林の俳諧からの脱却を目指して芭蕉の新たな模索が始まった。

この頃の句は天和調と呼ばれ、「櫓《う》の声波ヲうつて　腸《はらわた》氷《こお》ル夜やなみだ」など漢詩文などを多用し、字余りを活用した新しいリズムを持つものであった。

やがて芭蕉は世俗を捨てて深川に隠棲《いんせい》し、「蕉風」という革新的な新風を確立させた。それは無常観を根底とした幽玄《ゆうげん》、閑寂《かんじゃく》の「わび」「さび」であり、言語遊戯的な俳諧は、内省《ないせい》を深め、真摯《しんし》な文学へと高められたのである。

天和調を経て芭蕉が新風を確立するに至ったのは、芭蕉が自らを律して俳諧と真正面から向き合い、真の俳諧を求め続けたからにほかならない。

序段

おくのほそ道を読む前に

芭蕉と『おくのほそ道』

新しみを追求した芭蕉の紀行文

従来とは異なる新しい芭蕉の紀行文観

江戸から奥羽《おうう》、北陸道を経て大垣《おおがき》までに至る旅の日々を記した『おくのほそ道』は、従来の紀行文とは異なる境地を切り開いた画期的なものだった。

その最大の特徴は、旅の途中での見聞《けんぶん》をそのまま記述しないということにある。ときにはあえて事実と異なる創作を行ない、詩情豊かな作品に仕上げている。そうした理由は、芭蕉の紀行文観にあった。

芭蕉の考えでは、旅での体験をただ書き連ねた紀行文は事実を記録したものにすぎない。

また、芭蕉以前の紀行文といえば、紀貫之《きのつらゆき》の『土佐日記《とさにっき》』、鴨長明《かものちょうめい》の作品と伝えられる『東関紀行《とうかんきこう》』、阿仏尼《あぶつに》の『十六夜日記《いざよいにっき》』などが挙げられるが、芭蕉はこれらに匹敵《ひってき》する作品は書けないと『笈の小文』で述べている。

抑、道の日記といふものは、紀氏・長明・阿佛の尼の、文をふるひ情を盡《つく》してより、餘は皆俤《おもかげ》似かよひて、其糟粕を改る事あたはず。まして浅智短才《せんちたんさい》の筆に及ぶべくもあらず。其日は雨降、昼より晴て、そこに松有、かしこに何と云川流れたりなどいふ事、たれ〳〵もいふべく覚侍《おぼえはべ》れども、黄哥蘇新(奇)のたぐひにあらずば云事なかれ。

誰にでも書けるものは書きたくない、また先人には及ぶべくもないと思い至った芭蕉は、題材の新鮮さや表現の奇抜さなどの「新しみ」を盛り込んだ、独自の紀行文の執筆を目指したのだ。

そのひとつが登場人物を主題として章を構成することだった。日光《にっこう》の仏《ほとけ》五左衛門《ござえもん》、那須野《なすの》の少女かさね、市振《いちぶり》の遊女《ゆうじょ》、福井の等栽《とうさい》など、人物を主題とした章を設けた。人物の生き生きとした描写は紀行文に変化を与え、生彩を放つこととなった。

旅における楽しみを実現した『おくのほそ道』

『笈の小文』には旅について述べた部分がある。

山野海濱《さんやかいひん》の美景に造花《ざうくわ》の功を見、あるは無衣《むえ》の道者《どうじや》の跡をしたひ、風情の人の真《まこと》をうかがふ。（中略）もしわづかに風雅ある人に出合たる悦かぎりなし。

このなかで芭蕉は旅の楽しみについて四つ挙げているが、それを『おくのほそ道』でも実践する。

まず「神の造りだした美しい景色を見ること」は、「松島《まつしま》」や「象潟《きさかた》」で堪能している。次に「一切《いっさい》の執着《しゅうじゃく》を捨てた仏道修行者の旧跡をたずねること」は、「雲巌寺《うんがんじ》」で仏頂和尚の山居跡を訪《たず》ねることで果たした。

三つ目の「歌人の感動を追体験すること」は「白河《しらかわ》の関《せき》」で達成。

四つ目の「片田舎で俳諧に志ある人に出会うこと」は「須賀川《すかがわ》」の等躬《とうきゅう》方で歌仙を興行し、「最上川《もがみがわ》」の大石田《おおいしだ》で歌仙一巻を残し、「羽黒《はぐろ》」の本坊で俳諧興行があり、「酒田《さかた》」の鶴《つる》が岡《おか》城で長山重行《ながやましげゆき》邸でも俳諧一巻が成った。

この楽しみをすべて実現し、それを生き生きと描き出した『おくのほそ道』は、従来の紀行文とは趣《おもむき》を異にするものとなった。それが時を超え、多くの人々に愛され続けることになったのである。

『おくのほそ道』全行程図

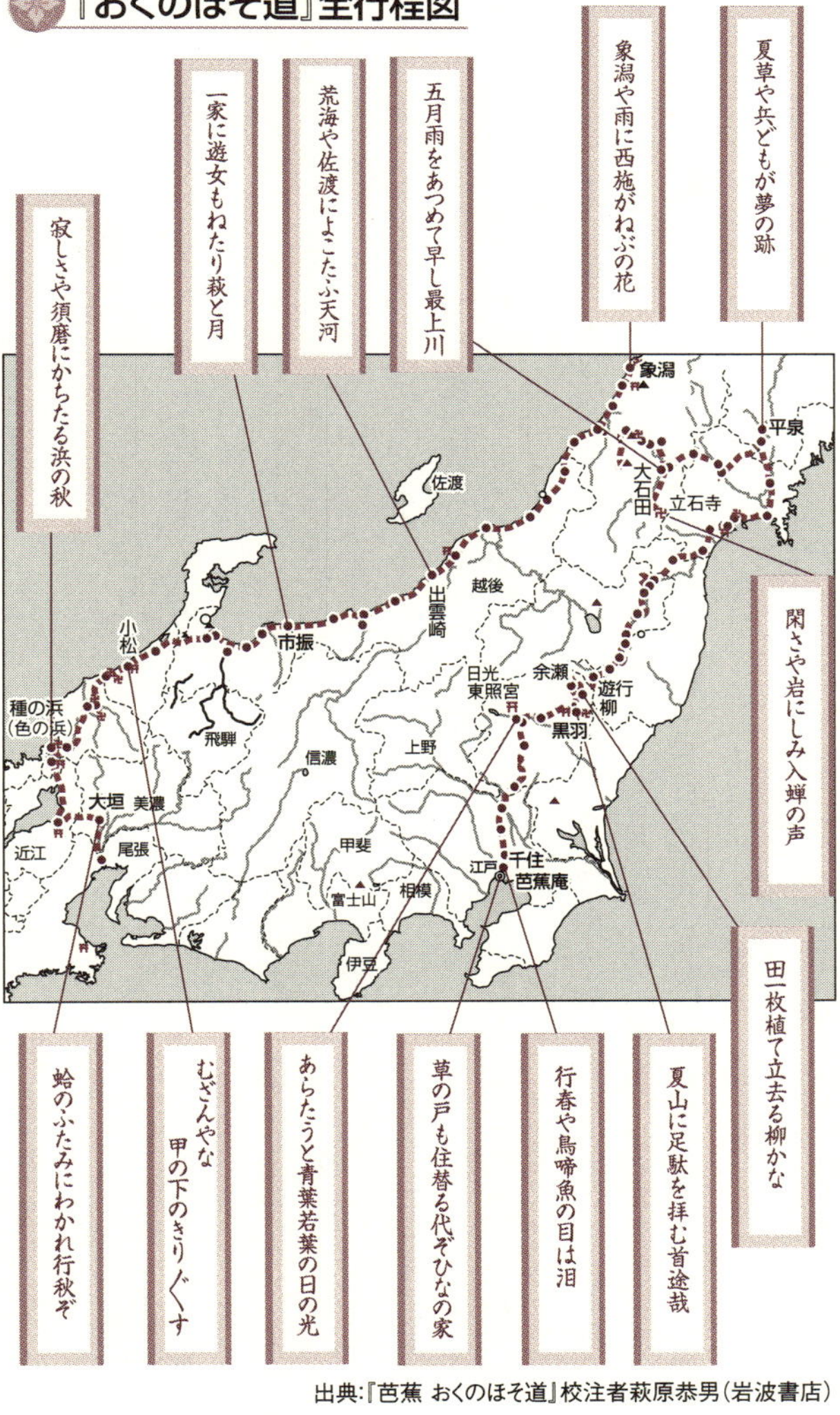
夏草や兵どもが夢の跡
象潟や雨に西施がねぶの花
五月雨をあつめて早し最上川
荒海や佐渡によこたふ天河
一家に遊女もねたり萩と月
寂しさや須磨にかちたる浜の秋
閑さや岩にしみ入蝉の声
田一枚植て立去る柳かな
夏山に足駄を拝む首途哉
行春や鳥啼魚の目は泪
草の戸も住替る代ぞひなの家
あらたうと青葉若葉の日の光
むざんやな
甲の下のきり〴〵す
蛤のふたみにわかれ行秋ぞ
象潟
平泉
佐渡
大石田
立石寺
越後
出雲崎
市振
小松
種の浜
(色の浜)
飛騨
信濃
上野
日光
東照宮
余瀬
遊行柳
黒羽
大垣
美濃
近江
尾張
甲斐
江戸
千住
芭蕉庵
富士山
相模
伊豆

出典:『芭蕉 おくのほそ道』校注者萩原恭男(岩波書店)

こらむ

江戸時代の旅事情

江戸時代以前の旅の実態とは

古代から人々は旅に出た。その理由は様々である。租税の調《ちょう》・庸《よう》を運搬するために、または辺境の地を守る防人《さきもり》として、多くの庶民が故郷を離れ遠くへ旅立った。

特権階級の人々はまだいい。不充分ながらも政府の援助を受けながらの旅だったからだ。しかし庶民の旅は辛いものでしかなかった。

民間の旅籠《はたご》などまだ存在しない時代。彼らは野宿を続けながらの行脚《あんぎゃ》を余儀なくされた。貨幣経済も未発達のため、食糧の調達にも事欠き、道中《どうちゅう》、飢えのために行き倒れる者も少なからずあった。

ようやく中世になると、経済の発達のために旅がしやすい環境が整ってくる。

さらに江戸時代に入り、幕府によって五街道《ごかいどう》が整備され、宿泊施設が整えられて、庶民の旅事情は大きく好転しはじめた。

ここに至り、人々はやむを得ない事情からの旅だけではなく、楽しみとしての旅に出るようになったのである。

庶民にとって旅のしやすい環境が整う

東海道《とうかいどう》を始めとした五街道の制定は、同時に宿場の整備、渡河《とか》の利便化をも促進した。街道沿いには一里塚《いちりづか》や石標《いしるべ》など道しるべ、並木を設け、石畳などが敷かれ、旅がしやすくなる環境が整えられた。

人々が宿泊する旅籠は以前とは異なり、自炊《じすい》ではなく食事が付くようになる。宿によっては遊女《ゆうじょ》までおり、旅人のなかには彼女たちとの逢瀬《おうせ》を楽しむ者も少なからずいた。

旅のガイドブックというべき書物が登場するのも江戸時代のことだ。宿賃や名所旧跡、宿場間の距離といったことから、旅の心構えまでが記されていた。

これらは道中記と呼ばれる。なかでもよく知られているのが『旅行用心集《りょこうようじんしゅう》』だ。「夏、馬に乗るときは蚊に刺されて馬が跳ねるので用心しなさい」「道中はとりわけ色欲を慎みなさい」などと、事細かに旅の用心を説いている。

こうした道中記は持ち運びに便利なよう、小さなサイズになっていた。これらを懐《ふところ》に入れ、江戸時代の庶民は旅を楽しんだのである。

第一段

下野の旅

―芭蕉庵から白河の関まで―

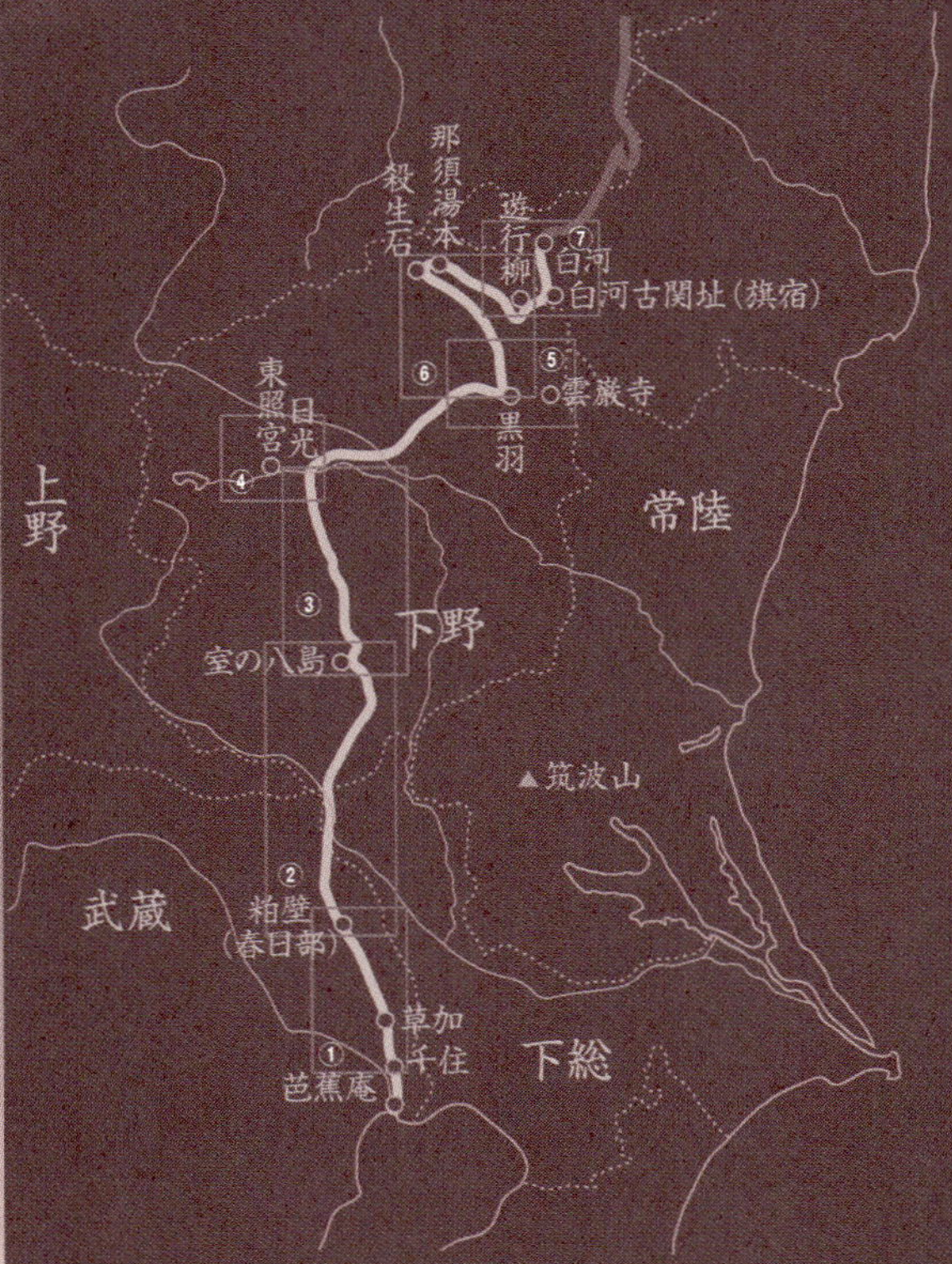

第一段

下野の旅

序章

『おくのほそ道』の基調となる無常観

漂泊の思いに取りつかれ奥州の旅へ

月日《つきひ》は百代《はくたい》の過客《くわかく》にして、行《ゆき》かふ年も又旅人也《たびびとなり》。舟の上に生涯をうかべ馬の口とらえて老《おい》をむかふる物は、日々《ひび》旅にして、旅を栖《すみか》とす。古人《こじん》も多く旅に死せるあり。

松尾芭蕉《まつおばしょう》は『おくのほそ道《みち》』の序文をこのように書き出している。月日（時間）が永遠に足を止めない旅人であるように、すべての物は同じ状態にとどまることなく変化し続けていく、それが人生の本当の姿なのだ、と全編の基調となる無常《むじょう》観《かん》を述べている。

そして、芭蕉は敬慕《けいぼ》する西行《さいぎょう》や能因法師《のういんほうし》、中国の詩人杜甫《とほ》や李白《りはく》など、旅先で生涯を終えた古人へ思いを馳《は》せる。

二男で家を継げなかった芭蕉にとって、漂泊《ひょうはく》は運命的なものであった。

予《よ》もいづれの年よりか、片雲《へんうん》の風にさそはれて、漂泊の思ひやまず、海浜《かいひん》にさすらへ、去年《こぞ》の秋江上《かうしやう》の破屋《はをく》に蜘《くも》の古巣をはらひて、や、年も暮《くれ》、春立《たて》る霞《かすみ》の空に、白川《しらかは》の関こえんと、そゞろ神《がみ》の物につきて心をくるはせ、道祖神《だうそじん》のまねきにあひて取《とる》もの手につかず、

出立《しゅったつ》の二か月前、芭蕉は伊賀上野《いがうえの》に住む弟子の猿雖《えんすい》に宛てて、「この僧に誘われ、今年

深川芭蕉庵周辺図

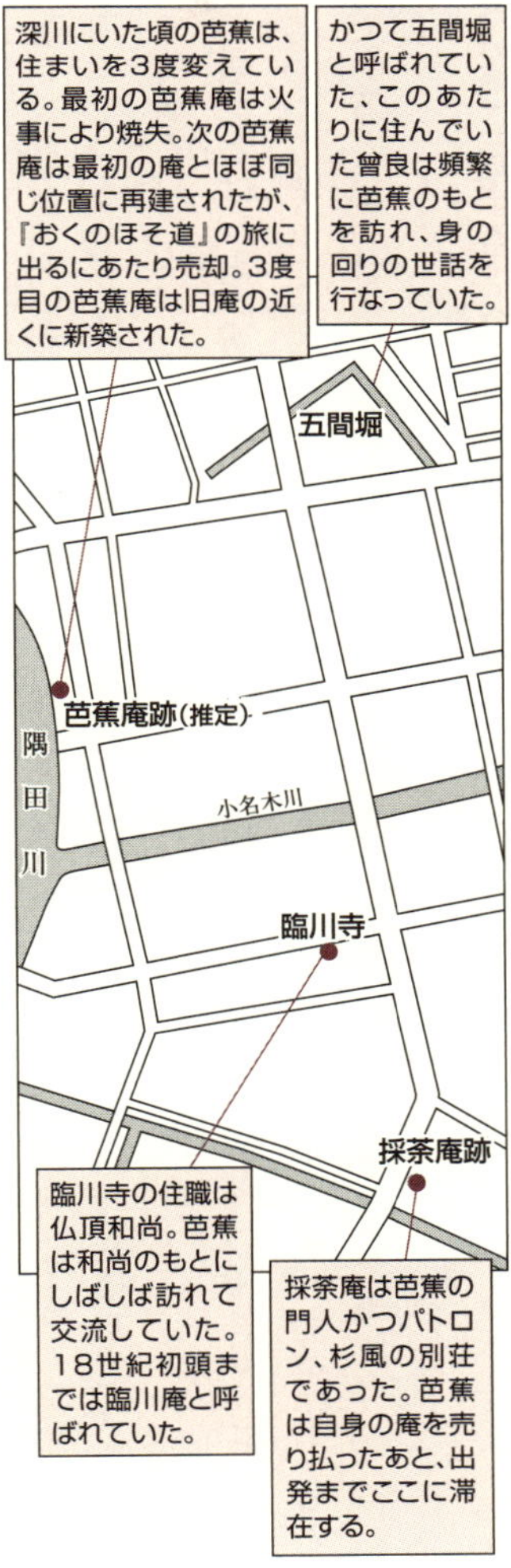
深川にいた頃の芭蕉は、住まいを3度変えている。最初の芭蕉庵は火事により焼失。次の芭蕉庵は最初の庵とほぼ同じ位置に再建されたが、『おくのほそ道』の旅に出るにあたり売却。3度目の芭蕉庵は旧庵の近くに新築された。
かつて五間堀と呼ばれていた、このあたりに住んでいた曾良は頻繁に芭蕉のもとを訪れ、身の回りの世話を行なっていた。
五間堀
芭蕉庵跡(推定)
隅田川
小名木川
臨川寺
採茶庵跡
臨川寺の住職は仏頂和尚。芭蕉は和尚のもとにしばしば訪れて交流していた。18世紀初頭までは臨川庵と呼ばれていた。
採茶庵は芭蕉の門人かつパトロン、杉風の別荘であった。芭蕉は自身の庵を売り払ったあと、出発までここに滞在する。

も草鞋《わらじ》にて年を暮らし申《もう》すべく」（今年も旅をしながら年の暮を迎えるにちがいない）と、書き送っている。春霞に誘われるかのように白河の関を越えたいという気持ちに取りつかれたのである。

「この僧」とは、当時芭蕉庵近くに住んでいた路通《ろつう》のことで、はじめは同伴者として予定されていた。それが曾良《そら》に変更された理由は、放縦《ほうじゅう》な路通の性格を心配した弟子たちの配慮であると思われる。路通と替わった曾良は、几帳面《きちょうめん》な性格の持ち主だった。

長い旅に徹するため人に譲った芭蕉庵

芭蕉は、何かに突き動かされるように旅支度《たびじたく》に取りかかる。そのとき、真っ先に芭蕉の心に浮かんだのは「松島《まつしま》の月」であった。

も、引《ひき》の破《やぶれ》をつゞり、笠《かさ》の緒付《をつけ》かえて、三里《さんり》に灸《きう》すゆるより、松島の月先《まず》心にかゝりて、住《すめ》る方《かた》は人に譲り、杉風《さんぷう》が別墅《べっしょ》に移るに、

草の戸も住替《すみかわ》る代《よ》ぞひなの家

面《おもて》八句《はちく》を庵《いほり》の柱に懸置《かけおく》。

芭蕉と無常観

母の死
芭蕉庵の焼失
この世で滅びぬものはない!

「無常」とはサンスクリット語「anitya」の漢訳。仏教では世の中のすべての存在は一時的なものにすぎず、それらはいずれ変化、消滅するものなので、そういったものに執着しても失望するだけであると説く。これを諸行無常という。日本ではここから人生は無常であるという無常観ができた。『平家物語』の冒頭「祇園精舎の鐘の声、諸行無常の響あり」が有名だ。芭蕉もこの無常観を抱いていたが、芭蕉庵の焼失、そして故郷の母の死が重なったことで、より無常の思いを強くしていった。

三里とは膝頭《ひざがしら》の下、外側のくぼみにあるツボのことで、この三里に灸《きゅう》をすえることで健脚《けんきゃく》になるといわれる。

旅に出るにあたり芭蕉庵を人に譲り、弟子杉風の別荘、採荼庵《さいとあん》へ移ったのち、芭蕉はかつて住んでいた庵を訪ねた。見ると妻子ある人が住んでおり、雛人形《ひなにんぎょう》が飾られて、自分が住んでいた頃と比べてすっかりにぎやかになっていた。

こうした芭蕉庵の変わりように、彼は人生の流転《るてん》を実感したのである。

その思いを託《たく》した句を採荼庵に残し、冒頭の無常観を受けて結びとした芭蕉。こうしてみちのくの長い旅に出立する準備はすべて整ったのであった。

第一段
下野の旅

旅立

「第二の故郷」江戸との別れ

目に焼きつけた芭蕉庵からの眺め

有明《ありあけ》の月がかすむ一六八九（元禄《げんろく》二）年三月二十七日（太陽暦では五月十六日）の早朝、芭蕉は江戸深川《ふかがわ》にある弟子杉風の別荘、採茶庵を出て、舟で奥州《おうしゅう》への玄関口、千住《せんじゅ》へ向かった。

芭蕉との別れを惜しみ、前夜から集まった門人《もんじん》、知人たちも、見送りのため舟に乗り込んでいた。

芭蕉は旅立ちの心境を次のように綴《つづ》っている。

弥生《やよひ》も末《すゑ》の七日《なぬか》、明《あけ》ぼの、空朧々《ろうろう》として、月は在明《ありあけ》にて光おさまれる物から、不二《ふじ》の峰《みね》幽《かすか》にみえて、上野《うえの》・谷中《やなか》の花の梢《こずゑ》、又いつかはと心ぼそし。むつましきかぎりは宵《よひ》よりつどひて、舟に乗《のり》て送る。

千住大橋（木曾路名所図会）

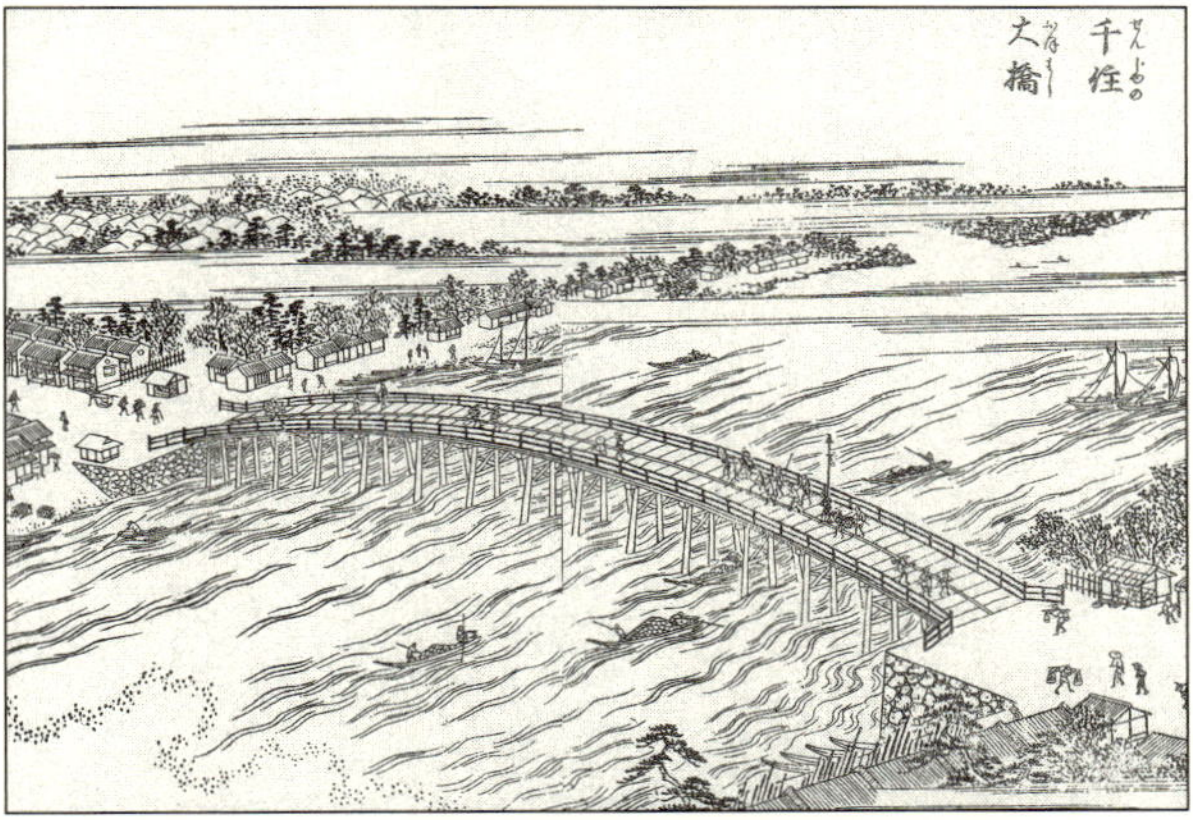

この橋の北詰で舟を降りた芭蕉。宿駅の出口で見送りの門人と別れることとなる。当時、旅人を見送る人々は最初の宿駅まで同行するのを常とした。

芭蕉は、深川からも見えていた富士《ふじ》の嶺《みね》や上野の桜を再び見ることができるだろうか、自分は無事に江戸に戻ることができるのだろうかと名残《なごり》を惜しむ。

江戸時代の桜の名所といえば、落語の「長屋の花見」でもとりあげられているように、上野の山、王子《おうじ》の飛鳥山《あすかやま》、そして向島《むこうじま》の隅《すみ》田川《だがわ》の堤《つつみ》だった。

このうち、飛鳥山と向島の桜は芭蕉の時代より約三十年後、八代将軍徳川吉宗《とくがわよしむね》によって桜が植えられ、名所となった。

つまり、一本桜を愛《め》でた元禄の頃、江戸における桜の名所といえば、上野の山であった。

ただし、実際に芭蕉が出発したのは五月。この上野の桜は芭蕉の心のなかにある風景であり、別れを告げる懐《なつ》かしい江戸の象徴だったのである。

惜別の悲しみに足取りは重い

芭蕉は万年橋北詰《まんねんばしきたづめ》の隅田川の川岸にあった草庵から船で千住に向かった。千住は、日光道中《にっこうどうちゅう》（宇都宮《うつのみや》までは奥州道中を兼ねる）の第一の宿場。品川《しながわ》・板橋《いたばし》・内藤新宿《ないとうしんじゅく》と並ぶ江戸四宿《ししゅく》のひとつで、道の両側に旅籠《はたご》や商家などが軒《のき》をつらね、絶えず旅人が往来する繁華な宿駅。奥州《おうしゅう》・水戸《みと》・日光・房総《ぼうそう》方面などの起点でもあった。

当時は、最初の宿駅まで見送るのを常《つね》としたが、芭蕉もここでいよいよ見送りの人々との別れを迎える。

千じゆと云《いふ》所にて船をあがれば、前途三千里のおもひ胸にふさがりて、幻《まぼろし》のちまたに離別の泪《なみだ》をそゝぐ。

行春《ゆくはる》や鳥啼魚《とりなきうを》の目は泪《なみだ》

是《これ》を矢立《やたて》の初《はじめ》として、行道《ゆくみち》なをすゝまず。人々は途中に立《たち》ならびて、後《うしろ》かげのみゆる迄は、見送《みおくる》なるべし。

旅への感慨《かんがい》と別離の哀《かな》しみに感極《かんきわ》まった芭蕉は、惜別《せきべつ》の句を吟《ぎん》じた。

春の終わり、心がないはずの鳥も別れを惜しんで鳴き、魚の目にも涙が浮かんでいる。

惜春《せきしゅん》の情に、かつて「江戸を指す故郷」と詠んだ江戸と知友への惜別の情を託したのである。

芭蕉は、見えなくなるまで見送ってくれているであろう人々に後《うし》ろ髪《がみ》をひかれる思いを抱きつつ、いよいよ五か月に余る長い旅路への第一歩を踏み出したのであった。

①千住大橋～粕壁

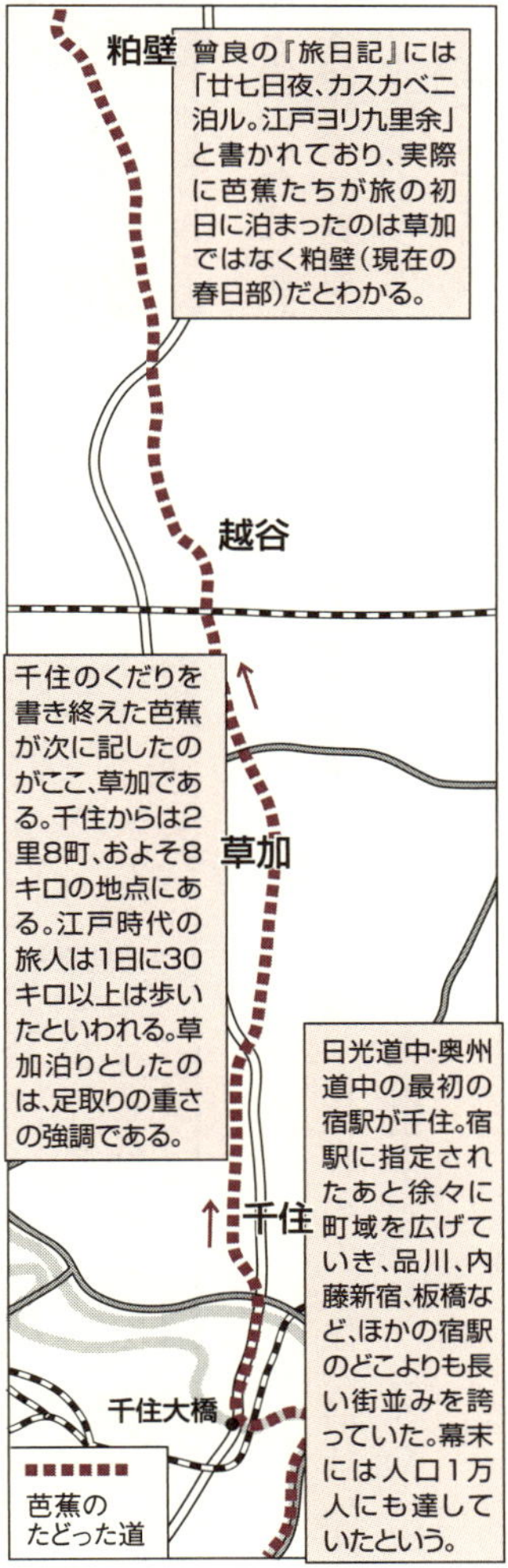
粕壁
曽良の『旅日記』には「廿七日夜、カスカベニ泊ル。江戸ヨリ九里余」と書かれており、実際に芭蕉たちが旅の初日に泊まったのは草加ではなく粕壁（現在の春日部）だとわかる。
越谷
千住のくだりを書き終えた芭蕉が次に記したのがここ、草加である。千住からは2里8町、およそ8キロの地点にある。江戸時代の旅人は1日に30キロ以上は歩いたといわれる。草加泊りとしたのは、足取りの重さの強調である。
草加
日光道中・奥州道中の最初の宿駅が千住。宿駅に指定されたあと徐々に町域を広げていき、品川、内藤新宿、板橋など、ほかの宿駅のどこよりも長い街並みを誇っていた。幕末には人口1万人にも達していたという。
千住
千住大橋
芭蕉のたどった道

第一段
下野の旅

草加

足取り重く
千住の次の宿に泊る

ふと思い立った奥州への旅

自身初めての奥州入りを目指し、千住を出発した芭蕉だが、見送りの人や住み慣れた江戸との別れがつらかったのだろうか。彼の足取りは重い。日光道中を北上し、ようやく次の草加《そうか》宿《しゅく》にたどり着いた。

ここで芭蕉は、今回の旅への決意を語っている。

> ことし元禄二《げんろくふた》とせにや、奥羽長途《ちやうど》の行脚《あんぎや》、只かりそめに思ひたちて、呉天《ごてん》に白髪《はくはつ》の恨《うらみ》を重ぬといへ共《ども》、耳にふれていまだめに見ぬさかひ、若生《もしいき》て帰らばと定《さだめ》なき頼《たのみ》の末をかけ、其《その》日　漸《やうやう》　草加《さうか》と云宿《いうしゆく》にたどり着《つき》にけり。

ふと思い立った奥羽への長旅だとしながらも、白髪になってしまうような嘆きや苦しみは辞さず、評判には聞いていてまだ見たことのない歌枕《うたまくら》を訪ねて、生きて帰ることができたら、これ以上の喜びはない、とみちのくへの強い思いをあらわしている。

「呉天《ごてん》の白髪」の「呉」とは、中国の揚子《ようす》江口《こうこう》地方を指す。中国では長く長安《ちょうあん》（現在の西安《せいあん》）に都が置かれていたから、そこは辺境の地。

芭蕉は連句《れんく》で旅の句をつくるときは、都人が旅に出る、あるいは旅先にあるという心持で句作するのが連歌以来の伝統であると教えている。「若生て帰らば」はのちの「飯塚《いいづか》」の章にある「道路《どうろ》にしなん、是天《これてん》の命なり」に響いている。

芭蕉の旅姿

芭蕉の門人、許六筆の「芭蕉行脚図」。芭蕉生前に描かれたため、もっとも信頼できる芭蕉像といわれる。うしろの人物は曾良。

栗橋関所（木曾路名所図会）

利根川の流れに舟が浮かんでいる。「坂東太郎」と呼ばれたこの川の両岸をつなぐ渡し舟だろう。栗橋の関所は利根川の渡し場に設けられていた。

さに閉口する。

痩骨にこたえる重い荷物

旅に出た実感をしみじみと感じたのは、旅の荷物によってだった。芭蕉はその荷物の重さに閉口する。

痩骨《そうこつ》の肩にかゝれる物先《まづ》くるしむ。只身《ただ》すがらにと出立侍《いでたちはべる》を、帋子《かみこ》一衣《いちえ》は夜《よる》の防ぎ、ゆかた・雨具・墨・筆のたぐひ、あるはさりがたき餞《はなむけ》などしたるは、さすがに打捨《うちすて》がたくて、路次《ろし》の煩《わずらひ》となれるこそわりなけれ。

やせ細った体に荷物が食い込む。芭蕉としては、体ひとつで旅をしようと思っていたのだが、実際はかなりの荷物となってしまっていた。

蒲団《ふとん》の代用となる紙子《かみこ》や浴衣《ゆかた》、雨具、墨筆などの荷物、さらには断れなかった餞別《せんべつ》もあった。

この時芭蕉は四十六歳。現在ならまだ働き盛りともいえる年だが、川柳《せんりゅう》に「半分は枕へわける五十年」とある当時としては、もはや老人の域にあったといえよう。

そんな芭蕉に荷物はズシリと重くのしかかる。それは同時に、旅に出たという実感にほかならなかった。

とはいうものの、実際の芭蕉は意外と健脚《けんきゃく》だったようだ。同行の曾良がしたためていた『旅日記』によると、一日目は千住から六里三〇町先にある粕壁《かすかべ》（春日部）に泊まったことがわかる。

芭蕉は深川から八・六キロほどの草加までしか行けなかったとすることで、いかに惜別の情が芭蕉の足取りを重くしたかを効果的に見せるため、草加泊まりとしたのである。

②粕壁〜室の八島

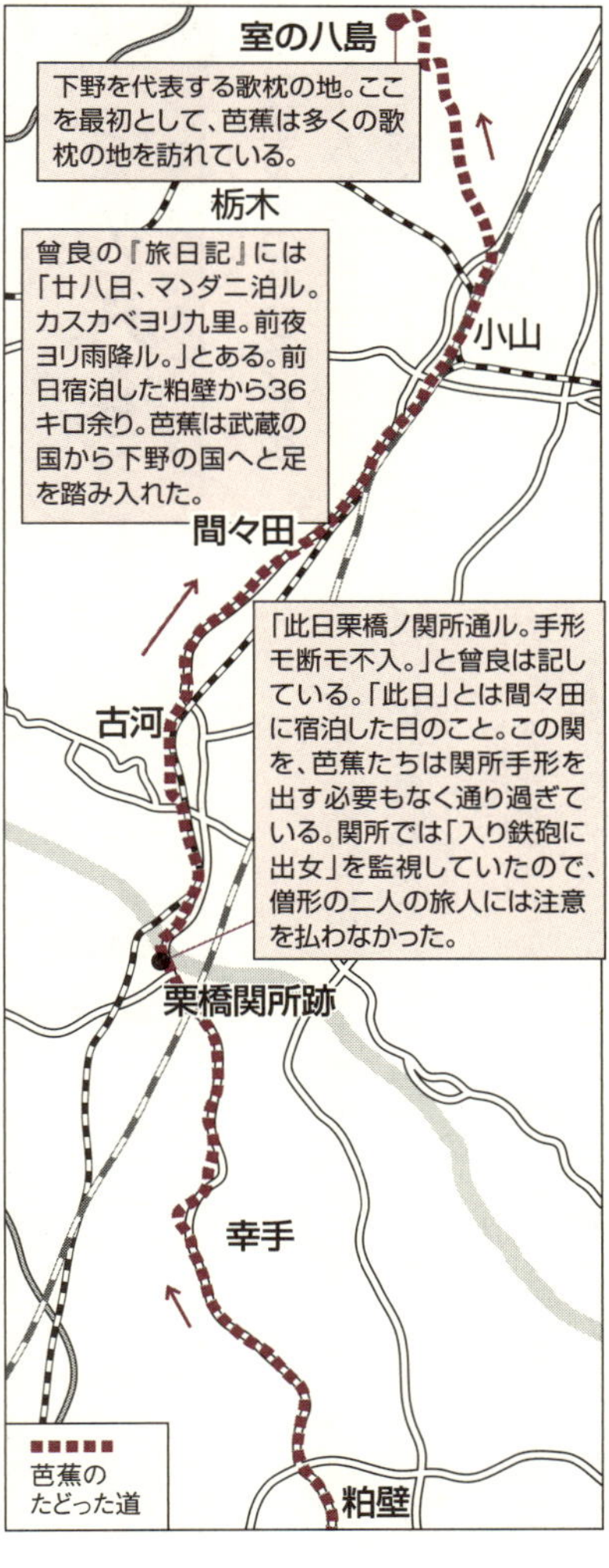
室の八島
下野を代表する歌枕の地。ここを最初として、芭蕉は多くの歌枕の地を訪れている。
栃木
曾良の『旅日記』には「廿八日、マゝダニ泊ル。カスカベヨリ九里。前夜ヨリ雨降ル。」とある。前日宿泊した粕壁から36キロ余り。芭蕉は武蔵の国から下野の国へと足を踏み入れた。
小山
間々田
「此日栗橋ノ関所通ル。手形モ断モ不入。」と曾良は記している。「此日」とは間々田に宿泊した日のこと。この関を、芭蕉たちは関所手形を出す必要もなく通り過ぎている。関所では「入り鉄砲に出女」を監視していたので、僧形の二人の旅人には注意を払わなかった。
古河
栗橋関所跡
幸手
粕壁
芭蕉のたどった道

第一段

下野の旅

室の八島

煙で名高い歌枕へ向かう

曾良が語る室の八島の縁起

三月二十八日に粕壁（春日部）を発った芭蕉は間々田《ままだ》（栃木県小山市《おやま》）に一泊し、翌二十九日、下野《しもつけ》を代表する歌枕「室《むろ》の八島《やしま》」を訪れるため、小山宿の北、喜沢《きざわ》から左に分かれて日光《にっこう》に向かう壬生通《みぶどおり》を進んだ。

室の八島は今の大神《おおみわ》神社のことで、藤原実方《ふじわらのさねかた》が「いかでかは思ひありとも知らすべき室の八島のけぶりならでは」（詞花集《しいかしゅう》）と詠《よ》んで以来、歌枕となった。煙はこのあたりの湧水《わきみず》から立ちのぼっていた水蒸気のことである。

ここで芭蕉は、曾良が語る室の八島についての縁起《えんぎ》に耳を傾ける。

室《むろ》の八島《やしま》に詣《けい》す。同行《どうぎやう》曾良《そら》が曰《いはく》、「此神《このかみ》は木《こ》の花《はな》さくや姫《ひめ》の神と申《まうし》て富士一躰《いつたい》也。無戸《うつ》室《むろ》に入《いり》て焼《やき》給ふちかひのみ中に、火々出見《ほほでみ》のみこと生れ給ひしより室の八島と申《まうす》。又煙を

大神神社

奈良県の大神神社は最も古式の信仰形態をとどめる神社として知られる。この大神神社の分霊をまつるために建立されたのが、栃木県の大神神社である。室の八島はこの神社の境内にある。

読習《よみならは》し侍《はべる》もこの謂《いはれ》也」。将《はた》、このしろといふ魚を禁ず。縁起《えんぎ》の旨《むね》世に伝ふ事も侍《はべり》し。

この神社の祭神は、富士の浅間《せんげん》神社と同じく、『古事記《こじき》』『日本書紀《にほんしょき》』の神話に登場するコノハナノサクヤビメである。

姫は、夫のニニギノミコトと床を共にするが、わずか一夜で懐妊《かいにん》したため貞操《ていそう》を疑われてしまう。それでニニギノミコトの子なら火のなかでも生まれるはずと誓いをたて、戸のない部屋にこもり、火を放って無事に出産して天孫《てんそん》の子であることを証明した。

ここでは「このしろ」という魚を食べることが禁じられている。「このしろ」を焼くと人体を焼く匂いがするため、火に焼かれながらお産をしたコノハナノサクヤビメの苦労を思ってのことだという。

芭蕉は、神話と室の八島を結びつけた曾良の説明をここに記すことで、同行者が曾良であることと、彼が神道《しんとう》を学んだ知識人であることをさりげなく示したのである。

几帳面な性格の曾良は、『延喜式《えんぎしき》』から下野をはじめ奥羽・北陸道の神社を書き出し、歌枕を記した控えも用意するなど、芭蕉にとって頼もしい道連れだった。

本文に記載されなかった芭蕉の句

ところで、本文には掲載されていないが、実は芭蕉はこの最初の歌枕の地で句を詠んでいる。

糸遊《いとゆふ》に結つきたる煙《けむり》哉《かな》

糸遊とは陽炎《かげろう》のことで、春の季語。句は陽炎が八島の煙と一緒になって立ちのぼっていることよ、との意だ。「糸」と「結ぶ」は縁語《えんご》。縁語を用いる俳諧は貞門の特徴であることから、句の詠み方としては古風といえる。

室の八島周辺図

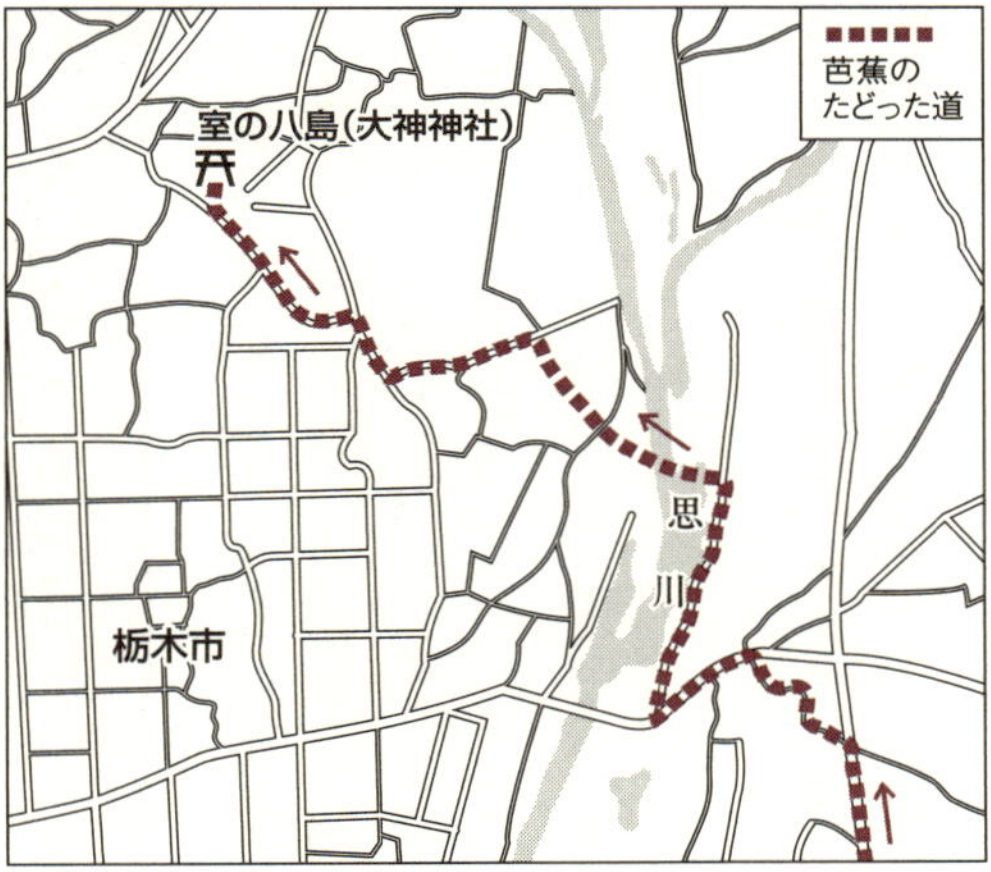
芭蕉の
たどった道
室の八島（大神神社）
思
川
栃木市

『旅日記』による間々田から室の八島までの道筋

一　廿九日、辰ノ上剋マヽダヲ出。
一　小山ヘ一リ半、小山ノヤシキ、右ノ方ニ有。
一　小田（山）ヨリ飯塚ヘ一リ半。木沢ト云所ヨリ左ヘ切ル。
一　此間姿川越ル。飯塚ヨリ壬生ヘ一リ半。飯塚ノ宿ハヅレヨリ左ヘキレ、（小クラ川）川原ヲ通リ、川ヲ越、ソウシヤガシト云船ツキノ上ヘカヽリ、室ノ八島ヘ行（乾ノ方五町バカリ）。

辰の上剋とはだいたい午前8時頃である。飯塚、木沢とも現在の小山市内。姿川は思川の支流で、「小クラ川」も思川の上流にある支流だ。曾良はこのように旅のあいだにたどった道のりを、几帳面に書き残していた。

本章の主題である「室の八島」は、地誌『江戸鹿子《えどかのこ》』（元禄四年刊）に「室八嶋大明神惣社村ニ立。（中略）当社ハ富士浅間（祭神木花開耶姫）の御親神（倭大物主櫛甕《やまとおおものぬしのくしみか》玉命《たまのみこと》）也ト云」とある。

芭蕉はこのような説明的な記述を避けるため、意図的に曾良が縁起を語ったとして書き進めたのである。

第一段

下野の旅

仏五左衛門

正直一辺倒の人物にひかれた芭蕉

本人の言葉でその人柄を描く芭蕉の手法

旅先でその土地土地の人々と触れ合うのは楽しみのひとつ。日光まで来た芭蕉は上鉢石町《かみはついしまち》の旅籠《はたご》に宿泊した。そこで出会った宿の主「仏五左衛門《ほとけござえもん》」に興味をかきたてられる。

よほど彼のことを気に入ったのか、この章は五左衛門を主題にしている。どんな人物かというと、

卅日《みそか》、日光山の麓《ふもと》に泊《とま》る。あるじの云《いひ》けるやう、「我名《わがな》を仏五左衛門《ほとけござゑもん》と云《いふ》。万《よろづ》正直を旨とする故《ゆゑ》に、人かくは申侍《まうしはべる》まゝ、一夜《いちや》の草の枕も打解《うちとけ》て休み給へ」と云《いふ》。

主人は、「私は万事正直を第一と心がけているから、人々が仏の五左衛門と呼んでくれ

日光入口

日光入口の街並みである。画面右上に「上鉢石町」とあるが、仏五左衛門が宿を構えていたのはこのあたりになる。

ます。安心してゆっくりお休み下さい」という。

「仏」などという大げさな通称は普通なかなか自分ではいえないものだ。それを平気で口にするところに、この人物の「無《む》智《ち》無《む》分《ふん》別《べつ》」さが具体的に描かれている。

『おくのほそ道』はそれまでの紀行文にはない新しみを追求した。そのひとつが人物を主題とした章を設けたことである。

意外かもしれないが、『おくのほそ道』以前の紀行文には、人物を中心として書かれた章がなかったのだ。

登場人物の言葉と、それに対する芭蕉の観察だけで一章が構成されている。この簡潔さが『おくのほそ道』の特徴である。

たとえば、この「仏五左衛門」はもちろん、前章の「室の八島」でも曾良が語った言葉をそのまま記すことで、曾良が神道に造詣《ぞうけい》が深いことをうかがわせる。

本人自身の言葉によって、その人柄を生き生きとあらわす書き方は、こののちも用いられる。

芭蕉を引きつけた純真さ

芭蕉は、自らを仏といえるごたいそうな人が、一体どうやって托鉢僧《たくはつそう》のような自分を助けてくれるのかと、興味津々《きょうみしんしん》主人の行ないを眺める。

いかなる仏の濁世塵土《ぢよくせぢんど》に示現《じげん》して、かゝる桑門《さうもん》の乞食順礼《こつじきじゆんれい》ごときの人をたすけ給《たま》ふにやと、あるじのなす事に心をとゞめてみるに、唯《ただ》無智無分別にして正直偏固《へんこ》の者也。剛毅《がうき》木訥《ぼくとつ》の仁に近きたぐひ、気稟《きひん》の清質《せいしつ》、尤《もつとも》尊《たふと》ぶべし。

すると、五左衛門は、世俗的な打算《ださん》や思慮深さのない、本当に正直だけが取《と》り柄《え》の人物だった。

③室の八島〜日光

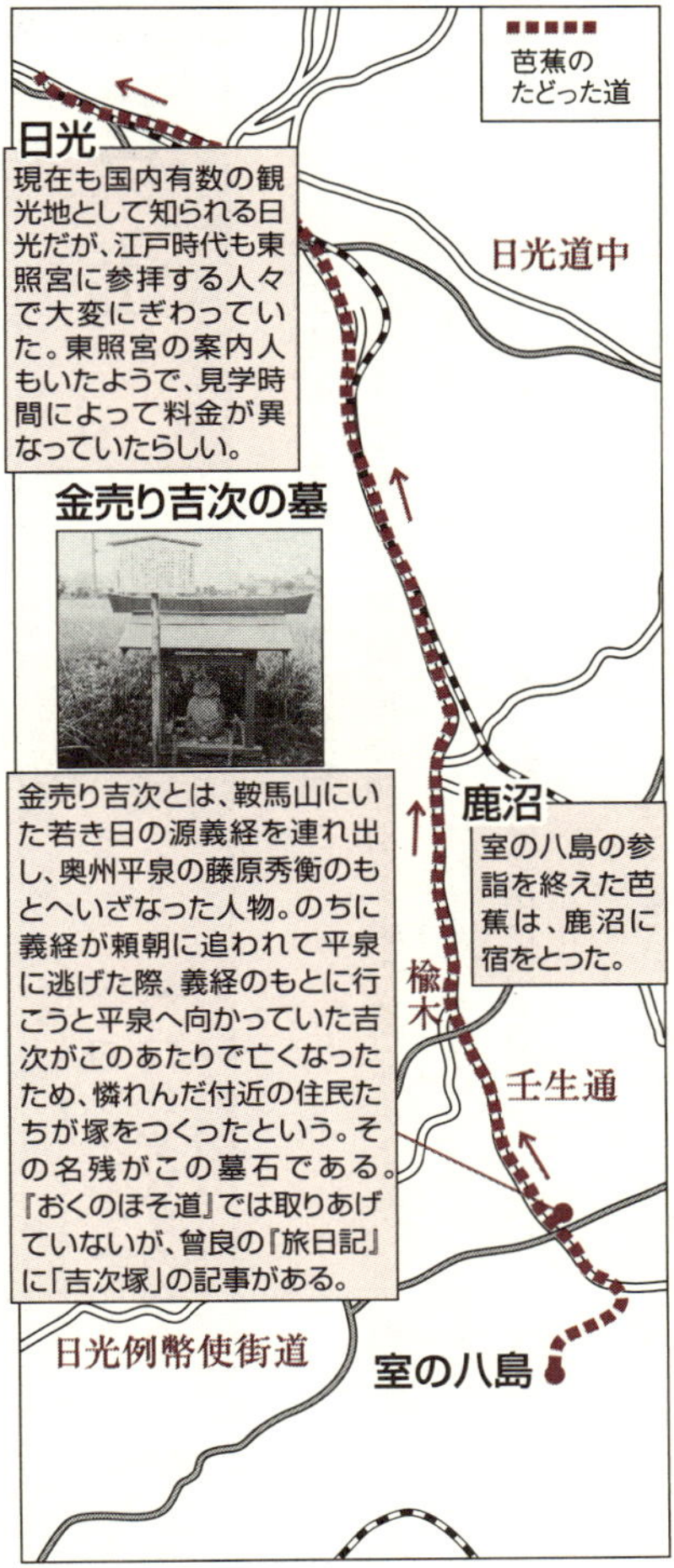
芭蕉のたどった道
日光
現在も国内有数の観光地として知られる日光だが、江戸時代も東照宮に参拝する人々で大変にぎわっていた。東照宮の案内人もいたようで、見学時間によって料金が異なっていたらしい。
日光道中
金売り吉次の墓
金売り吉次とは、鞍馬山にいた若き日の源義経を連れ出し、奥州平泉の藤原秀衡のもとへいざなった人物。のちに義経が頼朝に追われて平泉に逃げた際、義経のもとに行こうと平泉へ向かっていた吉次がこのあたりで亡くなったため、憐れんだ付近の住民たちが塚をつくったという。その名残がこの墓石である。『おくのほそ道』では取りあげていないが、曾良の『旅日記』に「吉次塚」の記事がある。
鹿沼
室の八島の参詣を終えた芭蕉は、鹿沼に宿をとった。
楡木
壬生通
日光例幣使街道
室の八島

それはまるで『論語《ろんご》』に出てくる剛毅木訥《ごうきぼくとつ》のような人物であると感じた。

剛毅木訥とは、意志が強くしっかりしていて、かざりけのない人のことを指しており、そういう人は本当の人間味を持った人に近いというのである。

子どものように純真無垢《じゅんしんむく》な性質に、芭蕉は深い愛着を覚えたようだ。

旅先で心ひかれる人に出会う——。旅の醍醐味《だいごみ》を感じたに違いない。

第一段 下野の旅

日光

日光東照宮への尊崇と同伴者曾良の紹介

幕府創始者、家康の御威光をたたえる東照宮

芭蕉は日光東照宮《にっこうとうしょうぐう》へ参詣する。東照宮は徳川家康《いえやす》の遺命により、一周忌の一六一七（元和《げんな》三）年、天海《てんかい》の主導で下野国都賀《つが》郡日光山に本社以下が完成し、駿河《するが》久能山《くのうざん》より神《しん》霊《れい》が移されたのが始まりである。今日見る堂社は三代将軍徳川家光《いえみつ》が一六三四（寛永《かんえい》十一）年に大造替《だいぞうたい》したものだ。

当時、庶民が見学できるのは陽明門《ようめいもん》の外までだったが、芭蕉は江戸浅草《あさくさ》の清水寺《きよみずでら》の紹介状を持参して拝観が許され、東照宮の壮麗な社殿に驚嘆《きょうたん》した。家康の威光をまざまざと思い知らされるのである。その感動を芭蕉はこう書き記す。

卯月朔日《うづきついたち》、御山《おやま》に詣拝《けいはい》す。住昔《そのかみ》、此《この》御山を「二荒山《ふたらさん》」と書しを、空海大師開基《くうかいだいしかいき》の時、「日光」と改《あらため》給ふ。千歳《せんざい》未来をさとり給ふにや、今此御光《このみひかり》一天にかゝやきて、恩沢八荒《おんたくはつくわう》に

④日光周辺図

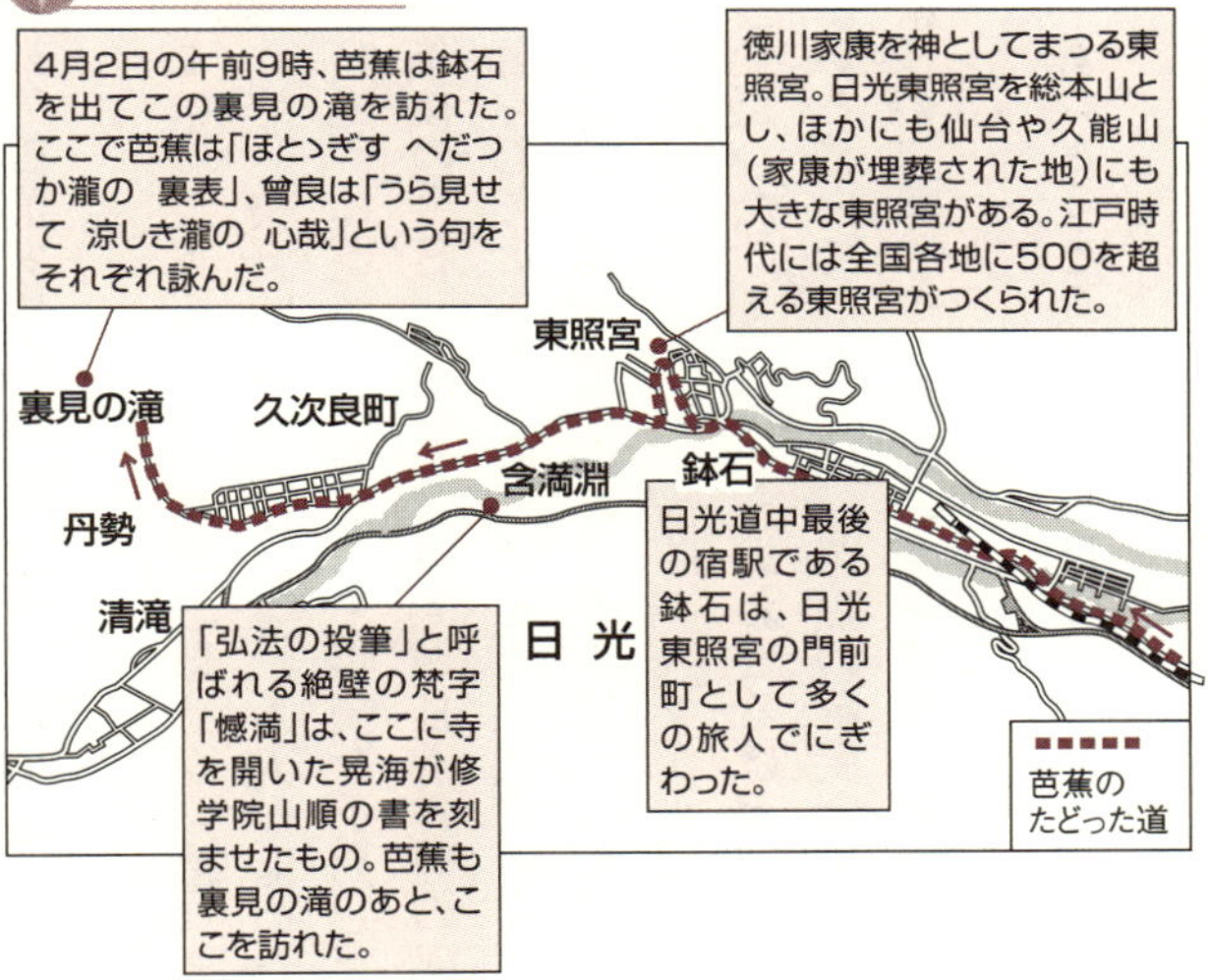
4月2日の午前9時、芭蕉は鉢石を出てこの裏見の滝を訪れた。ここで芭蕉は「ほとゝぎす へだつか瀧の 裏表」、曾良は「うら見せて 涼しき瀧の 心哉」という句をそれぞれ詠んだ。
徳川家康を神としてまつる東照宮。日光東照宮を総本山とし、ほかにも仙台や久能山（家康が埋葬された地）にも大きな東照宮がある。江戸時代には全国各地に500を超える東照宮がつくられた。
東照宮
裏見の滝
久次良町
含満淵
鉢石
丹勢
清滝
日光
日光道中最後の宿駅である鉢石は、日光東照宮の門前町として多くの旅人でにぎわった。
「弘法の投筆」と呼ばれる絶壁の梵字「憾満」は、ここに寺を開いた晃海が修学院山順の書を刻ませたもの。芭蕉も裏見の滝のあと、ここを訪れた。
芭蕉のたどった道

裏見の滝

裏見の滝を裏側から撮った写真。芭蕉が見た光景が想像できる。

日光の杉並木

日光杉並木を植林したのは、家康の側近松平正綱で、国の特別史跡・特別天然記念物に指定されている。

あふれ、四民安堵《あんど》の栖《すみか》穏《おだやか》なり。猶《なほ》、憚《はばかり》多くて筆をさし置《おき》ぬ。

ここには、東照宮への驚嘆と敬意が素直に表われている。ちなみに開基が空海とあるのは誤りで、奈良時代末期に勝道上人《しょうどうしょうにん》が開いたものである。「二荒山」から日の光に繋《つな》がる「日光」に改名したのは、千年後を予見したのかと芭蕉の感慨は深まる。

千年後の今日、家康のご威光が日本の国の隅々まで行き渡り、そのおかげでみんなが幸せに暮らしていると、その徳をたたえている。

当時は江戸幕府が開かれてから百年にも満たない時代。つい百年前までは戦いに明け暮れていたのだ。だから、当時の人々が平穏に過ごせるのは、家康のおかげだと実感するのも当然だった。また、そう思わせるほど徳川家の権勢も絶大だった。これ以上書くのは畏れ多いと書いているのは、芭蕉の敬虔《けいけん》な気持ちを強調したのである。

結びの句は、その尊崇《そんすう》の念を見事に表現している。

あらたうと青葉若葉の日の光

曾良という人物

- 武士の身分を捨てて俳諧の道へ
- 誠実な人柄で芭蕉に尽くす
- 神道に造詣が深い

日の光が青葉若葉にさんさんと光り輝く様子は、初夏の自然美をたたえるとともに、日本国中に威光を及ぼしている家康への賛美でもある。

芭蕉の道連れ、曾良

ここでは、「室の八島」で触れた曾良について、さらに詳しく紹介している。読む人も気にかかっていたであろう曾良のことを、彼の句をとりあげることで、曾良がいかに自分と旅をするにふさわしい人物かを伝える。

黒髪山は霞かゝりて、雪いまだ白し。
剃捨《そりすて》て黒髪山に衣更《ころもがへ》　曾良
曾良は河合《かはひ》氏《うぢ》にして惣五郎《そうごろう》と云へり。芭蕉

の下葉《したば》に軒をならべて、予が薪水《しんすい》の労をたすく。

冒頭の句は、曾良が旅立ちの日に俗世間を捨て僧形《そうぎょう》となったときの意気込みを思い起こしたものとなっている。黒髪山《くろかみやま》を前に、髪を剃り落とした時の気持ちを思い起こす。綿入れから袷《あわせ》に着替える「衣更《ころもがえ》」の日にあたり、衣服を僧の墨染《すみぞ》めの衣に替えたときの自分の決意を改めて実感した句である。

ちなみに黒髪山とは日光連峰のひとつ、男体山《なんたいさん》のこと。樹木がうっそうと茂り、黒髪山と呼ぶにふさわしい様子だったに違いない。

曾良は、信州上諏訪《かみすわ》の人。本名を岩波正字《いわなみまさたか》、通称を庄右衛門《しょうえもん》という。ここでは、河合惣五郎《かわいそうごろう》と記されている。彼は伊勢長島《いせながしま》藩に仕える武士であり、神道を学んだ。芭蕉庵の近くに住み、薪水《しんすい》の労《ろう》、つまり炊事《すいじ》なども手伝っていた。

このたび松しま・象潟《きさかた》の眺《ながめ》共にせん事を悦《よろこ》び、且《かつ》は羇旅《きりょ》の難をいたはらんと、旅立《たびだつ》暁《あかつき》髪を剃《そり》て墨染《すみぞめ》にさまをかえ、惣五を改《あらため》て宗悟とす。仍《よつ》て黒髪山の句有《あり》。「衣更」の二字、力ありてきこゆ。

黒髪山（男体山）

左の山が黒髪山。男体山は日光火山群の主峰で、標高は2484m。勝道上人の初登頂以来、修験道の霊場として崇拝された。黒髪山は山容が女の髪を洗い乱したように見えることにちなむという。山頂には二荒山神社の奥宮がある。

いうまでもなく当時は武士が幅《はば》をきかせていた時代。一方、俳諧師は出家《しゅっけ》・山伏《やまぶし》・遊《ゆう》女《じょ》・歌舞伎《かぶき》役者とともに四民の外の遊民《ゆうみん》と見なす武士もいた。

僧体の芭蕉と武家姿の曾良とが連れ立っていれば、主従の見分けはつかない。曾良が墨染に姿を変えたのには、そういった現実的な要因もあった。

曾良には松島・象潟の風光を賞美する風流心があり、芭蕉に合わせて旅立ちの夜明け、一大決心をして武士を捨て、僧侶となる覚悟もあった。芭蕉庵の近くに住み、日頃から何かと芭蕉の身の回りの世話をしているので気心も知れている。芭蕉にとってこれ以上の道連れはないというのだ。

「衣更」は綿入《わたい》れから袷《あわせ》に衣装替えしたことにとどまらず、僧体になって師の旅中のお世話をするのだという決意が示されている。それを芭蕉が誉めたのである。

自らを修行僧になぞらえた芭蕉

そんな曾良の決意に応えるかのような一句を、芭蕉は裏見《うらみ》の滝《たき》で詠む。

四月二日の朝八時頃、芭蕉は滝を見物するために宿を出た。日光には滝が多く、今では華厳《けごん》の滝が有名だが、芭蕉はそちらへは向かわずに裏見の滝へ行く。

廿余丁山《にじゅうよちょうやま》を登って滝有《あり》。岩洞《がんとう》の頂《いただき》より飛流して百尺《はくせき》、千岩《せんがん》の碧潭《へきたん》に落《おち》たり。岩窟《がんくつ》に身をひそめ入《いり》て、滝の裏よりみれば、うらみの滝と申伝《まうしつた》え侍《はべ》る也。

山路を登った先にある滝は、くぼんで洞穴のようになった崖から一気に約四五メートルもの落差で水が飛ぶように流れる。芭蕉は、浸食されて洞窟のようになったところに静かに身をひそめ、裏側から滝を眺めた。これが裏見の滝と呼ばれる由来だと芭蕉は語る。

外の世界から全くさえぎられたと感じたとき、次の句が生まれた。

曾良略年表

1649(慶安2)年	1歳	信濃国上諏訪に高野七兵衛の長男として誕生。まもなく母の生家・岩波家の養子となる。
1660(万治3)年	12歳	養父母死亡、伊勢国長嶋の縁者を頼る。
1668(寛文8)年	20歳	長嶋藩に出仕、河合惣五郎と名乗る。
1678(延宝4)年	28歳	曾良の俳号で句入り文成る。
1681(天和元)年	33歳	この頃、長島藩を致仕して江戸へ。吉田神道の吉川惟足入門も同じ頃。
1683(天和3)年	35歳	夏、甲斐の高山麋塒宅にて芭蕉に会う。
1685(貞享2)年	37歳	江戸深川の五間堀に住む。
1688(元禄元)年	40歳	法躰となり、惣五を宗悟と改める。
1689(元禄2)年	41歳	芭蕉に従い『おくのほそ道』の旅に出る。
1709(宝永6)年	61歳	幕府派遣巡国使に任命される。
1710(宝永7)年	62歳	壱岐勝本にて病死。享年六十二歳。

暫時《しばらく》は滝に籠《こも》るや夏《げ》の初《はじめ》

音の轟《とどろ》く滝の裏に入ると、俗世間を離れた清浄な気持ちになる。夏籠《ごも》りをしているようだという。「夏」とは、「夏安居《げあんご》」のこと。仏教では陰暦四月十六日から七月十五日まで一室にこもり修行するが、それを指している。

肉食を断ち修行僧と同じ心構えの芭蕉にとっては、自然な発露《はつろ》の句である。

師匠の身を案じて武士を捨てて僧体になった曾良と、その気持ちを受け止める芭蕉。ふたりのあいだにある信頼関係こそ「断金《だんきん》の交わり」、余人に断ち切ることのできないものであった。

第一段

下野の旅

那須

那須野ヶ原に咲いた一輪の「花」

二日かけて越えた那須野ヶ原

日光を出た芭蕉は、北関東のはずれにある那須野ヶ原《なすのがはら》越えを試みる。那須野ヶ原はどこが果てか分からないほど広漠《こうばく》な草繁《くさしげ》る原野で、縦横無尽《じゅうおうむじん》に踏み分け道が走る。ここは牛馬の飼料《しりょう》のための地で、春には野火焼《のびや》きが行なわれていた。奥州への入口まで来て、途方にくれた芭蕉の姿が目に浮かぶようである。

そこにひとつのドラマが生まれた。

那須《なす》の黒ばねと云《いふ》所に知人《しるひと》あれば、是より野越《のごえ》にかゝりて、直道《すぐみち》をゆかんとす。遥《はるか》に一村を見かけて行に、雨降《ふり》日暮《くる》る。農夫の家に一夜《いちや》をかりて、明《あく》れば又野中《のなか》を行《ゆく》。そこに野《の》飼《がひ》の馬あり。草刈《くさかる》おのこになげきよれば、野夫《やふ》といへども、さすがに情《なさけ》しらぬには非《あら》ず。「いかゞすべきや。されども此野《このの》は縦横《じゅうわう》にわかれて、うゐ〱敷旅人《しきたびびと》の道ふみたがえん、あ

「かさね」との出会い

『芭蕉翁絵詞伝』の「那須」。馬に乗って進む芭蕉のうしろにいる少女が「かさね」。芭蕉は彼女の名前に心をひかれる。

やしう侍れば、此《この》馬のとゞまる所にて馬を返し給へ」とかし侍《はべり》ぬ。

近道をしようとした芭蕉は、雨に降られ、農家に一夜の宿を借りた。翌日、草を刈る男に道を尋ねると、迷うからと、大切な馬を貸してくれる。素朴で心安らぐ風景である。人情の機微《きび》に触れ、芭蕉も心温かくなったことは想像に難《かた》くない。

「かさね」という少女と出会う

馬に乗ると、小さな子どもがふたり、走って付いてくる。芭蕉は可憐《かれん》な童女《どうじょ》にひかれた。

ちいさき者ふたり、馬の跡したひてはしる。

独《ひとり》は小姫《こひめ》にて、名を「かさね」と云《いふ》。聞《きき》なれぬ名のやさしかりければ、
　かさねとは八重撫子《やへなでしこ》の名成《なる》べし　曾良
頓《やが》て人里に至れば、あたひを鞍《くら》つぼに結付《むすびつけ》て馬を返しぬ。

小姫とは「小さな娘」のことで、名を尋ねると「かさね」と応える。田舎には珍しい優雅な名前だと感心し、曾良が、かわいい娘はなでしこにたとえられるが、「かさね」の名は、八重咲きの八重撫子の名だろうと吟《ぎん》じ、華を添《そ》える。

『おくのほそ道』で子供が登場するのは、この章と「しのぶの里」だけだ。特にこの場面は、気持ちをなごませる。俳人で画家でもある与謝蕪村《よさぶそん》も気に入って、この場面を『奥の細道画巻』に描いている。

一連の出来事は『旅日記』には記載がないが、かさねと名乗る少女と出会ったのは確かなようだ。というのも芭蕉はのちに、「みちのく行脚《あんぎゃ》の時、いづれの里にかあらむ、こむ(す)めの六ツばかりとおぼしきが、いとさゝやかに、ゑもいはずおかしかりけるを、『名をいかにいふ』と、へば、『かさね』とこたふ。いと興有名なり」と、同じような体験があったことを書き残しているからだ。

実際この名をよほど気に入ったようで、自分に娘があれば付けたい名だといい、名付け親になった際、この名を与えたという。

この章は代金を馬につけ、馬を返すところで終わる。芭蕉は二日かけて那須野ヶ原を越え、黒羽《くろばね》に到着するのだった。

芭蕉の俳文『賀重』

みちのく行脚の時、いづれの里にかあらむ、こむ(す)めの六ツばかりとおぼしきが、いとさゝやかに、ゑもいはずおかしかりけるを、「名をいかにいふ」と、へば、「かさね」とこたふ。いと興有名なり。都の方にてはまれにもきゝ侍ざりしに、いかに伝て何をかさねといふ(に)やあらん。我、子あらば、此名を得させんと、道づれなる人にたはぶれ侍しを思ひいで、此たび思はざるゑんにひかれて名付親となり、

賀重

いく春をかさね〲の花ごろも
しはよるまでの老もみるべく

ばせを

芭蕉はこの俳文のなかで、『おくのほそ道』の旅の途中、「かさね」と名乗る少女と出会ったと記している。創作性の強い『おくのほそ道』のなかだけの話ではなく、実際の出来事だったことがこの俳文からうかがえる。

第一段
下野の旅
黒羽
芭蕉を親身にもてなした黒羽藩士

黒羽郊外の史跡をめぐり英気を養った芭蕉

黒羽《くろばね》に到着した芭蕉は早速、黒羽藩の城代家老の浄法寺高勝《じょうぼうじたかかつ》と、江戸蕉門《しょうもん》とも関わりがあるその弟、鹿子畑豊明《かのこばたとよあきら》兄弟を訪ねる。高勝の眺めのよい邸宅で兄弟のもてなしを受け、連句《れんく》の会にも一座した。弟は朝晩訪ねてきて、彼らの親戚にも招待される。その歓待《かんたい》ぶりが次の文章からも伝わってくる。

> 黒羽《くろばね》の館代《くわんだい》浄坊寺《じやうばうじ》何がしの方に音信《おとづ》る。思ひがけぬあるじの悦《よろこ》び、日夜語《にちやかたり》つゞけて、其《その》弟桃翠《たうすい》など云《いふ》が、朝夕勤《あさゆふつとめ》とぶらひ、自《みづから》の家にも伴《ともな》ひて、親属《しんぞく》の方《かた》にもまねかれ、日をふるまゝに、ひとひ郊外に逍遙《しようよう》して、

兄弟は俳諧をたしなみ、兄は桃雪《とうせつ》、弟は翠桃《すいとう》（桃翠とあるが、正しくは翠桃）の号を持

⑤黒羽周辺図

玉藻稲荷神社

現在、玉藻稲荷神社の境内に「玉藻前の古墳」と伝えられる狐塚がある。

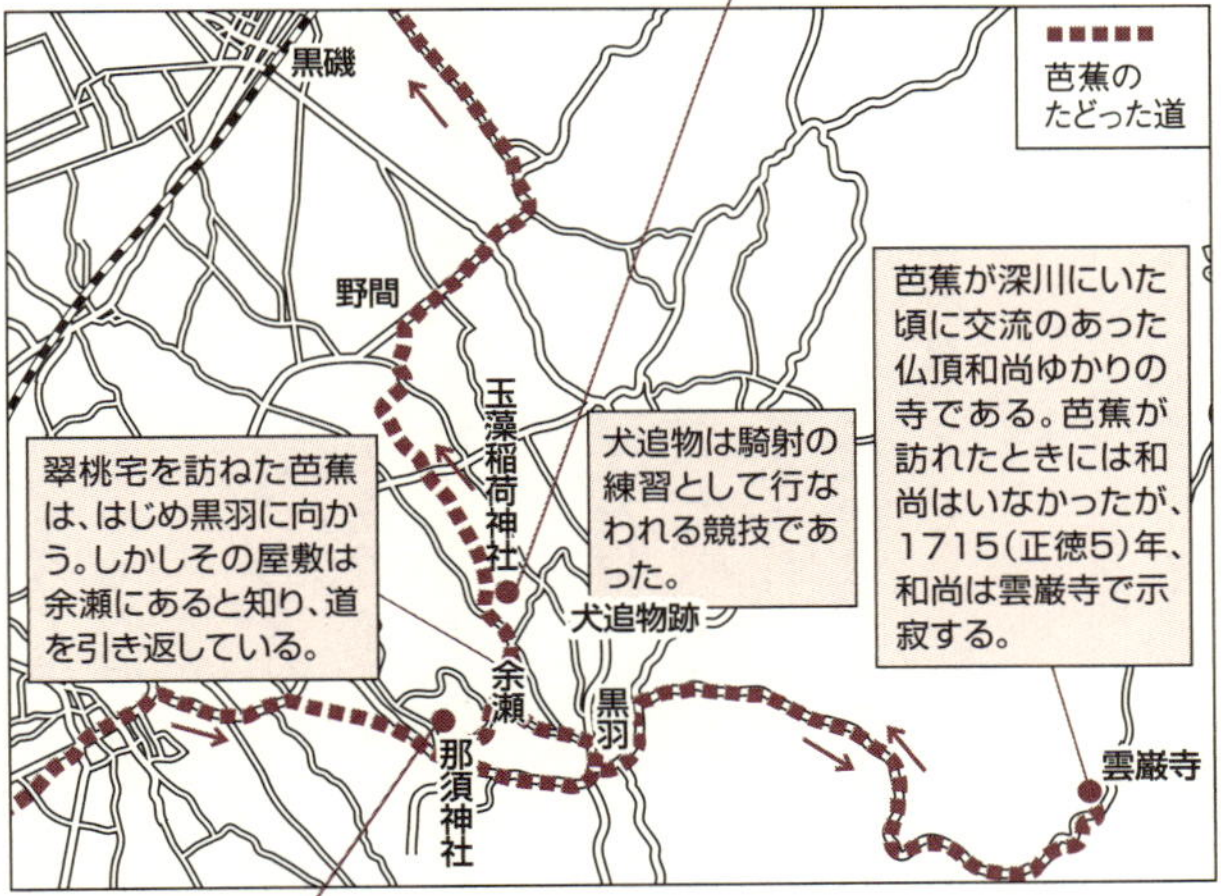

黒磯
芭蕉のたどった道
野間
玉藻稲荷神社
犬追物跡
余瀬
黒羽
那須神社
雲巌寺
翠桃宅を訪ねた芭蕉は、はじめ黒羽に向かう。しかしその屋敷は余瀬にあると知り、道を引き返している。
犬追物は騎射の練習として行なわれる競技であった。
芭蕉が深川にいた頃に交流のあった仏頂和尚ゆかりの寺である。芭蕉が訪れたときには和尚はいなかったが、1715（正徳5）年、和尚は雲巌寺で示寂する。

那須神社楼門

芭蕉の時代には金丸八幡宮と呼ばれていた。その所在が那須郡金丸村にあったからである。

つ。芭蕉を歓待した彼らは高位な武士だが、いずれも二十代後半。四十代の芭蕉に礼を尽くしてもてなす姿に好感がもてる。芭蕉はこの地の旧跡巡りを楽しんだ。

犬追物《いぬおふもの》の跡を一見《いつけん》し、那須の篠原《しのはら》をわけて、玉藻《たまも》の前の古墳をとふ。それより八幡宮に詣《まうづ》。与市扇《よいちあふぎ》の的《まと》を射し時、「別しては我国氏神正《わがくにのうぢがみしやう》八まん」とちかひしも、此《この》神社にて侍《はべる》と聞《きけ》ば、感応殊《かんのうことに》しきりに覚えらる。暮《くる》れば桃翠宅に帰る。

「犬追物」は、馬場に犬を放ち、馬上から犬を射る鎌倉時代に盛んだった競技。那須の篠原は、源 実朝《みなもとのさねとも》が歌ったように狩り場であった。「玉藻の前の古墳」は、「玉藻」という天皇の寵妃《ちょうき》が実は狐の化身で、那須で追い詰められて退治されたという伝説に基づくもの。「那須の与市《よいち》」は源義経《よしつね》に仕え、屋島の合戦の折、平家の女房が持った扇を矢で見事射落としたことで知られる。その与市が射落とすとき、祈ったのがここの八幡宮と聞いて芭蕉は感動を覚えた。

芭蕉の滞在は四月三日から十五日までの十三日間にもおよび、旅中で最も長い滞在である。白河の関を目前に、十分に英気《えいき》を養《やしな》ったのだ。曾良は滞在中に托鉢《たくはつ》に出ている。

行者堂にて旅への決意を新たにする

光明寺《こうみょうじ》に招かれた芭蕉は、一句残した。

修験《しゅげん》光明寺《くわうみやうじ》と云有《いふあり》。そこにまねかれて、行者堂《ぎやうじやだう》を拝す。

夏山《なつやま》に足駄《あしだ》を拝《をが》む首途《かどで》哉《かな》

芭蕉は、修験道《しゅげんどう》の開祖「役《えん》の小角《おづぬ》」の像を見学する。修験道とは、高い霊峰で修行し、呪力を手に入れることを業とする。

芭蕉はこの役の行者に託して、第二の首途《かどで》への意気込みを句に込める。はるかに夏山を望み、その先が奥州である。役の行者が高下《たかげ》駄《た》をはいて山野を越えた健脚にあやかりたい、との意だ。疲れを癒した芭蕉は、意気揚々と奥州への関門、白河の関へ向かった。

『旅日記』による黒羽での芭蕉の動向

4月3日	余瀬の翠桃宅に宿泊。
4日	浄法寺図書に招かれ、10日まで泊まる。
5日	雲巌寺を見物する。
6日	雨天。
7日	雨天。
8日	雨天。
9日	雨天。光明寺に招かれる。
10日	雨止む。
11日	雨天。余瀬の翠桃宅に帰る。
12日	雨止む。玉藻稲荷、玉藻前の古墳を見物。
13日	金丸八幡(那須神社)に参詣。
14日	雨天。図書来訪、終日滞在。
15日	雨止む。図書宅に行き泊る。
16日	余瀬を出立する。

第一段

下野の旅

雲巌寺

敬慕する仏頂和尚山居の跡

なぜ雲巌寺を訪れたかったのか

芭蕉が黒羽で最も訪れたかったのは、雲巌寺《うんがんじ》の仏頂《ぶっちょう》和尚《おしょう》の山居跡だった。仏頂和尚は、常陸《ひたち》（現在の茨城県）にある鹿島根本寺《かしまこんぽんじ》の住職。訴訟のため江戸深川に滞在していた折、芭蕉と交流を持った。芭蕉は和尚を参禅《さんぜん》の師としたともいう。旅の楽しみのひとつ、「無《む》依《え》の道者《どうじゃ》をしたふ」下りが次の文である。

当国雲岸寺《うんがんじ》のおくに、仏頂《ぶつちやう》和尚山居跡《さんきよのあと》あり。

竪横《たてよこ》の五尺にたらぬ草の庵《いほ》
むすぶもくやし雨なかりせば

と、松の炭して岩に書付侍《かきつけはべ》りと、いつぞや聞え給ふ。其《その》跡みんと雲岸寺に杖《つゑ》を曳《ひけ》ば、人々すゝんで共にいざなひ、若き人おほく道のほど打さはぎて、おぼえず彼麓《かのふもと》に到《いた》る。山はお

雲巌寺境内図

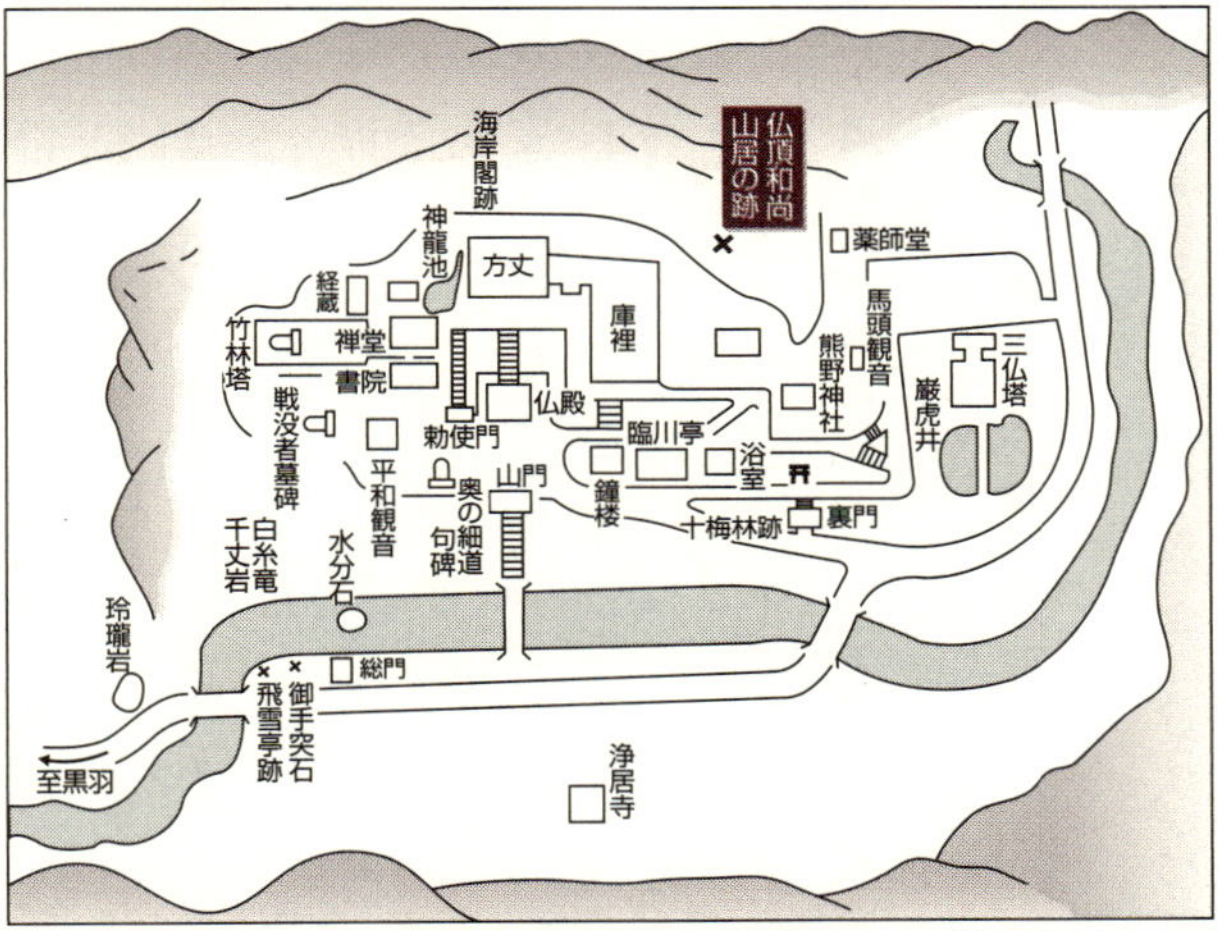

雲巌寺は黒羽から約12キロの場所にある。芭蕉はここで仏頂和尚の山居跡を訪ねたが、現在は山居跡に通じる道が封鎖されている。

くあるけしきにて、谷道遥《たにみちはるか》に、松杉《まつすぎ》黒く苔《こけ》したゞりて、卯月《うつき》の天《てん》今猶《なほ》寒し。十景尽《つく》る所、橋をわたつて山門に入《いる》。

仏頂和尚は雲巌寺にも出入りしており、「五尺に満たない庵《いおり》ではあるが、それさえも雨さえ降らなければ必要ないのに、と炭で岩に書きましたよ」とかつて聞いたことを懐かしく思い出す。

雲巌寺に向かう一行には若者も加わり、足取りも軽く談笑する様子が目に浮かぶようだ。

しかし、寺の山の麓に着くと一変。山は奥深く、谷道が続く。苔からは水が滴《したた》り落ち、ひんやりとしている。芭蕉はこの静謐《せいひつ》な空間に身が引きしまる思いをしたに違いない。
芭蕉が和尚を敬慕した理由は、その執着しない生き方にある。庵さえうとんじる仏頂和尚は、鹿島神宮《かしまじんぐう》との寺領争いに勝訴するが、その直後、住職を辞した。領地争いに巻き込まれた農民に責任をとったのだ。寺領を横領した鹿島神社の不正と闘い、信念を貫き通した姿は、俳諧一筋の芭蕉の生き方に通じる。

庵を破ることはなかった「寺つつき」

和尚は不在だったが、庵はそのまま残っていた。

さて、かの跡はいづくのほどにやと、後《うしろ》の山によぢのぼれば、石上《せきしやう》の小菴岩窟《せうあんがんくつ》にむすびかけたり。妙禅師《めうぜんじ》の死関《しくわん》、法雲《ほふうん》法師の石室《せきしつ》をみるがごとし。
木啄《きつつき》も庵《いほ》はやぶらず夏木立《なつこだち》
と、とりあへぬ一句を柱に残侍《のこしはべり》し。

裏山の急崖をよじ登ると、そこにあらわれたのは、断崖絶壁の岩窟に寄せて建つ粗末な庵。

仏頂和尚山居跡の図（おくの細道絵入）

「山居」とは山のなかにこもることを指す。仏頂和尚の『山庵記』によると、杉の木々のなかにある岩窟が山居の場だったらしい。

芭蕉は、この庵の様子を、洞窟に死関《しかん》の書を掲げて十五年間外出しなかった中国の妙《みょう》禅《ぜん》、法雲《ほううん》法師の石室に重ね、その感慨を一句に詠む。

木啄は、寺をつつき壊すということで、「寺つつき」の異名を持つ。その木啄にも破られずに庵が残っている。悟道《ごどう》に精進《しょうじん》する和尚に木啄も近寄りがたかったのであろうとその徳をたたえている。

芭蕉の仏頂和尚敬慕の思いが伝わる章だが、この雲巌寺訪問は黒羽滞在三日目のこと。それをあえてひとつの章として独立させて書いたのは、無私無欲で、ひたすら修行に打ち込む和尚の姿に心からの共感をおぼえていたからである。

第一段
下野の旅

殺生石・遊行柳

毒気やまぬ巨石と西行ゆかりの柳

風流な馬方に即興の句を与える

四月十六日、芭蕉は長らく滞在した黒羽をあとにし、殺生石《せっしょうせき》へと向かった。

是《これ》より殺生石《せつしやうせき》に行《ゆく》。館代《くわんだい》より馬にて送らる。此口付《このくちつき》のおのこ、「短冊《たんざく》得させよ」と乞《こふ》。やさしき事を望侍《のぞみはべ》るものかなと、

野を横に馬牽《ひき》むけよほとゝぎす

殺生石は温泉《いでゆ》の出《いづ》る山陰《やまかげ》にあり。石の毒気いまだほろびず、蜂・蝶のたぐひ、真砂《まさご》の色の見えぬほどかさなり死す。

茫洋《ぼうよう》とした那須野ヶ原を、芭蕉は城代《じょうだい》の出してくれた馬の背にゆられて進む。馬子《まご》は馬の手綱《たづな》をとってゆっくり歩く。その馬子に短冊を書いてほしいといわれ、風流なことを

殺生石

標識の左に見える岩が殺生石。

望むものだと感心し、即座に「野を横に」の句を吟じて与えた。

この句は、「鋭いほととぎすの鳴き声がした。馬方よ、馬首をその方に引き向けてくれ。もう一声、ともに聞こうではないか」の意。「野を横に」は那須野ヶ原の本情（本来そのものにそなわっている風情、情趣）である「広さ」を感じさせて巧みである。

殺生石は、那須温泉の岩山にあった。殺生石とは正体をあらわした狐が那須で殺されたのち、石と化した巨岩のこと。石の毒気はいまだに消えず、異様な雰囲気をただよわせていた。

芭蕉はその異様さを打ち消すため、蜂や蝶がたくさん重なり合って死んでいたと、むしろ美化した表現をとっている。

長年心にかけ立ち寄った遊行柳

芭蕉は「遊行柳《ゆぎょうやなぎ》」と呼ばれる柳を見に行く。彼が敬慕する西行《さいぎょう》法師ゆかりの柳である。

又、清水《しみづ》ながる、の柳は、蘆野《あしの》の里にありて、田の畔《くろ》に残る。此所《この》の郡守戸《こ》部《ほう》某《なにがし》の、「此柳《このやなぎ》みせばや」など、折《をり》くにの給ひ聞え給ふを、いづくのほどにやと思ひしを、今日《けふ》此《この》柳のかげにこそ立《たち》より侍《はべり》つれ。

田一枚植《うゑ》て立去《たちさ》る柳かな

平安から鎌倉にかけて数々の和歌を残した西行は、旅と自然の歌人として知られている。西行の「道のべに清水ながるゝ柳名　しばしとてこそ立ちとまりつれ」の歌は、謡曲《ようきょく》『遊行柳』の題材となり、そのためにこの柳は有名になった。

これは遊行上人が、白河の関を越えたところで老人の姿をした柳の精に、朽木《くちき》の柳まで導かれる。老人は上人から十念《じゅうねん》を授かって姿を消すという話である。

⑥余瀬〜遊行柳

那須湯本
芭蕉はこの旅の途中、3か所の温泉に立ち寄っている。そのうちのひとつがここ。殺生石は湯本にある温泉神社の裏手の山腹にある。
余瀬を出たその日、雨に降られこの地に宿をとった。
高久
芦野
遊行柳
余瀬を立つ際、館代につけられた馬方と別れたのがここ。
野間
余瀬
芭蕉のたどった道

遊行柳

遊行柳は曾良の「歌枕覚書」には載っていなかった。芭蕉がここを訪れたのは、交流のあった芦野の領主に遊行柳の話を聞いていたからだ。

芭蕉はこのあたりの領主である芦野《あしの》氏から、「領内にある遊行柳を是非見せたいものだ」と度々《たびたび》いわれていた。

そのためどこに柳があるのだろうと心惹《ひ》かれていたのだが、とうとうこの日、柳の木陰《こかげ》に立ち寄ることができたのである。芭蕉は感《かん》無量《むりょう》になった。

彼は柳の下でしばしもの思いにふける。ふと気付くと早乙女《さおとめ》たちは一枚の田を植え終え、腰を伸ばして次の田に移ろうとしていた。

いつの間にそんな時間が経《た》ったのか、と芭蕉は我《われ》に返り、行脚を続けようとその場を立ち去るのである。この句は、西行の歌を本歌としながら、自分の体験を詠むことで、本歌とは別の世界を表現し得たのである。

第一段
下野の旅

白河の関

古歌に彩られた陸奥第一の歌枕

心象風景としてよみがえる、いにしえの名歌

序章にも「白河《しらかわ》の関越《せき》えんと」と書いた芭蕉は、いよいよ白河の関を越えようとする。この関は五世紀頃、蝦夷《えみし》に対する砦《とりで》として作られた関。下野《しもつけ》から陸奥《むつ》に入る入口に置かれていたが、八世紀頃には廃止され、江戸時代、正確な位置は不明だった。ただ奥羽《おうう》地方との境界とする観念だけが受け継がれ、歌枕《うたまくら》として数多くの歌に詠まれてきた。常陸《ひたち》の勿来《なこそ》、出羽《でわ》の念珠関《ねずせき》と共に奥羽の三関のひとつでもある。

芭蕉はようやくここへ着いた感銘《かんめい》を、古歌が導く心象風景と重ねながら、色彩豊かに記す。

心許《こころもと》なき日かず重《かさな》るまゝに、白川の関にかゝりて旅心《たびごころ》定《さだま》りぬ。「いかで都へ」と便《たより》求《もとめ》しも断《ことわり》也。中にも此関《このせき》は三関《さんくわん》の一《いつ》にして、風騒《ふうさう》の人心をとゞむ。秋風《あきかぜ》を耳に残し、紅葉《もみぢ》を俤《おもかげ》にして、青葉の梢《こずゑ》猶《なほ》あはれ也。卯《う》の花《はな》の白妙《しろたへ》に、茨《いばら》の花の咲《さき》そひて、雪にもこ

福島県内の芭蕉の道筋

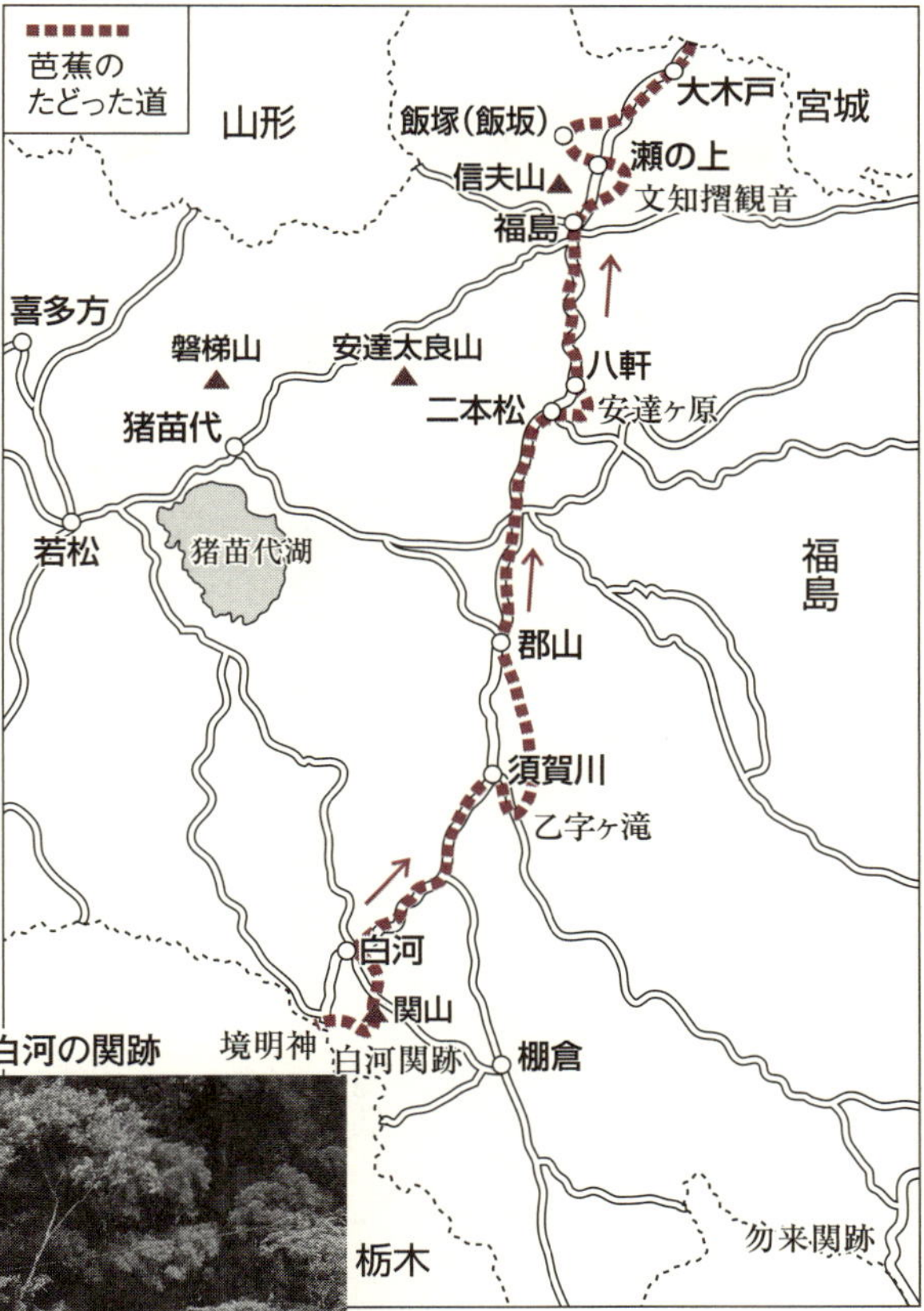

芭蕉の
たどった道
山形
宮城
大木戸
飯塚（飯坂）
瀬の上
信夫山
文知摺観音
福島
喜多方
磐梯山
安達太良山
八軒
二本松
安達ヶ原
猪苗代
若松
猪苗代湖
福
島
郡山
須賀川
乙字ヶ滝
白河
関山
境明神
白河関跡
棚倉
勿来関跡
栃木

白河の関跡

下野と陸奥を隔てる関。蝦夷対策の一環として設置されたが、関としての役割を失ったのちは、歌枕として歌人の聖地となった。

ゆる心地《ここち》ぞする。

「旅心定まりぬ」とは、白河の関を越え、陸奥への第一歩を踏みしめて、はじめて「みちのくの旅」が始まったと実感したことをいう。

そしてまっ先に、持病を持っていた芭蕉を気遣ってくれている江戸の人々に、無事白河の関を越えたことを伝えたいという思いが込上げてくる。

平兼盛《たいらのかねもり》が「たよりあらばいかで都へ告げやらむ今日白河の関はこえぬと」と詠んだ心境を実感したのだ。

そして、能因《のういん》法師の詠んだ「都をば霞とともにたちしかど　秋風ぞ吹く白川の関」の秋風が耳に響き、源頼政《みなもとのよりまさ》の詠んだ「都にはまだ青葉にて見しかども　紅葉散りしく白河の関」の紅葉が目に浮かび、目前の青葉と重なり合って味わいは一層深まるのである。地上に目を転じると真っ白な卯《う》の花や茨《いばら》の花（野生のばら）が地を埋めており、まるで雪を踏み分けていく心持ちであった。

「風情の人の実をうかがふ」（笈の小文）とはこのことなのである。つまり、古人の感動を、そのまま実感するのだ。

竹田大夫国行の故事にならった句

平安末期の藤原清輔《ふじわらのきよすけ》の『袋草子《ふくろぞうし》』によると、陸奥守竹田大夫国行《むつのかみたけだのたいふくにゆき》は白河の関を越えるにあたり、能因法師の名歌に敬意を表し、衣服を正装に改めたという。

この故事をふまえた曾良の句は、「白河の関」の章を締めくくるのにふさわしい名吟《めいぎん》である。

⑦白河の関周辺図

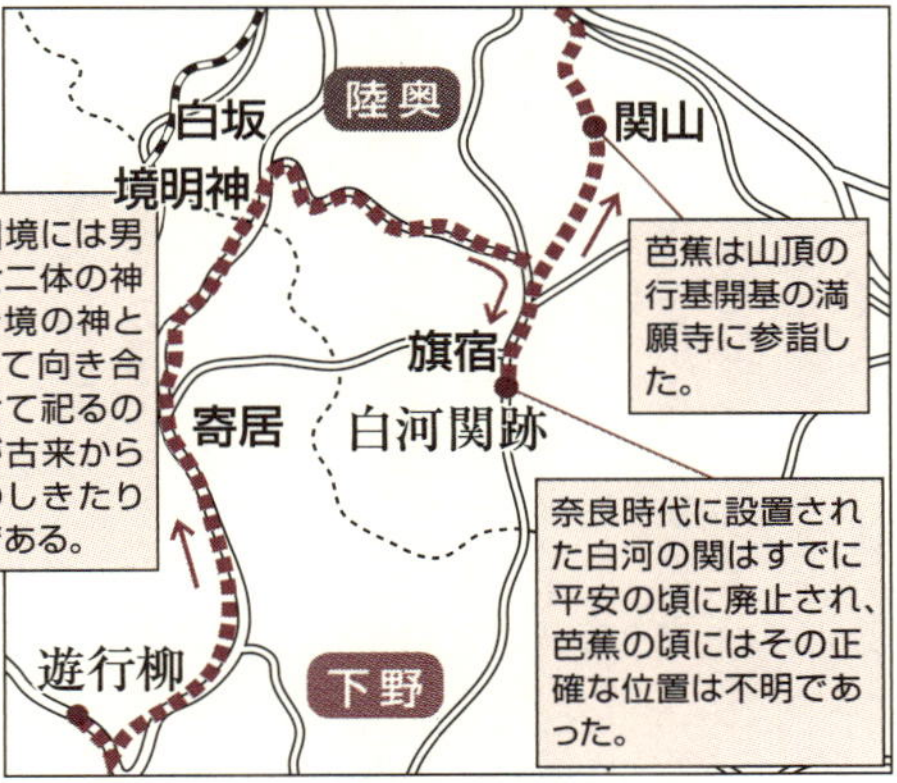
陸奥
関山
白坂
境明神
国境には男女二体の神を境の神として向き合せて祀るのが古来からのしきたりである。
芭蕉は山頂の行基開基の満願寺に参詣した。
旗宿
寄居
白河関跡
奈良時代に設置された白河の関はすでに平安の頃に廃止され、芭蕉の頃にはその正確な位置は不明であった。
遊行柳
下野

古人冠《かんむり》を正し衣装を改《あらため》し事など、清輔《きよすけ》の筆にもとゞめ置《おか》れしとぞ。
卯《う》の花《はな》をかざしに関の晴着《はれぎ》かな　曾良

句は、竹田国行の先例にならいたいが、正装の用意があるはずもない。せめてものことに道端に咲いている白い卯の花をかざしとして、関を越える晴着にしようという意。直接には竹田国行への挨拶だが、能因の名歌に対する敬意もこめている。

こらむ

からかわれた能因法師

旅に生きた先輩歌人能因法師

芭蕉は『おくのほそ道《みち》』の道中、数多くの歌枕を訪れている。それと同時に、敬愛する西行《さいぎょう》ゆかりの地に足を運ぶことも忘れなかった。そしてもう一人、芭蕉がその足跡をたどり、名歌を思い起こしていたのが、能因法師《のういんほうし》である。

能因は平安中期の歌人。もとは文章生《もんじょうせい》であったが、二十代で出家《しゅっけ》。以後の人生を僧侶として過ごした。

彼は二度ほど奥州へ旅している。芭蕉は俳文『幻住庵記《げんじゅうあんのき》』に、「能因が頭陀《ずだ》の袋をさぐりて、松しま・白川《しらかわ》におもてをこがし（後略）」と綴っている。

つまり、芭蕉の奥州への旅は、能因行脚の地を訪れることにあったともいえる。

芭蕉は白河の関、武隈《たけくま》の松、野田の玉川そして象潟《きさかた》の能因島で能因に想いを馳《は》せている。

能因と西行、芭蕉は二人の先輩の面影を追いながら、奥州を歩いたのである。

能因法師	
俗名	橘永愷
生没年	?～1050年11月以後
著書	『玄々集』『能因歌枕』

川柳では能因の奥州行脚を嘘とした

能因は白河の関を訪れた際、

都をば霞とともに立ちしかど
秋風ぞ吹く白河の関

と詠んでいる。

ところが、平安末期の歌人藤原清輔《ふじわらのきよすけ》が『袋草紙《ふくろぞうし》』に、「能因の奥州行脚は偽りだ」と書いた。この記述により、『古今著聞集《ここんちょもんじゅう》』は「能因は家にこもり、顔を黒く日焼けさせてから、陸奥国の方へ修行のついでに偽って、歌を詠んだと発表したのだ」と脚色《きゃくしょく》してしまった。これをもとに、川柳《せんりゅう》では、

霞から秋風までは長い嘘
わらぢくひまでは能因気がつかず
能因が顔を取りこむ俄雨

という風に、能因をからかうことになったのである。

第二段

奥州をめぐる

―須賀川から平泉まで―

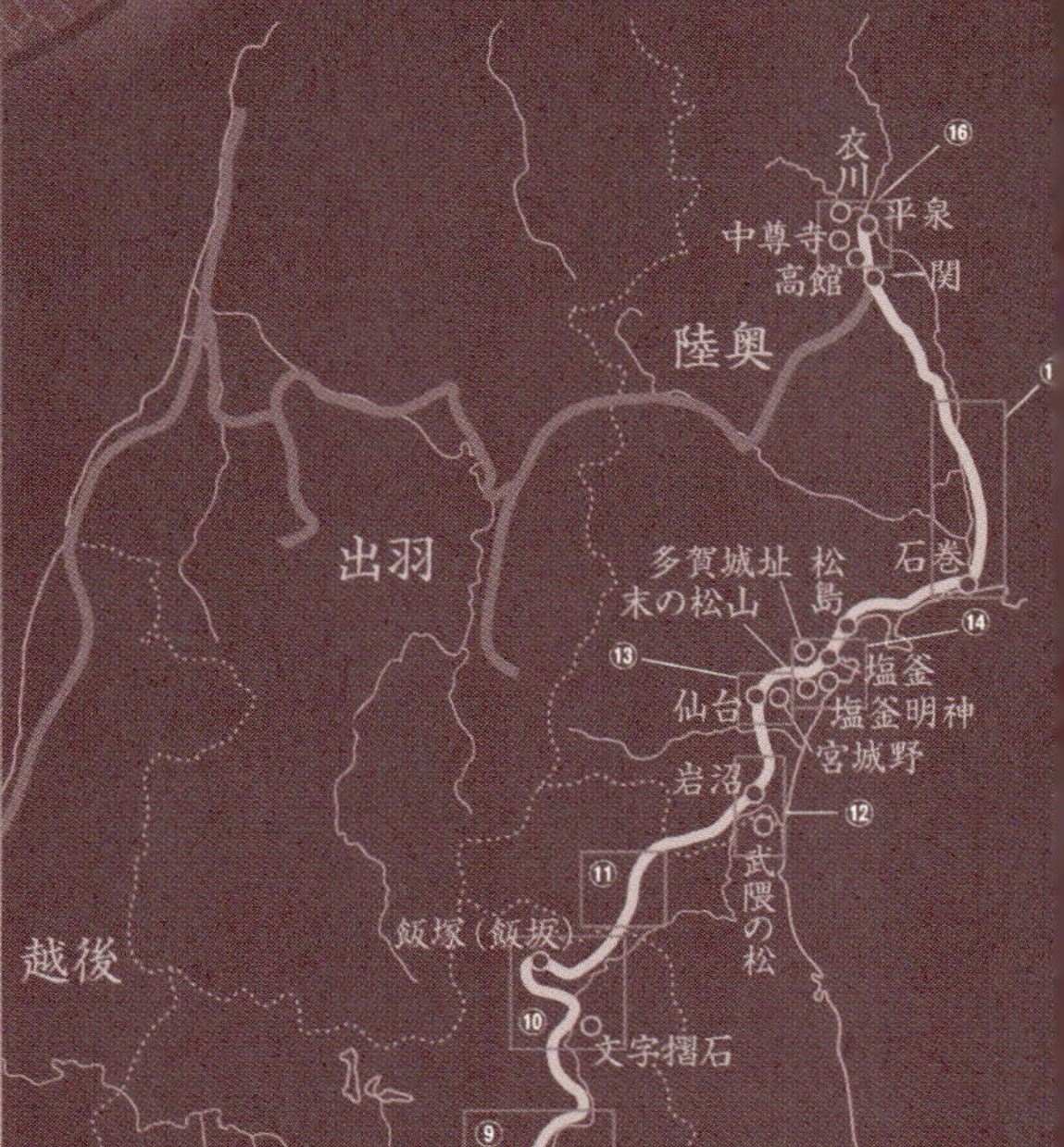

第二段

奥州をめぐる

須賀川

奥州に入った芭蕉、俳壇の先輩と再会

まっさきに白河での句を問う等躬

芭蕉《ばしょう》は奥州《おうしゅう》へ入る。左に磐梯山《ばんだいさん》がそびえ、振り返れば常陸《ひたち》との境をなして山々が連なり、足を踏み入れた観を強くする。

とかくして越行《こえゆく》まゝに、あぶくま川を渡る。左に会津根《あひづね》高く、右に岩城《いはき》・相馬《さうま》・三春《みはる》の庄《しやう》、常陸《ひたち》・下野《しもつけ》の地をさかひて山つらなる。かげ沼と云《いふ》所を行《ゆく》に、今日《けふ》は空曇《くもり》て物影うつらず。すか川《がわ》の駅《えき》に等窮《とうきゆう》といふもの尋《たづね》て、四、五日とゞめらる。先《まづ》「白河《しらかわ》の関《せき》いかにこえつるや」と問《とふ》。「長途《ちやうど》のくるしみ、身心《しんじん》つかれ、且《かつ》は風景に魂《たましい》うばゝれ、懐旧《くわいきう》に腸《はらわた》を断《たち》て、はかぐ〱しう思ひめぐらさず。

風流の初《はじめ》やおくの田植《たうゑ》うた

無下《むげ》にこえんもさすがに」と語れば、脇《わき》・第三《だいさん》とつゞけて三巻《みまき》となしぬ。

⑧須賀川周辺図

芭蕉のたどった道
芭蕉が宗匠となったときに行なった万句興行に、当時江戸にいた等躬も出席していた。おそらくそれ以来の再会と思われる。
守山
至郡山
等躬宅跡
可伸庵跡
須賀川
須賀川一里塚
小作田
鏡沼
阿武隈川
等躬の屋敷の隣にある徳善院の一角にあったと考えられている。
乙字の滝
至白河

石川滝（乙字ヶ滝）

曾良の『旅日記』に「石河滝」と記されている。乙字の滝と呼ばれるのは明治以降。

等躬は芭蕉の顔を見るや、真っ先に「白河の関でどのような句を作りましたか」と風流人らしい質問をした。芭蕉は「白河での詩人たちの感慨が身にしみ、満足に句を作れなかったが」と言い置いてから、奥州の地での最初の風流が鄙《ひな》びた田植歌であった、と一句披《ひ》露《ろう》。

この句には等躬への挨拶や、古雅《こが》な田植歌をほめると共に、白河を越えた感動が示されている。

ちなみにこの等躬は、須賀川《すかがわ》の駅長を勤める裕福な大地主であった。芭蕉が宗匠立机《そうしょうりっき》披露の万句興行（延宝《えんぽう》五～七年頃）をした折に出座してくれた年上の先輩俳人だ。

この章の主題は、俳諧《はいかい》に熱意を持つ等躬の人柄である。それを彼自身の言葉で具体的に描いたのは「仏五左衛門《ほとけござえもん》」と同じ手法である。

高野山での西行の暮らしをしのばせる僧侶

さらに、芭蕉はこの宿駅の片隅に住む一人の僧に心ひかれる。

此宿《このしゆく》の傍《かたはら》に、大きなる栗の木陰《こかげ》をたのみて、世をいとふ僧有《あり》。橡《とち》ひろふ太山《みやま》もかくやと閒《しづか》に覚《おぼえ》られて、ものに書付侍《かきつけはべ》る。其詞《そのことば》、栗といふ文字は西の木と書《かき》て、西方浄土《さいはうじやうど》に便《たより》ありと、行基菩薩《ぎやうぎぼさつ》の一生杖《つゑ》にも柱にも此《この》木を用給《もちひたま》ふとかや。

世の人の見付《みつけ》ぬ花や軒の栗

その人物とは、栗の木陰に庵《いおり》をいとなみ俗世間から離れて暮らす可伸《かしん》という僧だった。芭蕉はこの僧に西行《さいぎょう》の高野山《こうやさん》での暮らしぶりを見るような気がした。「橡《とち》ひろふ」とは、西行の詠んだ「山深み岩にしだるゝ水ためんかつがつ落つる橡拾ふほど」（山家集《さんかしゅう》）の深《しん》山《ざん》の生活に重ね合わせたもの。

句は、西方浄土にゆかりあるという栗の木の花は、これといって人の目を引くところはない。それは世俗を捨ててひっそりと暮らす主人の人柄そのものだ、の意。

俳諧は「夏炉冬扇《かろとうせん》」で、世間の人々の求める名利《みょうり》には関係なく、何の役にも立たないと芭蕉はいっている。俳諧に精進《しょうじん》することと、世塵《せじん》を離れて草庵暮らしをする生き方とは、心の有り様は同じである。仏門に入ろうとしながら、俳諧を捨てられなかった芭蕉にとり、隠者《いんじゃ》可伸との出会いは楽しいものであった。

第二段 奥州をめぐる

あさか山・しのぶの里

「花かつみ」を訪ね
巨石にしのぶ摺を想う

一日かけても探し得なかった「花かつみ」

等躬宅を出て、安積山《あさかやま》に向かった芭蕉は、出立前の猿雖《えんすい》に宛てた手紙に、見たいものとしてあげた「花かつみ」を熱心に探し求める。

等窮が宅を出て《いで》五里計《ばかり》、檜皮《ひはだ》の宿《しゅく》を離れてあさか山有《あり》。路《みち》より近し。此《この》あたり沼多し。かつみ刈比《かるころ》もや、近うなれば、いづれの草を花かつみとは云《いふ》ぞと、人々に尋侍《たづね》れども、更知人《さらにしる》なし。沼を尋《たづね》、人にとひ、「かつみ〳〵」と尋《たづね》ありきて、日は山の端《は》にかゝりぬ。二本松《にほんまつ》より右にきれて、黒塚《くろづか》の岩屋《いはや》一見し、福島に宿る。

ここは風流人の面目を垣間見《かいまみ》る章だ。芭蕉は、古歌に歌われた花かつみは一体どれだと人に聞き、沼を訪れ、人に問い、「かつみかつみ」と一心不乱に探す。結局一日かかって

花かつみ

花かつみの正体は不明だが、日和田では写真のヒメシャガを花かつみとして栽培している。

も分からなかった。

「花かつみ」とは『古今集《こきんしゅう》』の「陸奥《むつ》の安積の沼の花かつみかつ見る人に恋ひやわたらむ」の「かつみ」のこと。安積沼は安積山と共に歌枕。また中将実方《ちゅうじょうさねかた》がこの古歌を踏まえ、端《たん》午《ご》の節句《せっく》に菖蒲《しょうぶ》がないと知ると、花かつみを軒《のき》にさすように命じたという故事《こじ》もある。

もともと、和歌の上三句は、「かつ見る」を導き出すための序詞《じょことば》であるから、「花かつみ」の実体は不明。

しかし、現に安積の沼の地に立った芭蕉にすれば、その実体を知りたいと思うのは当然で、それを探し求めるのが風狂《ふうきょう》である。

芭蕉がこれほど熱心に探した花かつみだが、その後も花かつみの正体を真菰《まこも》の花、カタバミ、花ショウブなどとする諸説があって、いまだに解決されていない。

突き落とされた巨石に昔をしのぶ

翌日も福島の北にある歌枕の地、信夫《しのぶ》の里《さと》に向かった。

あくれば、しのぶもぢ摺《ずり》の石を尋《たずね》て、忍ぶのさとに行《ゆく》。遥山陰《はるかやまかげ》の小里《こさと》に石半《なかば》土に埋《うづもれ》てあり。里の童部《わらべ》の来《きた》りて教《をしへ》ける、「昔は此山《このやま》の上に侍《はべり》しを、往来《ゆきき》の人の麦草《むぎくさ》をあらして、此石《このいし》を試《こころみ》侍《はべる》をにくみて、此谷《これたに》につき落《おと》せば、石の面《おもて》下ざまにふしたり」と云《いふ》。さもあるべき事にや。

早苗《さなへ》とる手もとや昔《むかし》しのぶ摺《ずり》

「しのぶもぢ摺りの石」は、忍摺《しのぶずり》という染物《そめもの》の型石として伝えられている。この石の上に絹布《けんぷ》をあて、そこに忍草《しのぶぐさ》を置いて上からたたき、石面の乱れ模様を利用して摺《す》り出したと考えられている。

芭蕉がやっと見つけた石は下半分が埋まっていた。近くの子どもが来て、麦の葉を石にこすりつけると想い人の顔があらわれるという話が広まり、麦畑が荒らされ、怒った村人が石を谷に落したのだと教えた。

芭蕉はそんなこともあるのかと嘆息《たんそく》しながら、田植えをする早乙女《さおとめ》たちの素早く器用な手さばきに、忍草をとっては摺り出していた手ぶりがしのばれると句を作った。

⑨須賀川〜二本松

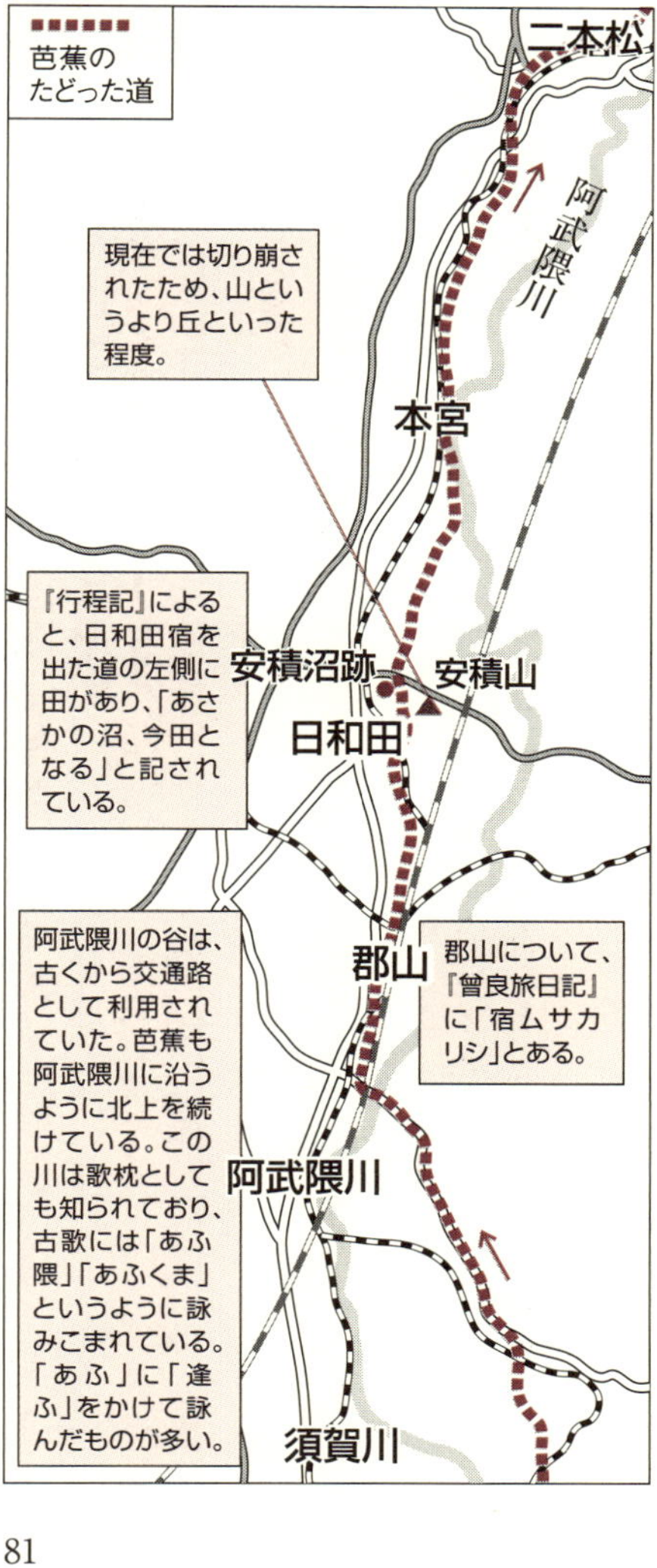
芭蕉のたどった道
二本松
阿武隈川
現在では切り崩されたため、山というより丘といった程度。
本宮
『行程記』によると、日和田宿を出た道の左側に田があり、「あさかの沼、今田となる」と記されている。
安積沼跡
安積山
日和田
郡山
郡山について、『曾良旅日記』に「宿ムサカリシ」とある。
阿武隈川の谷は、古くから交通路として利用されていた。芭蕉も阿武隈川に沿うように北上を続けている。この川は歌枕としても知られており、古歌には「あふ隈」「あふくま」というように詠みこまれている。「あふ」に「逢ふ」をかけて詠んだものが多い。
阿武隈川
須賀川

第二段
奥州をめぐる

佐藤庄司が旧跡

佐藤兄弟の嫁の石碑に涙する

義経のために命を落とした佐藤兄弟への思い

瀬上《せのうえ》という宿駅に到着した芭蕉は、佐藤庄司《さとうしょうじ》の旧跡を求めて奥州道中を左にそれる。

月《つき》の輪《わ》のわたしを越《こえ》て、瀬《せ》の上《うへ》と云宿《いふしゆく》に出づ。佐藤庄司《しやうじ》が旧跡は、左《ひだり》の山際《やまぎは》一里半計《ばかり》に有《あり》。飯塚の里鯖野《さばの》と聞《きき》て尋〳〵《たづねたづね》行《ゆく》に、丸山《まるやま》と云《いふ》に尋《たづね》あたる。是《これ》庄司が旧館《きうくわん》也。

芭蕉は、飯塚の鯖野《さばの》に向かい、人に尋ねて丸山にある館の跡を探しあてた。佐藤庄司は奥州藤原氏の家臣で、のちに奥州へ下ってきた源義経《みなもとのよしつね》に仕えて平家《へいけ》追討の戦いに活躍した継信《つぐのぶ》・忠信《ただのぶ》兄弟の父。

兄は屋島《やしま》の合戦で義経の矢面《やおもて》に立って戦死。弟は吉野山《よしのやま》で義経の身代わりとなって敵を欺《あざむ》き、のち京で自刃《じじん》した。

⑩福島〜飯坂温泉

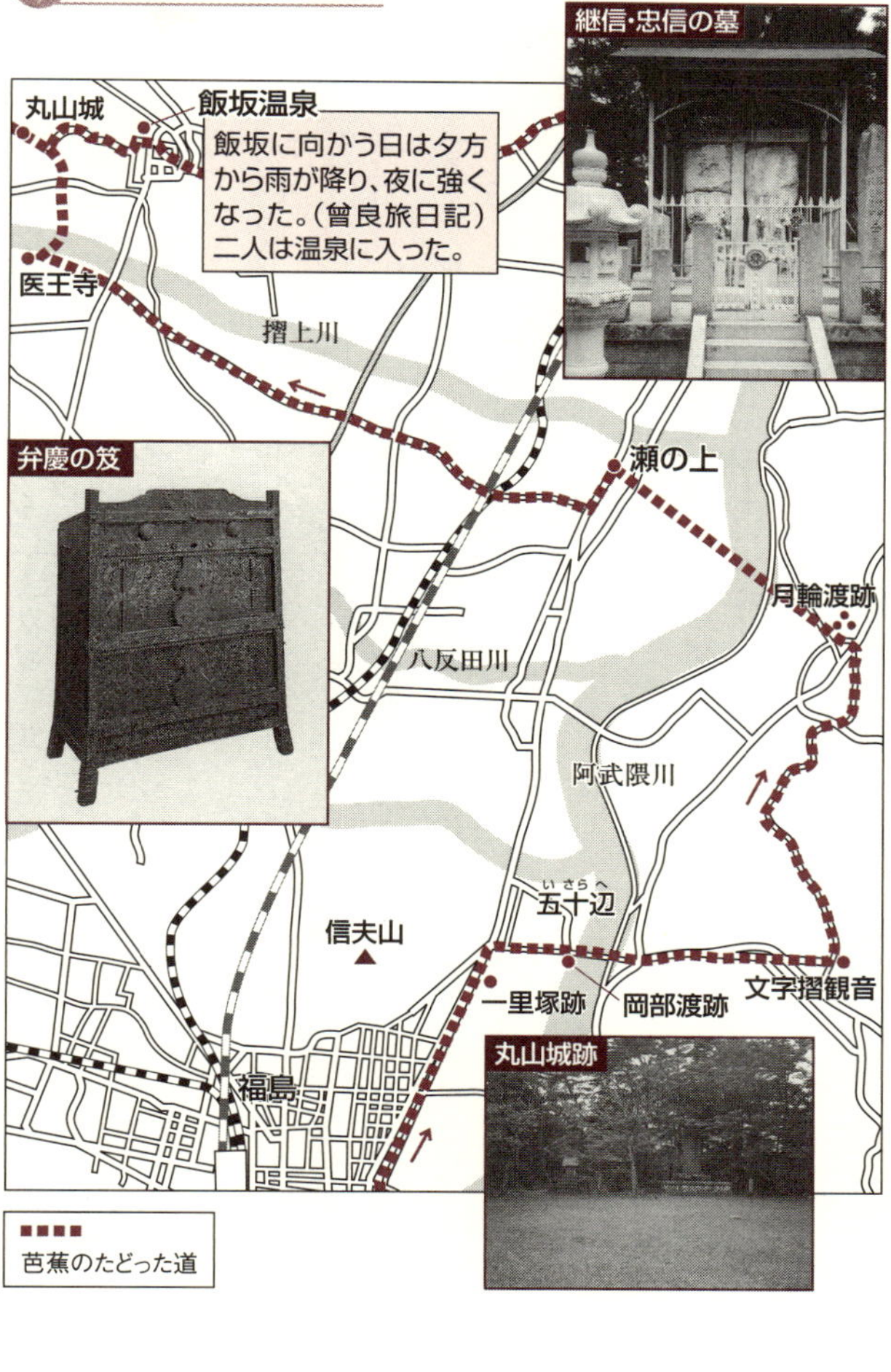
継信・忠信の墓
丸山城
飯坂温泉
飯坂に向かう日は夕方から雨が降り、夜に強くなった。（曾良旅日記）二人は温泉に入った。
医王寺
摺上川
弁慶の笈
瀬の上
月輪渡跡
八反田川
阿武隈川
五十辺《いさらへ》
信夫山
一里塚跡
岡部渡跡
文字摺観音
丸山城跡
福島
芭蕉のたどった道

麓《ふもと》に大手《おほて》の跡など、人の教ゆるにまかせて泪《なみだ》を落《おと》し、又かたはらの古寺《ふるでら》に一家《いつけ》の石碑を残す。中にも二人の嫁がしるし、先哀《まづあはれ》也。女なれどもかひぐしき名の世に聞《きこ》えつる物かなと袂をぬらしぬ。堕涙《だるい》の石碑も遠きにあらず。

城の正門の跡を教えられて芭蕉は感動で涙を流した。次に訪れた古寺は佐藤家の菩提寺《ぼだいじ》「医王寺《いおうじ》」のこと。ここで芭蕉が心を打たれたのは庄司夫妻と兄弟夫妻の墓碑《ぼひ》、とりわけ兄弟の妻たちの石碑だった。妻たちは夫戦死のあと、夫の甲冑《かっちゅう》に身を包み、兄弟が凱旋《がいせん》するさまを見せ、舅《しゅうと》を慰《なぐさ》めたという伝承が古浄瑠璃《こじょうるり》などに作られている。

芭蕉はこの伝説に、中国晋《しん》代、襄陽《じょうよう》の守《かみ》、羊祜《ようこ》の死後、徳を慕う民が碑に涙した「堕涙の石碑」が眼前にあるようだと感動する。

義経の太刀、弁慶の笈を目にする

芭蕉が佐藤継信・忠信兄弟の妻に寄せる強い関心は、義経に対する深い思いがあるためだ。『おくのほそ道』の根底に流れるのは無常観。義経といえばわずかな供を連れて奥州平泉《ひらいずみ》から鎌倉の兄頼朝《よりとも》の傘下《さんか》に入り、獅子奮迅《ししふんじん》の活躍で平家を滅した立役者。しかし、最後は頼朝と不和になり、平泉で悲劇的な最期をとげた武将だ。その一生はまさに栄枯盛衰《えいこせいすい》そのもので、それが芭蕉に世の無常を感じさせるのだ。

寺に入《いり》て茶を乞へば、爰《ここ》に義経の太刀《たち》・弁慶《べんけい》が笈《おひ》をとゞめて什物《じふもつ》とす。
笈も太刀も五月《さつき》にかざれ帋幟《かみのぼり》
五月朔日《さつきついたち》の事也。

この章の主題は、継信・忠信兄弟の嫁の孝心《こうしん》である。婦人たちの甲冑姿の故事について、芭蕉は省略している。その伝承が幸若《こうわか》・古浄瑠璃で広く知られていたためである。涙する芭蕉の目にはふたりの姿が浮かんでいたはずだ。そして、思いは兄弟が生命をかけて守ろうとした義経へと馳《は》せる。その義経の太刀《たち》が寺の宝物として残っていた。高まった感動を芭蕉は句に詠む。句は、「端午《たんご》も間近、男子の節句にふさわしい義経の太刀や弁慶《べんけい》の笈《おい》を飾り立派に丈夫に育つよう祝うがよい」の意。

「しのぶの里」に登場した田植にいそしむ現在の早乙女と、本章の鎌倉時代の武家の嫁。こうした対比も『おくのほそ道』の特色だ。

第二段
奥州をめぐる

飯塚

古戦場に立ち旅への気力を取り戻す

土座造りで体験した死ぬほどの思い

芭蕉は飯坂《いいざか》温泉に宿泊。これを「飯塚《いいづか》」と記述しているが、佐藤庄司の飯塚の里にも近いので、ここも飯塚の一帯と思ったのかもしれない。また、古くは伊達政宗《だてまさむね》の時代にも「飯塚温泉」と記した文書もある。

この旅で温泉地に泊まったのは那須《なす》温泉と加賀《かが》の山中《やまなか》温泉、そしてここの三か所だけ。にもかかわらず、せっかくの温泉地も快適な旅の一夜とはいかなかった。

其夜飯塚《いひづか》にとまる。温泉《いでゆ》あれば、湯《ゆ》に入《いり》て宿をかるに、土坐《つちざ》に莚《むしろ》を敷《しき》て、あやしき貧家《ひんか》也。灯《ともしび》もなければ、ゐろりの火かげに寐所《ねどころ》をまうけて臥《ふ》す。夜に入《いり》て、雷鳴《かみなり》雨しきりに降《ふり》て、臥《ふせ》る上よりもり、蚤《のみ》・蚊《か》にせゝられて眠らず。持病《ぢびやう》さへおこりて、消入《きえいる》計《ばかり》になん。短夜《みぢかよ》の空もやう〱明《あく》れば、又旅立《たびだち》ぬ。

⑪桑折〜貝田

義経腰かけ松
（二十四輩巡拝図会）

源義経が奥州平泉に向かう途中ここで休み、そばにあった松の木に腰をかけたという伝説が残されている。

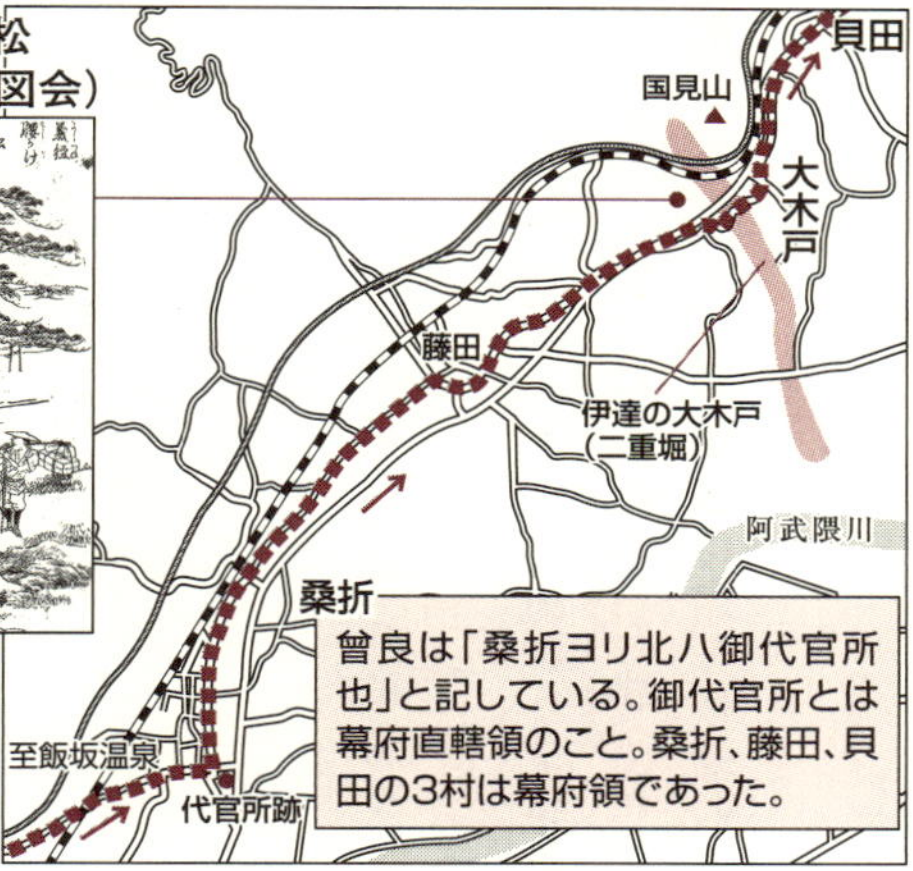
芭蕉のたどった道
貝田
国見山
大木戸
藤田
伊達の大木戸（二重堀）
阿武隈川
桑折
曾良は「桑折ヨリ北八御代官所也」と記している。御代官所とは幕府直轄領のこと。桑折、藤田、貝田の3村は幕府領であった。
至飯坂温泉
代官所跡

その宿は、地面の上に籾殻《もみがら》を敷きその上に莚《むしろ》を敷く粗末な造りで、灯火もなく、いろりの火を頼りに寝床を作る始末。

夜になると大雨が降って雨漏りし、蚤《のみ》や蚊に刺されて眠れない。体の方も変調をきたし、持病がうづき始める。芭蕉は痔《じ》と疝気《せんき》と呼ばれる腹痛の持病を抱えていたが、どちらかが悪化したようだ。

そのときの状態を芭蕉は「消入計」と記す。これは死にそうな思いに陥《おちい》ったということ。だからこそ、そのあとに続く「短夜の空もやう〳〵明れば」との記述が示すように、夏の短い夜でさえも、芭蕉にとってはようやく明けたと感じられたのだ。

『上飯坂絵図』（享保《きょうほう》一四年）を見ると、鯖湖湯の周りに家並みがある。

芭蕉の泊まった旅館もこの近くであったろう。

当時の定書《さだめがき》によれば、湯治客《とうじ》の木銭《きせん》は鐚《びた》一〇文、湯小屋銭が鐚五文であった。湯小屋を借りるのは宿に内湯がなかったため。ほかに遊女《ゆうじょ》を置くこと、博打《ばくち》などの禁止が定められていた。

平泉藤原軍と鎌倉幕府軍の古戦場にて気力を取り戻す

ようやく一夜が明け、出発したものの、まだ足取りが重く、憂鬱《ゆううつ》な気分だった。

だが、芭蕉はこれを自分で乗り越える。


猶夜《なほよる》の余波《なごり》、心すゝまず。馬かりて桑折《こをり》の駅に出《いづ》る。遥《はるか》なる行末《ゆくすゑ》をかゝえて、斯《かか》る病《やまひ》覚束《おぼつか》なしといへど、羇旅辺土《きりょへんど》の行脚《あんぎゃ》、捨身無常《しゃしんむじゃう》の観念《くわんねん》、道路にしなん、是天《これてん》の命《めい》なりと、気力 聊《いささか》とり直し、路縦横《みちじゆうわう》に踏《ふん》で伊達《だて》の大木戸《おほきど》をこす。

芭蕉は「元来が持病を抱えた旅で、しかも今回は辺鄙《へんぴ》な田舎である。自分は俳諧修行の

貝田宿への旧道（碑は庚申塚）

貝田宿への道は北へ向かうゆるやかな坂道だった。

ために肉体を捨ててもよいと心に決しているのだから、途中で死んでも天命である」と自らを鼓舞《こぶ》する。

ここは漢語などを駆使《くし》した対句表現を用い、覚悟のほどを示す力強い表現だ。粗末な旅籠のわびしさ、心細さを描いた前半とは対照的である。

芭蕉は原点に立ち戻り、ようやく気力を取り戻した。

最後の「伊達の大木戸」は源頼朝《よりとも》が奥州藤原氏を破った古戦場。ここでの戦いに敗れた藤原軍は滅亡の一途をたどり、頼朝の覇権が全国的に確立することとなった。ここから北が伊達領だ。芭蕉は鎌倉軍の勢いを自分のものとして、力強い歩調で伊達の大木戸を越えた。

第二段
奥州をめぐる

笠島・武隈

実方の墓と二木にわかれた名木

西行も立ち寄った実方の墓所への思い

伊達領に入った芭蕉は、笠島《かさしま》について記す。

鐙摺《あぶみずり》、白石《しろいし》の城を過《すぎ》、笠島《かさしま》の郡《こほり》に入れば、藤中将《とうのちゅうじょう》実方《さねかた》の塚はいづくのほどならんと、人にとへば、「是《これ》より遙《はるか》右に見ゆる山際の里を、みのわ・笠島と云《いひ》、道祖神《だうそじん》の社《やしろ》、かた見の薄《すすき》、今にあり」と教ゆ。

鐙摺と、片倉《かたくら》氏の城下町白石《しろいし》を過ぎた芭蕉は笠島に入り、実方《さねかた》の塚を訪ねたいと願う。

藤原実方は平安中期の歌人として名高く、天皇の勘気《かんき》を被《こうむ》り、陸奥《むつ》に左遷《させん》された人物。笠島の道祖神社の神罰で、落馬して死んだという。西行はこの塚で「朽ちもせぬその名ばかりをとどめ置きて枯野《かれの》のすゝき形見にぞ見る」と詠んだ。そのススキがあると教えてもらう。

宮城県内の芭蕉の道筋

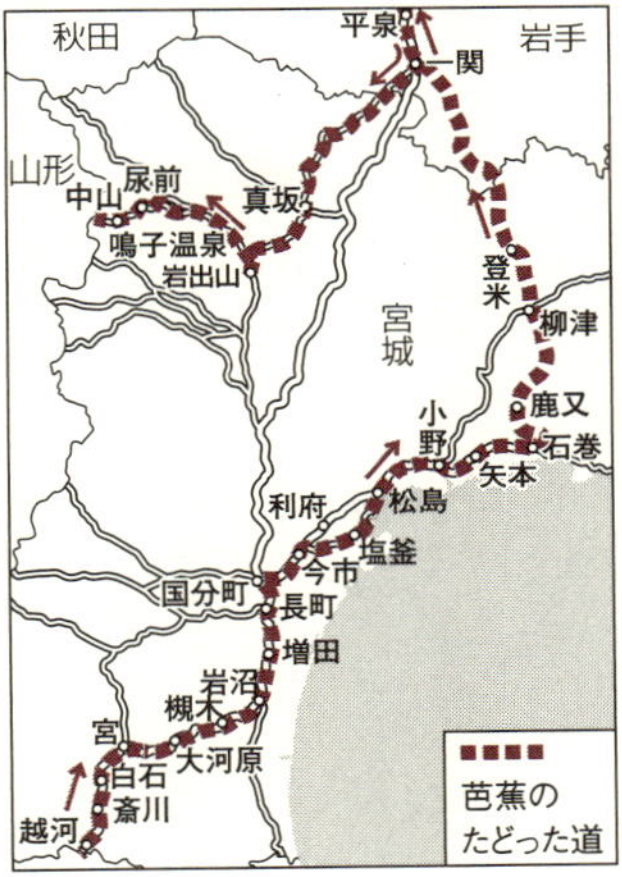
秋田
平泉
岩手
一関
山形
中山
尿前
真坂
鳴子温泉
岩出山
登米
宮城
柳津
鹿又
小野
石巻
矢本
利府
松島
塩釜
今市
国分町
長町
増田
岩沼
槻木
宮
大河原
白石
斎川
越河
芭蕉のたどった道

越河～白石

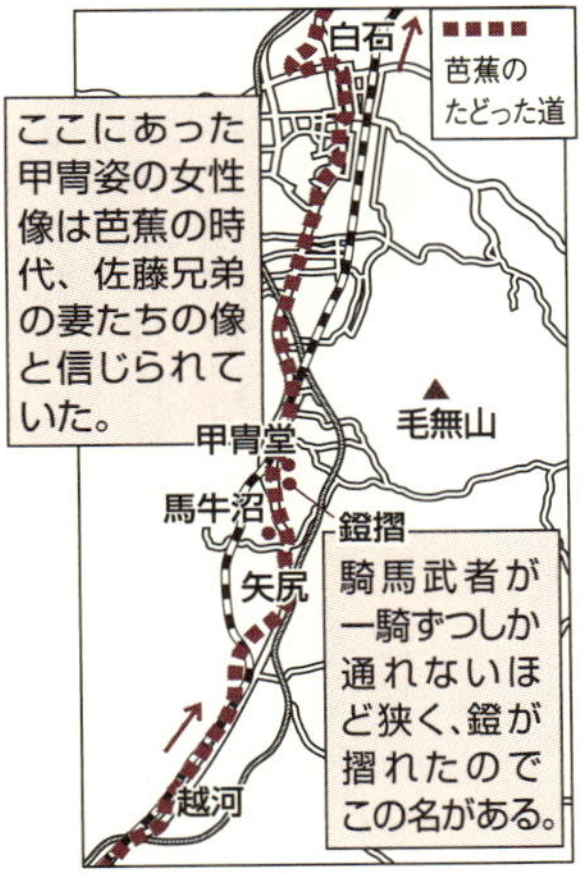
白石
芭蕉のたどった道
ここにあった甲冑姿の女性像は芭蕉の時代、佐藤兄弟の妻たちの像と信じられていた。
毛無山
甲冑堂
馬牛沼
鐙摺
騎馬武者が一騎ずつしか通れないほど狭く、鐙が摺れたのでこの名がある。
矢尻
越河

此比《このごろ》の五月雨《さみだれ》に道いとあしく、身つかれ侍れば、よそながら眺《ながめ》やりて過《すぐ》るに、簑輪《みのわ》・笠島も五月雨《さみだれ》の折にふれたりと、

笠島はいづこさ月のぬかり道

岩沼《いはぬま》に宿る。

結局芭蕉は、雨が降って道が悪いことや長旅の疲れのため、遠くから眺めやっただけだった。このぬかるみの道では笠島を訪ねることもできないと句に無念さがにじみ出る。

ところで、実際の道順では、先に武隈《たけくま》の松を見ている。しかし、この章で旅の難儀を描いているからこそ、次章の「め覚る心地はすれ」の表現が生きるのである。

餞別吟に応えて句を吟ず

武隈《たけくま》の松にこそ、め覚《さむ》る心地はすれ。根は土際《つちぎは》より二木《ふたき》にわかれて、昔の姿うしなはずとしらる。先能因《まづのういん》法師思ひ出《いづ》。往昔《そのかみ》、むつのかみにて下りし人、此木《この》を伐《きり》て名取川《なとりがは》の橋杭《はしぐひ》にせられたる事などあればにや、「松は此《この》たび跡もなし」とは詠《よみ》たり。代々《よよ》、あるは伐《きり》、あるひは植継《うゑつぎ》などせしと聞《きく》に、今将千歳《いまはたちとせ》のかたちと、のほひて、めでたき松のけしきになん侍《はべり》し。

岩沼には、歌枕として有名な武隈の松がある。昔と変わらない姿を見て、芭蕉は真っ先に平安末期の歌人能因法師を思い出した。

能因は「武隈の松はこの度跡もなし千歳《ちとせ》をへてや我はきつらん」と嘆いた。しかし、今芭蕉の目前には植継ぎをしたのか、風情ある松の姿がある。

能因は見ることができなかった松を、私は見たという感激が「めでたき松のけしき」に込められている。

実はこの松には出立前から思い入れがあった。

「武隈の松みせ申せ遅桜《おそざくら》」と挙白《きょはく》と云《いふ》もの、餞別《せんべつ》したりければ、
桜より松は二木《ふたき》を三月越《みつきご》シ

江戸出立の際、門人の挙白《きょはく》が遅桜《おそざくら》にことよせて、武隈の松も見てくださいと餞別《せんべつ》の句を詠んだ。芭蕉は江戸を発足して三か月目、武隈に遅桜はないものの、二木の松を三月越しに見た、と応えたのである。

餞別吟を前書に引用して句を出す形に芭蕉の工夫がある。

⑫岩沼周辺図

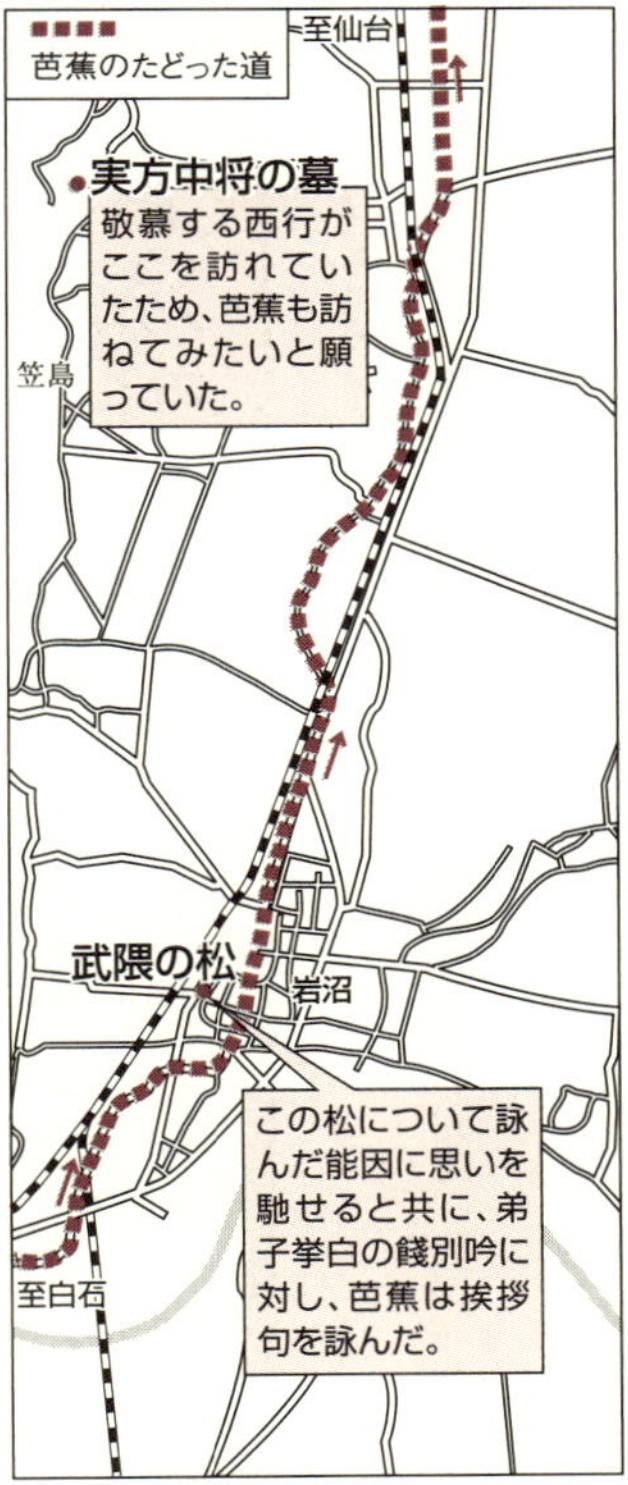
芭蕉のたどった道
至仙台
実方中将の墓
敬慕する西行がここを訪れていたため、芭蕉も訪ねてみたいと願っていた。
笠島
武隈の松
岩沼
この松について詠んだ能因に思いを馳せると共に、弟子挙白の餞別吟に対し、芭蕉は挨拶句を詠んだ。
至白石

武隈の松

第二段
奥州をめぐる

宮城野

風流に徹した
加右衛門が導く歌枕

加右衛門の案内で歌枕をめぐる

芭蕉は奥州一の都会仙台《せんだい》に着く。仙台は伊達家のお膝元《ひざもと》で、当時の藩主は政宗の曾孫《ひまご》、綱村《つなむら》である。

芭蕉は旅費節約のため、できるだけ知人やその紹介先に泊まるようにしていた。ここでも芭蕉は紹介状を携《たずさ》えて仙台藩士の家を訪ねたのだが、折り悪く病気のため会えなかった。仙台の俳壇で著名な大淀三千風《おおよどのみちかぜ》も訪ねたが、居所を知る人がいなかった。

名取川を渡《わたつ》て仙台に入《いる》。あやめふく日也《なり》。旅宿をもとめて、四、五日逗留《とうりう》す。爰《ここ》に画工《ぐわこう》加右衛門《かえもん》と云《いふ》ものあり。聊《いささか》心ある者と聞《きき》て、知る人になる。

紹介先を断られ弱った芭蕉だが、それがかえって三千風の高弟《こうてい》、加右衛門、俳号加之《かし》と

⑬仙台周辺図

芭蕉のたどった道
東照宮
徳川家康が仙台を訪れた際、この地で休息し、御祭神ゆかりの地として鎮座地に選ばれたという。
正しくは「札の辻」といって、道の中央部に幕府の制札が掲げられていた場所である。辻の名に「芭蕉」が用いられた理由は、バショウが植えてあった、伊達政宗に重用された芭蕉という僧が一時期住居を構えたからなどといわれる。
宮城野原
仙台
芭蕉辻
仙台城趾
仙台城（青葉城とも）は仙台藩主の伊達氏が居城としていたところ。芭蕉は仙台滞在2日目に見物している。
かつて宮城野原と呼ばれていた一帯は現在では開発が進み、一部は公園になっている。

の出会いを生んだ。

この者、年比《としごろ》さだかならぬ名どころを考《かんがへ》置侍《おきはべ》ればとて、一日《ひとひ》案内す。宮城野の萩《はぎ》茂りあひて、秋の気色《けしき》思ひやらるゝ。玉田・よこ野、つゝじが岡はあせび咲《さく》ころ也。日影《ひかげ》ももらぬ松の林に入《いり》て、爰《ここ》を木《き》の下《した》と云《いふ》とぞ。昔もかく露《つゆ》ふかければこそ、「みさぶらひみかさ」とはよみたれ。薬師堂《やくしだう》・天神《てんじん》の御社《みやしろ》など拝《をがみ》て、其日《そのひ》はくれぬ。

当時、仙台藩は文教政策を推進し、領内の名所整備に力を入れていた。一方、民間では大淀三千風一派が一六八七（貞享《じょうきょう》四）年、亀岡八幡宮《かめがおかはちまんぐう》で二十八景の品定めを行なった。

芭蕉がまわった歌枕はすべてこのなかに含まれている。

加右衛門もこの作業に加わっていたのだから、歌枕の案内人としてこれ以上の人物はいない。

萩につながる「宮城野」では萩が茂り、「玉田・よこ野」を見、「つつじが岡」では歌に詠まれたあせびの季節を思った。

薬師堂一帯の鬱蒼《うっそう》とした「木の下」では、露が落ち、「お笠をどうぞ、と主人に申しあげよ」と詠まれたことのある古歌の情景を想像し、芭蕉は歌枕探訪を満喫する。

足に合った草鞋を贈られる芭蕉

楽しい日々を過ごし、いよいよ仙台を出立することになった芭蕉。加右衛門は、心のこもった贈り物をする。

猶《なほ》、松島・塩がまの所々《ところどころ》画《かき》に書て送る。且《かつ》、紺の染緒《そめお》つけたる草鞋《わらぢ》二足餞《はなむけ》す。されば
こそ、風流のしれもの、爰《ここ》に至りて其実《そのじつ》を顕《あらは》す。
あやめ草足に結《むす》ばん草鞋《わらぢ》の緒《を》

木下国分寺（奥州名所図絵）

曾良は「木の下へ行。薬師堂、古へ国分尼寺之跡也」と記している。国分尼寺は誤りで実際には国分寺に赴いている。

加右衛門は絵図と草鞋を二足、餞別として芭蕉に渡している。

芭蕉はつねづね自分の足に合った草鞋がないことを嘆いていた。

この草鞋は、芭蕉の足にぴったりだったに違いない。

その心遣いをおおいに喜び、加右衛門を「風流に徹した者」とほめたのである。

「紺の緒染め」とは、紺の麻緒《あさお》のついた草鞋のことで、紺の香りは蝮除《まむしよ》けとされる。

端午の節句のあやめ草を連想させる風流な贈り物に芭蕉は喜ぶ。

この紺の緒を足に結んで、道中の無事を祈ることにしよう、と挨拶の句を返したのだった。

第二段 奥州をめぐる

壺の碑

無常の世に残る千年前の古碑

碑に刻み付けられた文字を要約する

加右衛門の見送りで仙台を旅立った芭蕉。前夜彼からもらった絵図を頼りに原町《はらまち》から今市《いまいち》に入り、十符《とふ》の菅菰《すがこも》を見た。

かの面図《えづ》にまかせてたどり行《ゆけ》ば、おくの細道の山際《やまぎは》に十符《とふ》の菅有《すげあり》。今も年々十符の菅菰《すがごも》を調《ととのへ》て国守《こくしゆ》に献ずと云《いへ》り。

「十符の菅菰」とは、網目《あみめ》が十ある菰のことで、丈《たけ》が普通のものより長く、質がよいものだった。古歌にも「陸奥の十符の菅菰」と詠まれ、陸奥の名産であった。芭蕉は今も「十符の菅」が栽培され、菰に編まれていることに感激したことだろう。

ところで文中にある「おくの細道」は、今市橋の北詰《きたづめ》にある東光寺《とうこうじ》前の道。これを紀行

十符の菅

『旅日記』の「歌枕覚書」にはこう書かれている。

「今市ヲ北へ出ヌケ、大土橋有。北ノツメヨリ六、七丁西へ行所ノ谷間、百姓やしきノ内也。岩切新田ト云。カコヒ垣シテ有。今モ国主へ十符ノコモアミテ貢ス。道田ノ畔也。奥ノ細道ト云。田ノキワニスゲ植テ有。貢ニ不足スル故、近年植ルナリ。是ニモカコヒ有故、是ヲ旧跡ト見テ帰者多シ

地図は元禄年間の十符の菅近辺。東光寺前の道が「奥ノ細道」とされる。

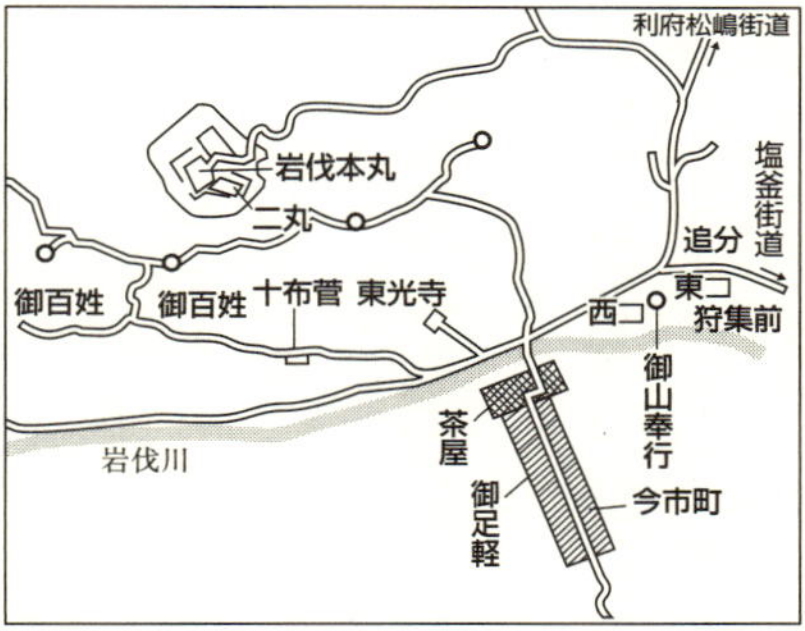

出典:『おくのほそ道の旅』
萩原恭男、杉田美登（岩波書店）

文の書名に用いたのは、「細道」が、俳諧一筋に精進してきた芭蕉自身の生き方に通じるものがあったからに違いない。次に多賀城《たがじょう》にある歌枕「壺《つぼ》の碑《いしぶみ》」へ向かう。

壺碑《つぼのいしぶみ》　市川村《いちかはむら》多賀城《たがじやう》に有《あり》。

つぼの石ぶみは、高サ六尺余、横三尺計《ばかり》歟《か》。苔を穿《うがち》て文字幽《かすか》也。四維国界《しゆいこくかい》之《の》数里《すうり》をしるす。「此城《このしろ》、神亀《じんき》元年、按察使《あぜち》鎮守《ちんじゆ》符将軍《しやうぐん》大《おほ》野《のの》朝臣《あそん》東人《あづまひと》之《の》所里也。天平宝字《てんぴやうほうじ》六年、参議東海東山《とうさんの》節度使《せつどし》、同《おなじく》将軍恵美《ゑみの》朝臣《あそん》獦《あさかり》修造而。十二月朔日《ついたち》」と有《あり》。聖武《しやうむ》皇帝の御時に当れり。

この碑は、碑面に多賀城が七二四（神亀《じんき》元）

年に設置され、七六二（天平宝字六《てんぴょうほうじ》）年、藤原朝獦《ふじわらあさかり》によって修造されたとあるように、「多賀城碑」である。一六五三（承応三《しょうおう》）年の伊達藩主の記録に「壺碑」とあり、その頃歌枕として定着していたのだ。

芭蕉は、この碑面を丁寧に写し取った。一六九一（元禄四《げんろく》）年にこの碑を訪れた水戸《みと》藩士丸山可澄《まるやまよしずみ》は、文字が苔《こけ》むしたところもあって急には写し取れないので、一二字は硯墨《すずりずみ》で石摺《いしずり》している。

千年も前の碑を目前に覚えた深い感動

壺の碑を前にして、芭蕉の感動も一気に盛り上がる。

むかしよりよみ置《おけ》る歌枕、おほく語伝《かたりつた》ふといへども、山崩《くづれ》川流《ながれ》て道あらたまり、石は埋《うづもれ》て土にかくれ、木は老《おい》て若木《わかき》にかはれば、時移り、代変《よへん》じて、其跡《そのあと》たしかならぬ事のみを、爰《ここ》に至りて疑《うたがひ》なき千歳《せんざい》の記念《かたみ》、今眼前に古人の心を閲《けみ》す。行脚《あんぎや》の一徳、存命《ぞんめい》の悦《よろこ》び、羇旅《きりよ》の労をわすれて、泪《なみだ》も落《おつ》るばかり也。

坪碑

『奥州名所図絵』に市川村の多賀城跡周辺の景観が描かれている。画面中央奥が多賀城跡、その左の堂が壺の碑。芭蕉が訪れた頃は露天にさらされていた壺の碑だが、のちに覆いとしての堂が建設された。

多くの歌枕は、山が崩れ、川が流れ、道が変わり、石は土に埋もれ、と様子が変ったり、どこかもわからなくなっているとわびしがる芭蕉。

だが、ここでとうとう奈良時代に建立された碑に出会えたと感激する。「古人の心を閲す」とあるように、城の修理を終え、充実感を味わっていたであろう藤原朝獦と、約千年のときを経て心がひとつになったのだ。

時を超越する感動が心を揺り動かすのである。

これも旅のおかげであり、生きていればこその幸せと、芭蕉は涙を流した。旅の苦労が喜びに変わる瞬間だろう。

第二段 奥州をめぐる

末の松山

歌枕めぐりの一日と
奥浄瑠璃の古雅な趣

野田の玉川から塩釜の浦へ

壺の碑の見物を終えた芭蕉は、引き続き歌枕の地を訪ねる。

それより野田《のだ》の玉川《たまがは》・沖《おき》の石《いし》を尋《たづ》ぬ。末《すゑ》の松山《まつやま》は、寺を造《つくり》て末松山《まつしようざん》といふ。松のあひく皆墓はらにて、はねをかはし枝をつらぬる契《ちぎり》の末も、終《つひ》はかくのごときと、悲しさも増《まさ》りて、塩がまの浦に入相《いりあひ》のかねを聞《きく》。

「野田の玉川」は能因法師の、「沖の石」は二条院讃岐《にじょういんさぬき》の、「末の松山」は東歌《あずまうた》の和歌による歌枕である。

二条院讃岐の歌は「我が袖《そで》は潮干《しおひ》に見えぬ沖の石の人こそ知らね乾《かわ》く間もなし」で、「末の松山」を詠みこんだ歌としては、元輔《もとすけ》の「契《ちぎ》りきなかたみに袖をしぼりつつ末の松山浪《なみ》

⑭塩釜周辺図

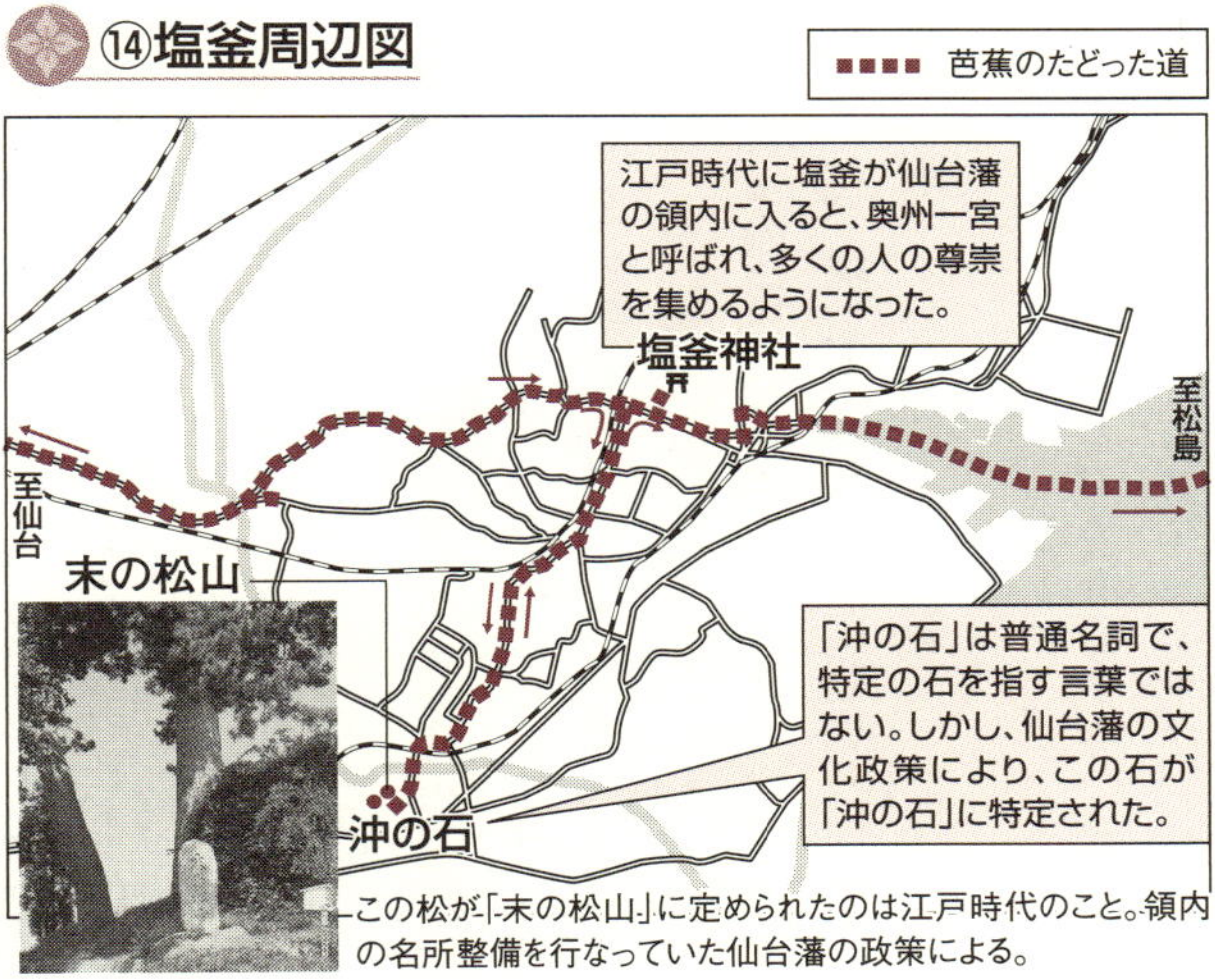
芭蕉のたどった道
江戸時代に塩釜が仙台藩の領内に入ると、奥州一宮と呼ばれ、多くの人の尊崇を集めるようになった。
塩釜神社
至松島
至仙台
末の松山
「沖の石」は普通名詞で、特定の石を指す言葉ではない。しかし、仙台藩の文化政策により、この石が「沖の石」に特定された。
沖の石

この松が「末の松山」に定められたのは江戸時代のこと。領内の名所整備を行なっていた仙台藩の政策による。

こさじとは」がよく知られており、二首とも恋の歌である。

「はねをかはし枝をつらぬる契」は男女の深い契りをたとえた白楽天《はくらくてん》の「長恨歌《ちょうごんか》」の「在天願作《てんにあらばねがわくば》比翼鳥《ひよくのとりとならん》、在地願為《ちにあらばねがわくば》連理枝《れんりのえだとならん》」を踏まえており、これも恋の歌である。

連句では恋の句がなければ一巻とはいわず、はした物、つまり半端ものと見なしていた。

『おくのほそ道』全編で恋の句にあたるのはこの章であろう。

枕元で聞いた奥浄瑠璃

歌枕を巡る一日に夕暮がせまってきた。

五月雨《さみだれ》の空聊《いささか》はれて、夕月夜《ゆふづくよ》幽《かすか》に、籬《まがき》が島もほど近し。蜑《あま》の小舟《をぶね》こぎつれて、肴《さかな》わかつ声〳〵に、「つなでかなしも」とよみけん心もしられて、いとゞ哀《あはれ》也。

人の世のはかなさにしみじみとした気持ちになった芭蕉の心を映し出したかのような一節だ。

夕方の月がかすかに光り、歌枕の「籬が島」が近くに見える。

芭蕉は塩釜《しおがま》の浦《うら》に連れ立って帰る小舟と、漁師が魚を分ける喧騒《けんそう》を耳にして、『古今集《こきんしゅう》』東歌《あずまうた》の「陸奥はいづくはあれど塩釜の浦こぐ舟のつなでかなしも」や源実朝《さねとも》の「世の中はつねにもがもななぎさこぐあまの小舟の綱手かなしも」などと詠んだ気持ちに共感し、哀切《あいせつ》の情にひたる。

その夜、塩釜泊まりとした芭蕉の枕元に聞こえてきたのは、琵琶《びわ》をかき鳴らす奥浄瑠璃《おくじょうるり》であった。

其夜《そのよ》目盲《めくら》法師の琵琶をならして、奥上るりと云《いふ》ものをかたる。平家にもあらず、舞にもあらず、ひなびたる調子うち上《あげ》て、枕ちかうかしましけれど、さすがに辺土《へんど》の遺風《ゐふう》忘れざ

奥浄瑠璃

奥浄瑠璃とは「仙台浄瑠璃」という別名が示すように、仙台を中心とした東北地方で行なわれた浄瑠璃を指す。「奥」は奥州の意味である。
仙台では「御国浄瑠璃」と呼ばれ、正月になると藩主の前で語られることもあったという。

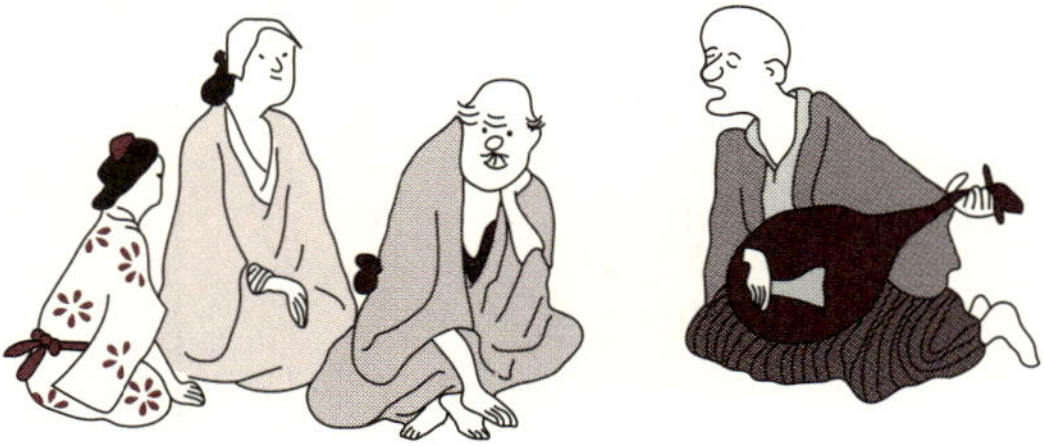

るものから、殊勝《しゅしょう》に覚《おぼえ》らる。

仙台特有の節で浄瑠璃を語る奥浄瑠璃は、平家追討に貢献するも、兄頼朝の怒りを買って都を追われた義経が奥州へ逃れる場面を描いたものが多い。

芭蕉は、法師の声の大きさに閉口《へいこう》しながらも、鄙《ひな》びた語り口が残っていることに感心するのである。

なお、「琵琶ならして」となっているが、実際の奥浄瑠璃は扇で拍子《ひょうし》をとるものが多い。

しかし、歌枕の地を巡り、無常を感じた夜には琵琶のもの悲しい音色こそが、ふさわしかったのであろう。

第二段
奥州をめぐる

塩釜

古びた宝塔に、忠孝の若武者が眼前に浮かぶ

政宗によって新営されたきらびやかな神殿

前夜、奥浄瑠璃を聞きながら眠りについた芭蕉は、翌早朝、塩釜神社に参詣する。

早朝《さうてう》、塩がまの明神《みやうじん》に詣《まうづ》。国守《こくしゅ》再興せられて、宮柱《みやばしら》ふとしく、彩椽《さいてん》きらびやかに、石の階《きざはし》九仭《きうじん》に重《かさな》り、朝日あけの玉がきをかゝやかす。かゝる道の果《はて》、塵土《ぢんど》の境《さかひ》まで、神霊あらたにましますこそ、吾国《わがくに》の風俗《ふうぞく》なれと、いと貴《たふと》けれ。

塩釜神社は武甕槌神《たけみかづちのかみ》、経津主神《ふつぬしのかみ》・塩土老翁神《しおつちのおじのかみ》をまつり、陸奥国一宮として古くから崇敬されてきた。

一六〇七（慶長《けいちょう》十二）年、藩主伊達政宗《だてまさむね》は紀州《きしゅう》の大工を招き大造営を行なった。芭蕉が参拝したときには堂々とした柱が立ち、垂木《たるき》も色鮮やかに、表参道《おもてさんどう》の石段は二〇二段を数えた。

塩釜神社

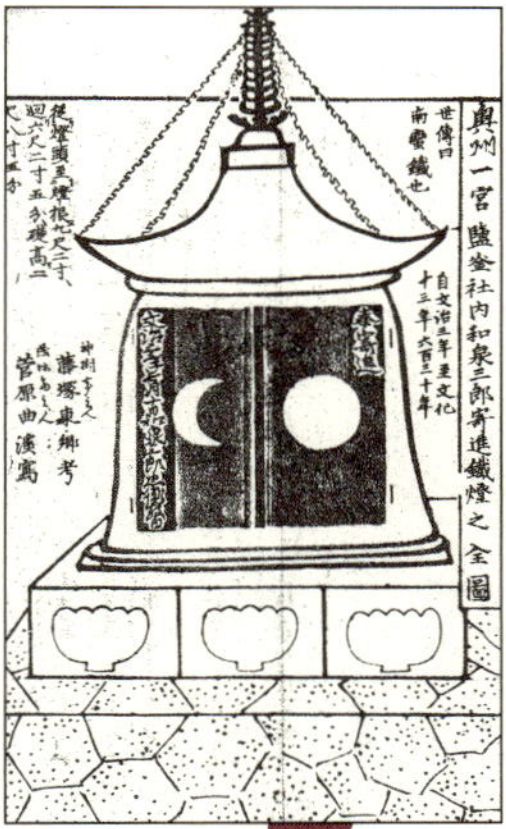

和泉三郎寄進の宝塔
（陸奥名碑略）

この宝塔は下図を見ると門をくぐって左側に描かれているが、現在は拝殿の左右にひとつずつ置かれている。

塩釜図

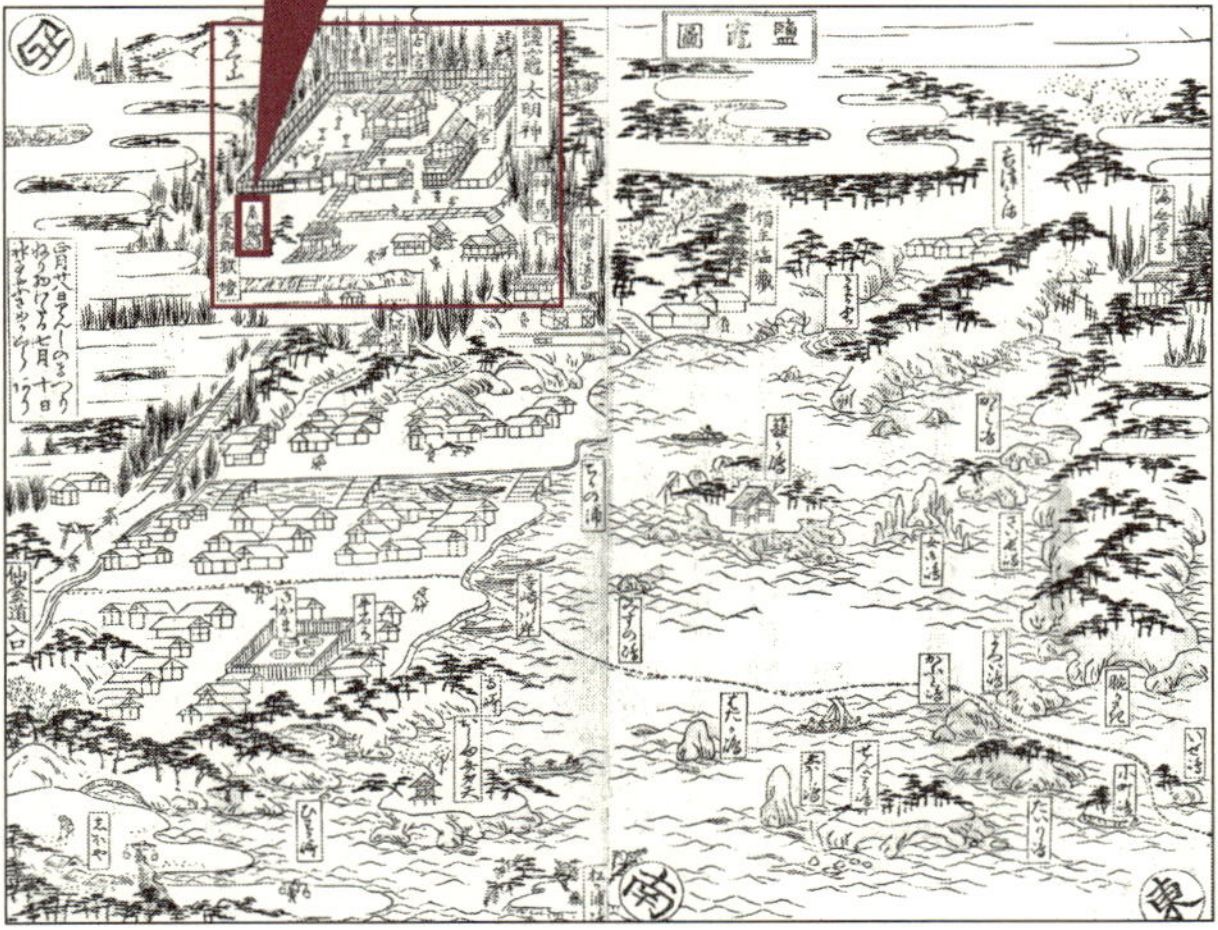

画面上のやや左寄りに塩釜大明神（塩釜神社）、画面右に太平洋が描かれている。湾内の点線は遊覧船の航路。

その社殿が朝日を浴びて神々しく輝いている。芭蕉は東北にまで神霊がいちじるしいことに改めて感じ入り、敬虔《けいけん》な気持ちを抱いた。

父秀衡の遺命を守り義経に味方した忠衡をたたえる

社殿の前にこの章の主題である古い宝塔があり、鉄の扉には和泉三郎《いずみさぶろう》の名があった。

神前に古き宝燈有《ほうとうあり》。かねの戸《と》びらの面《おもて》に、「文治三年和泉三郎《いづみのさぶらう》奇(寄)進」と有《あり》。五百年来の俤《おもかげ》、今目の前にうかびて、そゞろに珍し。渠《かれ》は勇義忠孝の士也。佳命(名)今に至りて、したはずといふ事なし。誠《まことに》「人能《よく》道を勤《つとめ》、義を守《まもる》べし。名もまた是《これ》にしたがふ」と云《いへ》り。

和泉三郎忠衡《ただひら》は、奥州平泉藤原氏三代目秀衡《ひでひら》の三男。義経を庇護《ひご》していた父秀衡の死後、兄が義経と敵対するなか、最後まで父の遺命を守り義経に従ったのが忠衡だった。一一八九（文治《ぶんじ》五）年、義経が自殺に追い込まれたのち、義経に味方したかどで誅《ちゅう》された悲劇の武将だ。

その忠衡が死の二年前に寄進した宝塔が、ひっそりと立っていた。

芭蕉は五〇〇年の時を越えて、今その人が目の前にいるような感慨にひたり、その名声を今でも慕《した》わない人はいないと、忠衡の忠孝《ちゅうこう》をほめたたえている。

文中の引用文と、まったく同一の文章はない。忠衡の名声が人間としての道のりをしっかりと行ない、道理を守ったためだ、と強調する意図で芭蕉が創作したのである。

この忠衡は、義経にかかわる人物である。すでに見た「黒羽」〈与一〉、「佐藤庄司が旧跡」〈二人の嫁・義経〉、「末の松山」〈奥浄瑠璃〉の各章とともに、「平泉」の伏線《ふくせん》になっている。この構成上の工夫は、紀行文としての新しみである。

塩釜神社

現在の社殿は 1704（宝永元）年までに9年間かけて竣工されたもの。

塩釜神社の参詣を終えた芭蕉は、いよいよ念願の松島《まつしま》遊覧のため、舟を借りた。

日既《すでに》午《ご》にちかし。船をかりて松島にわたる。其《その》間二里余《あまり》、雄島《をじま》の磯につく。

『おくのほそ道』におけるハイライトのひとつ、松島。芭蕉は長文を費やしてその美に挑戦する。

第二段
奥州をめぐる

松島

洞庭・西湖に劣らぬ
日本第一の風光美

神の造り出した多島海の美

松島《まつしま》は、まず『後拾遺集《ごしゅういしゅう》』に登場し、その後歌枕になったが、当初はその範囲は漠然としていた。江戸時代になって、『松島眺望集《まつしまちょうぼうしゅう》』が出版されてから、しだいに範囲も限定され、島々の名称も固定されるようになった。

松島の景観の魅力は、湾内に点在する変化に富んだ島々である。現行の地図で二三六島が認められる。『おくのほそ道』の名文は、松島の美観を世間に広めるのに大きな力となった。

芭蕉にとって松島は、旅の大きな目的地のひとつであった。

それは、旅に出る前の書簡に「松島の朧月《おぼろづき》」の記載があることや、序章でも「松島の月先《まず》心にかゝりて」と旅支度《たびじたく》の折、何をおいても真っ先に松島が気にかかると書いていることからも明らかだ。

松島図

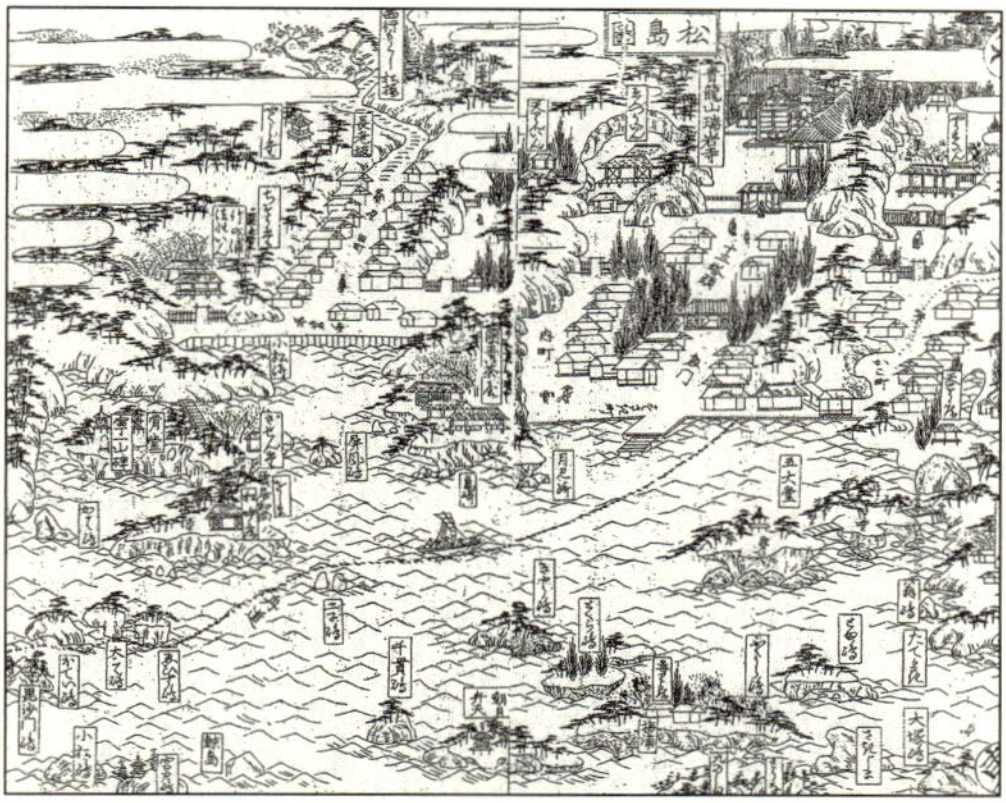

画面右上方に瑞巌寺が見える。中央より下が多島海の松島となっている。湾内の点線は遊覧船の航路。

抑《そもそも》ことふりにたれど、松島は扶桑《ふさう》第一の好風にして、凡《およそ》洞庭《どうてい》・西湖《せいこ》を恥《はぢ》ず。東南より海を入《いれ》て、江の中《うち》三里、浙江《せつかう》の潮《うしほ》をたゝふ。島〳〵の数を尽《つく》して、欹《そばだつ》ものは天を指《ゆびさし》、ふすものは波に匍匐《はらばふ》。あるは二重《ふたへ》にかさなり、三重《みへ》に畳《たた》みて、左にわかれ右につらなる。負《おへ》るあり抱《いだけ》るあり、児孫《じそん》愛すがごとし。松の緑こまやかに、枝葉《しえふ》汐風《しほかぜ》に吹《ふき》たはめて、屈曲をのづからためたるがごとし。其気色《そのけしき》窅然《えうぜん》として、美人の顔《かんばせ》を粧《よそほ》ふ。ちはや振神《ぶるかみ》のむかし、大山《おほやま》ずみのなせるわざにや。造花《ざうくわ》の天工《てんこう》、いづれの人か筆をふるひ詞を尽さむ。

いよいよその地を目の前にした芭蕉は、その美しさに一目で心を奪われたようだ。

扶桑第一、つまり日本一の風景であり、中国の伝説的美人が化粧した姿のようだと最大級の賛辞をおくる。

瀟湘八景《しょうしょうはっけい》や西湖《せいこ》十景《じゅっけい》で名高い中国の景勝地西湖や洞庭湖を引き合いに出したのも、松島の美しさの比類のないことをいうためだ。

芭蕉は湾内の様子を対句を多用して表現している。その諧調《かいちょう》は、舟で遊覧しているときの芭蕉の心の躍動《やくどう》そのものである。地誌のように島の名前を並べ立てたところで読者には何も伝わってこない。

そして、何よりも神の創造した景観美の前では、俳句を作ることもままならないという点に、芭蕉の感激の大きさがうかがえる。

月下の松島の霊妙な感に打たれる

俗に「奥州の高野」といわれていた雄島《おじま》に着いた芭蕉は、世を捨てた人の庵に立ち寄る。いつしか時は流れ、待ちに待った月がのぼって島々を照らし出す。

雄島《をじま》が磯《いそ》は地つゞきて海に出《いで》たる島也。雲居禅師《うんごぜんじ》の別室の跡、坐禅石《ざぜんせき》など有《あり》。将《はた》、松の

松島

日本三景のひとつに数えられる松島は、東西南北どの展望地から眺めても美しいとされている。

木陰《こかげ》に世をいとふ人も稀《まれ》く見え侍りて、落《おち》穂《ぼ》・松笠《まつかさ》など打《うち》けふりたる草の菴《いほり》閑《しづか》に住《すみ》なし、いかなる人とはしられずながら、先《まづ》なつかしく立寄《たちよる》ほどに、月海《つきうみ》にうつりて、昼《ひる》のながめ又あらたむ。江上《かうしやう》に帰りて宿を求《もとむ》れば、窓をひらき二階を作《つくり》て、風雲の中に旅寐《たびね》するこそ、あやしきまで妙《たへ》なる心地はせらるれ。

松島や鶴《つる》に身をかれほと、ぎす　曾良

引潮になると地続きに見える雄島で、瑞巌《ずいがん》寺《じ》中興の祖、雲居和尚《うんごおしょう》の庵の跡や草庵を興味深く見学。

そして、昼とはすっかり異なった景観を見せる月下の松島に見入る。海に面した宿の二階は、大自然のなかに旅寝するような素晴らしさ。風景のなかに自分がとけこんでしまった。これは本当なのかと思うほどだ。ただし、あれほど焦《こ》がれた松島の月には特にふれていないが、それは読者が十分想像できるだろうと芭蕉が考えたためだ。句は「鳴き声はよいが、姿は松島にふさわしい鶴に替えてくれ、ほととぎすよ」の意。ほととぎすによって、時刻は真夜中になった。

眠れぬ夜の友となった餞別の詩句

昼夜絶景を見続けた芭蕉は、ありあまる感動のため、なかなか寝付けなかった。

予《よ》は口をとぢて眠《ねぶ》らんとしていねられず。旧庵をわかる、時、素堂《そだう》、松島の詩あり。原《はら》安適《あんてき》、松がうらしまの和歌を贈らる。袋を解《とき》て、こよひの友とす。且《かつ》、杉風《さんぷう》・濁子《ぢよくし》が発《ほっ》句《く》あり。

慰みになったのは、旧友や弟子が旅立ちの際、餞別に送ってくれた句や詩であった。芭蕉は、前半の山場ともいうべき「松島」を三段に分けて構成した。第一段では中国の景勝地に劣らぬ日本一の風景であると主題を明示。自身の弾む心を対

芭蕉が松島で詠んだ句

芭蕉は松島のあまりの景観美に句を詠むことができなかったといわれる。しかし、土芳《とほう》の『蕉翁文集』に収められている「松嶋前書」には、芭蕉の句が載っている。

松嶋は好風扶桑《ふそう》第一の景とかや。古今の人の風情、此嶋《このしま》にのみ思ひよせて、心を盡《つく》したくみをめぐらす。をよそ海の上も三里計《ばかり》にて、さま〲の嶋々、奇曲天工《ききよくてんこう》の妙を刻なせるがごとく、おの〱生茂りて、うるわしき花やかさいはむかたなし。

嶋々や千々にくだけて夏の海

この句は、「多くの島が湾に散らばっている松島の景観は、まるで海が小さく砕けているかのようだ」との意味。芭蕉はこの句に満足せず、『おくのほそ道』にとりあげなかった。

芭蕉の句と勘違いされた「ああ松島や」の句

松島の観光キャッチフレーズとして、

松島やああ松島や松島や　芭蕉

の句をしばしば耳にする。しかしこれは芭蕉の句ではない。『松島図誌』（桜田質著・文政四年刊）に、

松島やさてまつしまや松島や

という句が相州田原坊の名前で出ている。つまり芭蕉の句でない上に、もともとの形とも違っているというわけだ。

句で表現し、神の見事な業《わざ》は人の力ではあらわせないと結ぶ。第二段では雄島を見学するうちに月がのぼり、松島と一体となったような不思議な境地を味わう。第三段、感銘のあまり眠れぬ夜の友とし、餞別にもらった詩句を取り出して江戸の知友を思う、という余韻を残して終える。

瑞巌寺に詣で見仏上人を思う

翌日は平安時代に慈覚大師《じかくだいし》により創建されたと伝えられる古刹《こさつ》、瑞巌寺を訪れる。この寺は、鎌倉幕府の庇護を受けていたが、戦国時代には廃《すた》れてしまった。

江戸時代に入り、伊達政宗による大規模な寺社造営の一環として一六一〇（慶長十五）年に大伽藍《だいがらん》が完成して再興された。

芭蕉はそのすばらしさを簡潔に記した。

十一日、瑞岩寺に詣《まうづ》。当寺《たうじ》三十二世の昔《むかし》、真壁《まかべ》の平四郎《へいしらう》出家して入唐《にったう》、帰朝《きてう》の後《のち》開山す。其後《そののち》に、雲居禅師《うんごぜんじ》の徳化《とくげ》に依《より》て、七堂甍《いらか》改《あらたま》りて、金壁荘厳《こんぺきしやうごん》光を輝《かがやかし》、仏土成就《ぶつどじやうじゆ》の大《だい》伽藍《がらん》とはなれりける。彼見仏聖《かのけんぶつひじり》の寺はいづくにやとしたはる。

瑞巌寺

伊達政宗の菩提寺。芭蕉は松島に着いて宿に荷物を預けると、この瑞巌寺に参詣した。

芭蕉が寺はどこなのだろうかと慕う見仏《けんぶつ》聖《ひじり》は、鳥羽《とば》天皇の頃の高僧。松島の雄島に庵を結び、十日間断食を行ない、苦行十二年、『法華経《ほけきょう》』を六万部以上も誦《しょう》したと伝えられる。芭蕉が気にかけたのは、その生き方に加え、西行がこの上人を慕って「松島へたづね参りて、かの寺に二月ばかり住みて侍りき」という話が念頭にあったからだと思われる。

瑞巌寺は鎌倉時代、法身《ほっしん》禅師（真壁平四郎《まかべへいしろう》）を開山として臨済寺《りんざいじ》となった。法身は北《ほう》条《じょう》時頼《ときより》に請《こ》われて住職となり、この寺を再興。ついで政宗が堂宇《どうう》を造営した折、雲居禅師が招かれて中興開山となった。

こうして、旅の目的地のひとつを見終えた芭蕉は、平泉《ひらいずみ》を目指した。

第二段
奥州をめぐる

石巻

歌枕への道に迷い
石巻に出る

諸国の千石船が港にあふれる石巻

石巻《いしのまき》街道の松島から歌枕「緒絶《おだえ》の橋《はし》」に向かうならば、次の高城《たかぎ》宿から北西へ奥道中の古川《ふるかわ》宿を目指すことになる。「あねはの松」はさらにその北の金成《かんなり》宿にある。しかし、芭蕉は道に迷ってしまい、思いもかけず繁華な港町石巻に出てしまった。

十二日、平和泉《ひらいづみ》と心ざし、あねはの松、緒《を》だえの橋など聞伝《ききつたへ》て、人跡稀《じんせきまれ》に雉兎蒭蕘《ちとすうぜう》の往《ゆき》かふ道そこともわかず、終《つひ》に路ふみたがえて、石の巻といふ湊《みなと》に出《いづ》。「こがね花咲《さく》」とよみて奉《たてまつり》たる金花山《きんくわざん》、海上《かいしやう》に見わたし、数百の廻船《くわいせん》入江につどひ、人家地をあらそひて、竈《かまど》の煙立《たち》つゞけたり。思ひかけず斯《かか》る所にも来《きた》れる哉と、宿からんとすれど、更に宿かす人なし。

石巻

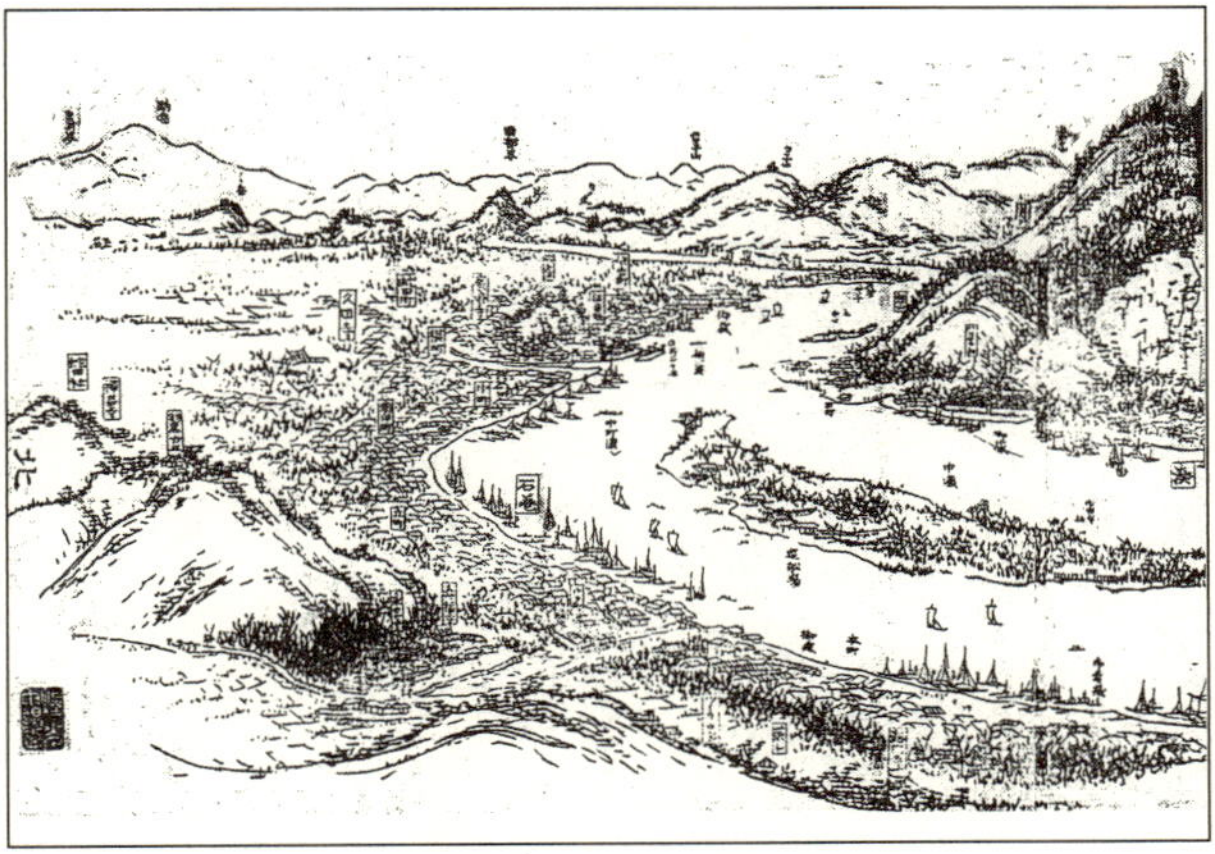

石巻の港。多数の船舶が海上を行き来している様子が描かれている。

「あねはの松」も「緒だえの橋」も歌枕である。伝え聞いて進むうちに、「雉兎蒭蕘の往かふ道」、つまり漁師や木こりなどが進む道なき道に足を踏み入れてしまった。不安な気持ちで進む芭蕉。と、そこへいきなり眼前がぱっと開ける。仙台領最大の港町石巻に出たのである。

石巻港は、北上川《きたかみがわ》が石巻湾にそそぐ所に位置する。当時石巻は米などを江戸へ運ぶ東《ひがし》廻《まわり》海運が開けており、船も多く寄港し、活気にあふれていた。宝暦《ほうれき》頃（一七五一～六三）、三五〇～八〇〇石積《こくせき》までの船が四八〇艘《そう》あまりあった。

芭蕉も数百もの船が集まって、ぎっしりと人家が立ち並び、竈《かまど》から煙が昇っているとその賑《にぎ》わいを描いている。

さらに、大伴家持《おおとものやかもち》が「黄金が咲く」と詠んだ金華山《きんかざん》を、石巻からは見えないにもかかわらず書き添えて、その繁栄ぶりをひきたてる。

この港には、諸国から船一千隻、諸国の商人・船頭《せんどう》・水主《かこ》など、数万人が集ったと推定されている。

文中の「宿からんとすれど、更に宿かす人なし」はあながち誇張ではなかった。「石巻」の主題は、港町の繁昌である。芭蕉が道に迷った挙句、思いがけず繁華な港に出てしまった、と書いたのは、その盛んな様子を強く印象付けるためである。

知らぬ道を心細くたどり平泉に着く

一夜明けると芭蕉は、にぎやかな石巻を離れ、また知らぬ道を平泉目指して心細く進んでいく。

漸《やうやう》まどしき小家に一夜《いちや》をあかして、明《あく》れば又しらぬ道まよひ行《ゆく》。袖《そで》のわたり・尾ぶちの牧・まの、萱《かや》はらなどよそめにみて、遙《はるか》なる堤《つつみ》を行《ゆく》。心細き長沼にそふて、戸伊摩《といま》と云《いふ》所《ところ》に一宿して、平泉に到る。其間《そのかん》廿余里ほど、おぼゆ。

「袖のわたり」とは北上川《きたかみがわ》の渡し場、「尾ぶちの牧《まき》」とは北上川対岸の牧山《まきやま》、「まの、萱はら」はいずれも歌枕である。芭蕉はそれらを遠目にしながら北上川に沿って北上し、二日目に平泉に到着した。源義経ゆかりの地で、芭蕉は何を感じるのだろうか。

⑮石巻〜登米

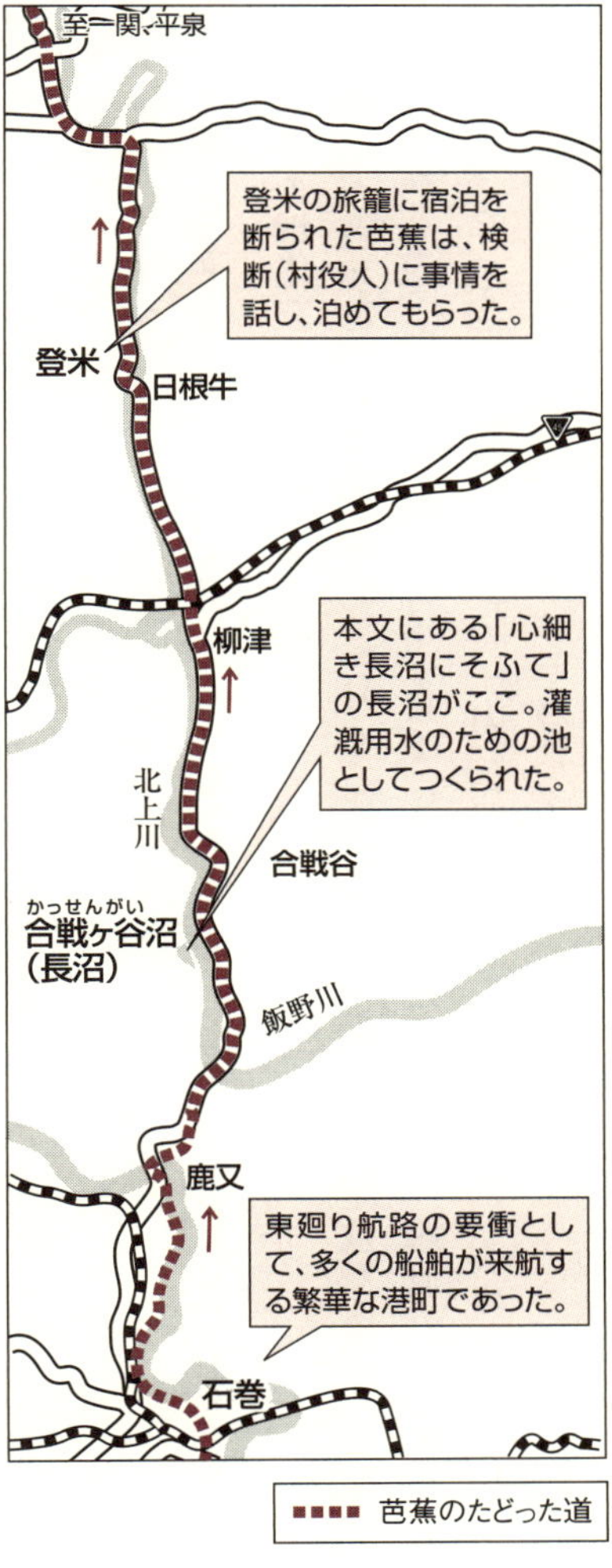
至一関、平泉
登米の旅籠に宿泊を断られた芭蕉は、検断（村役人）に事情を話し、泊めてもらった。
登米
日根牛
柳津
本文にある「心細き長沼にそふて」の長沼がここ。灌漑用水のための池としてつくられた。
北上川
合戦谷
合戦ヶ谷沼《かっせんがい》
（長沼）
飯野川
鹿又
東廻り航路の要衝として、多くの船舶が来航する繁華な港町であった。
石巻
芭蕉のたどった道

第二段
奥州をめぐる

平泉

奥州藤原氏三代の都

義経の最期の地に立ち「夏草や」を吟ず

平泉《ひらいずみ》に着いた芭蕉は、真っ先に高館《たかだち》に登る。そこはかつて義経の屋敷があり、最期を遂《と》げたといわれる場所だった。源義経は平家滅亡後に頼朝から追われ、藤原秀衡を頼って平泉に落ち延びた。秀衡の死後、頼朝の圧力に屈した秀衡の息子泰衡《やすひら》に攻められて自害。芭蕉はその悲劇の舞台に立ち、こみあげる感動をしたためた。

三代の栄耀《ええう》一睡《いっすい》の中《うち》にして、大門の跡は一里こなたに有《あり》。秀衡《ひでひら》が跡《たい》は田野《でんや》に成《なり》て、金鶏《きんけい》山《ざん》のみ形を残す。先高館《まづたかだち》にのぼれば、北上川南部より流る、大河也。衣川《ころもがは》は和泉《いづみ》が城《じやう》をめぐりて、高館の下にて大河に落入《おちいる》。泰衡《やすひら》等が旧跡は、衣《ころも》が関《せき》を隔《へだて》て、南部口《なんぶぐち》をさし堅め、夷《えぞ》をふせぐとみえたり。偖《さて》も義臣すぐつて此城《このしろ》にこもり、功名《こうみやう》一時《いちじ》の叢《くさむら》となる。「国破れて山河《さんが》あり、城《しろ》春にして草青《くさあを》みたり」と、笠打敷《うちしき》て、時のうつるまで泪《なみだ》を落し侍りぬ。

⑯芭蕉が思い描いていた平泉

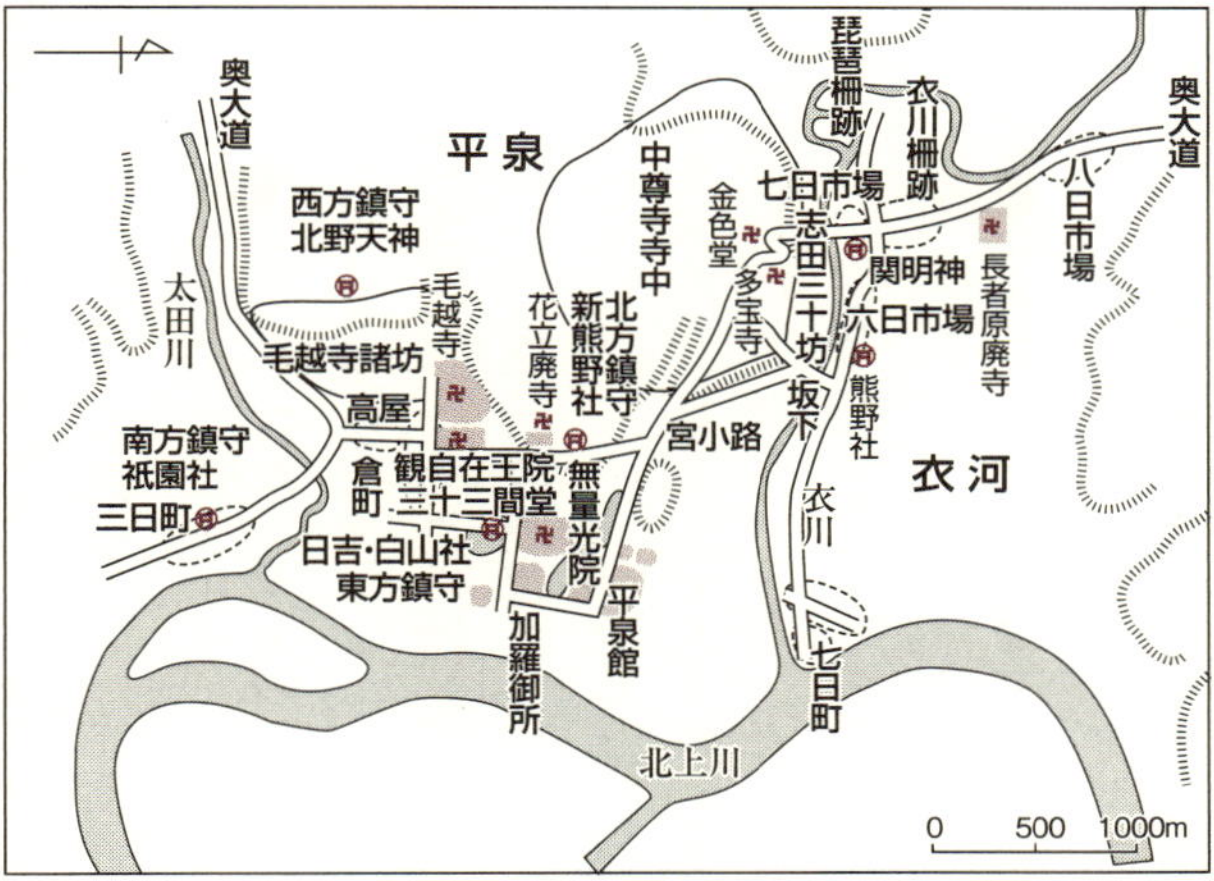

出典：『平泉 よみがえる中世都市』斉藤利男（岩波新書）

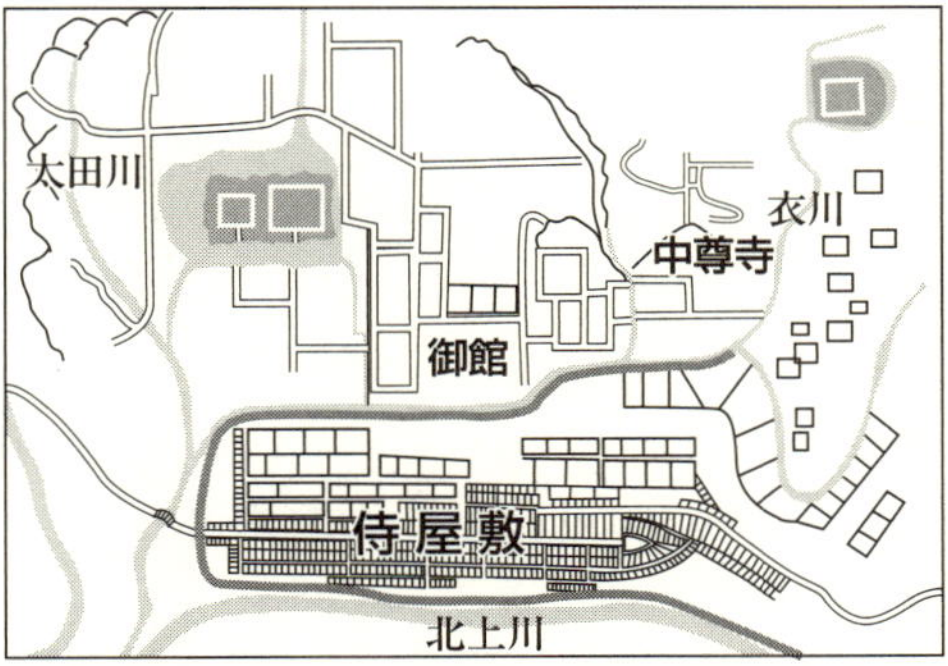

上の図は最近の研究から判明した平泉の推定復元図。下の図は「平泉古図」による平泉の様子である。現在、実際には侍屋敷群はなかったと判明しているが、芭蕉の時代には奥州藤原氏の拠点ということから、侍屋敷群があったと思い込まれていた。芭蕉の頭のなかに描いた平泉も、そうした思い込みから生まれた情景だったと思われる。

夏草や兵《つはもの》どもが夢の跡
卯《う》の花《はな》に兼房《かねふさ》みゆる白毛《しらが》かな　曾良

三代とは藤原清衡《きよひら》、基衡《もとひら》、秀衡のこと。奥州藤原氏は泰衡が頼朝に滅ぼされるまで約一〇〇年、この平泉で隆盛を誇った。しかし、今芭蕉の目前に広がるのは田や畑ばかり。藤原氏の居館や寺院はすべて無に帰していた。義経のために戦った忠臣の功名《こうみょう》もむなしく、今は夏草が生《お》い茂るのみ。杜甫《とほ》の「国破れて山河有り」の詩を思い出しながら、芭蕉はそのはかなさに涙した。芭蕉が義経に強くひかれたのは、「判官《ほうがん》びいき」だったからではない。義経の人生が人の世の栄枯盛衰を劇的にあらわしていたからである。

「夏草や」の句は、「藤原氏三代の栄華、義経主従の功名も、短夜の夢のようにはかなく消え去り、跡には夏草が繁茂するのみ」の意。『おくのほそ道』を代表する絶唱だ。

五〇〇年前の姿をとどめる光堂

兼《かね》て耳驚《おどろか》したる二堂開帳す。経堂《きょうだう》は三将の像をのこし、光堂《ひかりだう》は三代の棺《ひつぎ》を納め、三《さん》

中尊寺金色堂の覆堂

金色堂（光堂）は覆堂という建物のなかにある。現在の覆堂は、昭和に入って鉄筋コンクリート造りのものに改築されたもの。これは改築以前の覆堂である。

尊《ぞん》の仏を安置《あんち》す。七宝散《しちほうちり》うせて、珠《たま》の扉風《とぼそ》にやぶれ、金《こがね》の柱霜雪《さうせつ》に朽《くち》て、既頽廃空虚《すでにたいはいくうきよ》の叢《くさむら》と成《なる》べきを、四面新《あらた》に囲《かこみ》て、甍《いらか》を覆《おほひ》て風雨を凌《しのぐ》。暫時千歳《しばらくせんざい》の記念《かたみ》とはなれり。

五月雨《さみだれ》の降《ふり》のこしてや光堂

二堂とは藤原清衡が建立した中尊《ちゅうそん》寺《じ》金色《こんじき》堂《どう》と経蔵《きょうぞう》（経堂）のこと。藤原氏が滅び、二堂も朽ち果てるところを、覆堂《おおいどう》によって昔の姿を留めていることに、よくぞ残ったものだと芭蕉は感嘆した。

結びの句、すべての物を腐らす五月雨もこの金色堂には降らなかった。芭蕉の心のなかに描かれた情景である。滅びなかった光堂への感動の底には、前半と同じ無常観がある。

こらむ

松尾芭蕉隠密説の真相

ちまたに流布する「芭蕉隠密説」とは?

「松《まつ》尾《お》芭蕉《ばしょう》は幕府の隠密《おんみつ》だった」という説がしばしば語られる。

このような説が叫ばれる根拠は、芭蕉が一日四十キロから五十キロあまりも進むことがあったこと、芭蕉の故郷が忍者《にんじゃ》と関わりの深い伊賀《いが》であることなどがあげられる。

さらに、松島《まつしま》の瑞巌寺《ずいがんじ》に行った際、長い時間をかけて丹念に見てまわったことが、幕府による仙《せん》台《だい》藩の調査だったのではないかともいわれる。いうまでもなく芭蕉が調査の任を受けた隠密である。

長期にわたる旅の費用はどうやって捻出《ねんしゅつ》されたのか、それこそ幕府から調査費が出ていたことのあらわれではないかとする人もいる。

このほかにも、芭蕉隠密説の根拠となりうる事象は数多く存在するらしい。

さて、俳聖とまで呼ばれた松尾芭蕉、彼は本当に幕府の隠密だったのだろうか。『おくのほそ道』の旅とは、幕府の命を受けた諸藩探索の隠れみのだったのだろうか。

根拠その1 「出発日」	芭蕉が出発した日は『おくのほそ道』では3月27日であるのに対し、『旅日記』では3月20日。曾良は先に出発し、幕府の指示を受けていたのではないか。
根拠その2 「日程」	黒羽で13泊、須賀川では7泊して仙台藩に入ったのに対し、出発の際に「松島の月まづ心にかかりて」と絶賛していた松島では一泊のみ。この奇妙な日程は、仙台藩の内部を調べる機会をうかがっていたためか。
根拠その3 『旅日記』	『旅日記』には、仙台藩の軍事要塞といわれる瑞巌寺、藩の商業港・石巻港を執拗に見物したことが記されている。

全国の藩主の調査をしていた幕府

『土《ど》芥寇讎《かいこうしゅう》記《き》』という書物がある。元禄三年に作られたものだ。

この本は幕府が調査した諸藩の調査書である。その一例を見よう。とある藩主の性格について、「無類の女好きで、政治は家老にまかせきり」と報告している。

これは忠臣蔵の中心人物、浅野内匠頭《たくみのかみ》のことである。

つまり、この本には藩主の性格から、その人物が領民にどう思われているかまで、事細かに書かれているのだ。

まとめられたのは元禄三年だが、当然調査そのものはその数年前から始まっていなければならない。芭蕉が旅路にあった頃は、すでにまとめる作業に入っていたはずである。

第三段

出羽路に跪《きびす》を破る

——尿前の関から象潟まで——

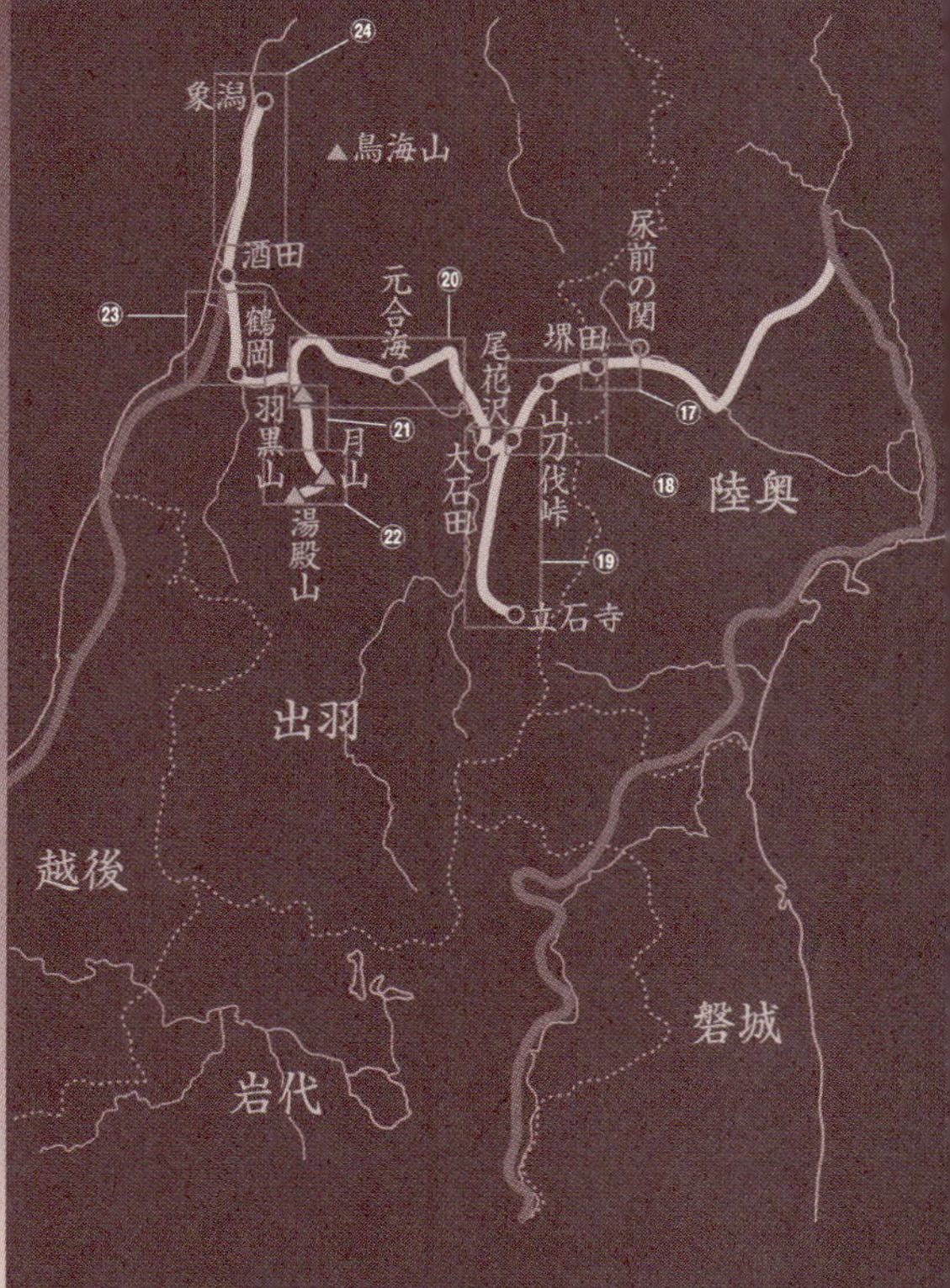

第三段

出羽路に跪を破る

尿前の関

中山越えの道、関守あやしむ

関守に怪しまれ悪天候で足留をくう

平泉《ひらいずみ》から岩出山《いわでやま》に下った芭蕉《ばしょう》は、一泊したのち、中山越出羽道《なかやまごえでわみち》で、出羽《でわ》を目指した。ところが、その道中がこの旅最大の難所であった。

南部道遙《なんぶみちはるか》にみやりて、岩手《いはて》の里に泊る。小黒崎《をぐろさき》・みづの小島《をじま》を過《すぎ》て、なるごの湯より尿前《しとまへ》の関にかゝりて、出羽《では》の国に越《こえ》んとす。此路旅人《このみちたびびと》稀なる所なれば、関守《せきもり》にあやしめられて、漸《やうやう》として関をこす。大山《おほやま》をのぼつて日既暮《すでにくれ》ければ、封人《ほうじん》の家を見かけて舎《やどり》を求む。三日風雨あれて、よしなき山中に逗留す。

蚤虱《のみしらみ》馬の尿《しと》する枕もと

鳴子《なるご》温泉（実際は鍛冶谷沢《かじやさわ》）から尿前《しとまえ》の関所を越えようとした芭蕉。この中山越えは江

山形県内の芭蕉のたどった道筋

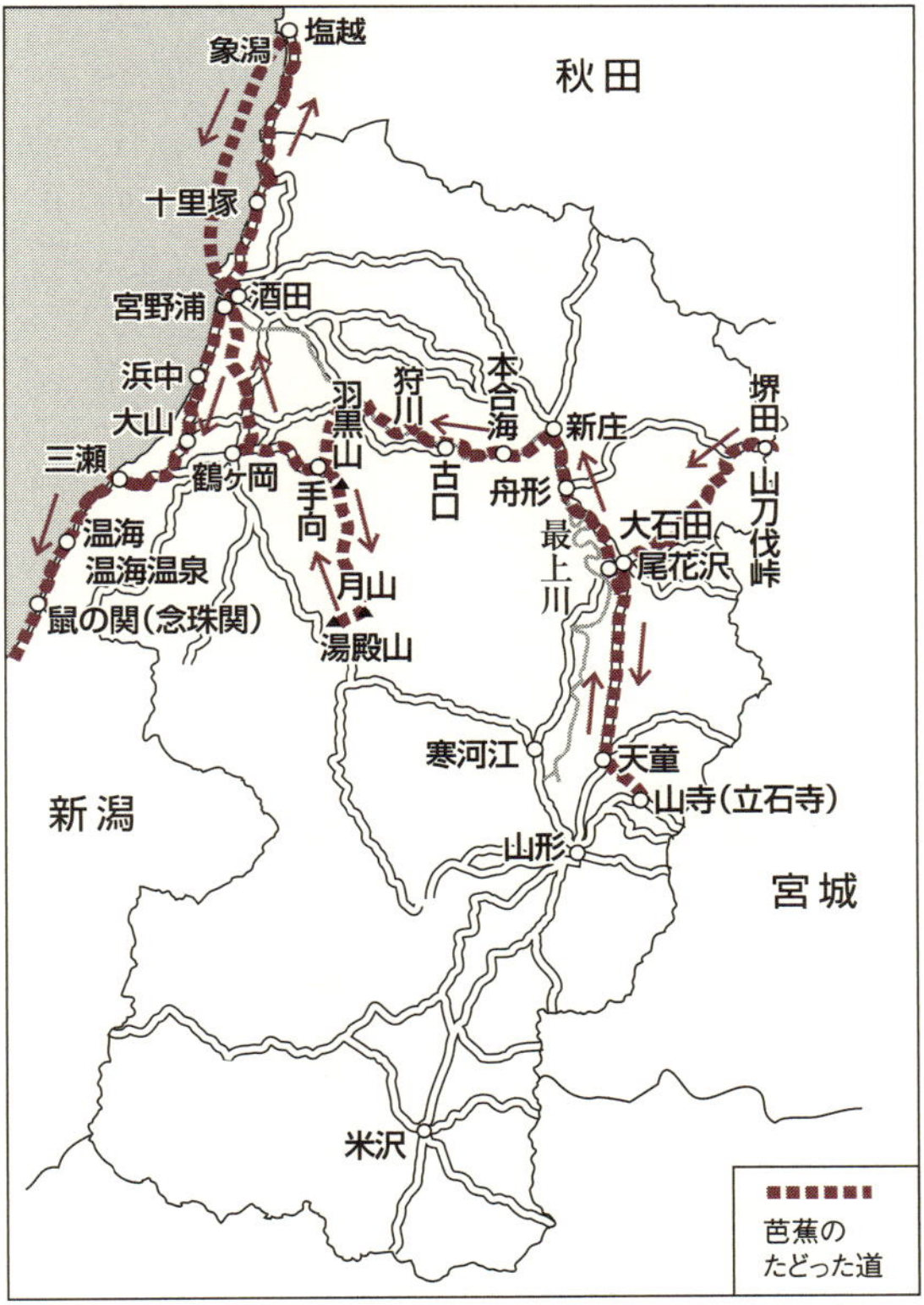
塩越
象潟
秋田
十里塚
酒田
宮野浦
浜中
大山
三瀬
鶴ヶ岡
温海
温海温泉
鼠の関（念珠関）
羽黒山
手向
月山
湯殿山
狩川
古口
本合海
新庄
舟形
最上川
大石田
尾花沢
堺田
山刀伐峠
寒河江
天童
山寺（立石寺）
新潟
山形
宮城
米沢
芭蕉のたどった道

戸中期以降こそ江戸へ向かう武士が利用したが、芭蕉の頃は人が滅多に通らない寂しい街道だった。そのため、関所の役人に怪しまれる。しかも、旅人は仙台領に入る際に通行手形を受け取り、領外に出る時に返却することになっていたが、芭蕉はそれを持っていなかったのである。

ようやく関所を通り、中山越えを果した芭蕉は、堺田村《さかいだ》の「封人《ほうじん》の家」（関所の番人の家）に頼み宿泊した。この家は、庄屋の有路《ありじ》家であったとされる。

ここでの宿泊は快適ではなかった。蚤《のみ》や虱《しらみ》に苦しめられて眠れず、枕元で馬が小便をする音が聞こえる。山中の旅寝のわびしさ、切なさを芭蕉は「蚤虱」の句に詠んだ。冬寒いこの地方では、馬を屋内で飼育していた。そのため、芭蕉の寝所の近くに馬小屋があったのだ。加えて長雨で三日も予定外の逗留《とうりゅう》となった。旅の難儀がここの主題である。

刀を差し杖を携えた若者に案内される

あるじの云《いふ》、是《これ》より出羽《では》の国に、大山を隔《へだて》て、道さだかならざれば、道しるべの人を頼《たのみ》て越《こゆ》べきよしを申《まうす》。さらばと云《いひ》て、人を頼侍《たのみはべ》れば、究竟《くつきやう》の若者、反脇指《そりわきざし》をよこたえ、樫《かし》の杖を携《たづさへ》て、我《われ》〳〵が先に立《たち》て行《ゆく》。けふこそ必《かならず》あやうきめにもあふべき日なれと、辛《から》き思ひをなして後《あと》について行《ゆく》。

⑰尿前〜堺田

ここに宿泊した芭蕉は
劣悪な環境に辟易する。
封人の家
堺田
尿前
大深沢徒渡り
中山越出羽街道
大深沢坂
芭蕉のたどった道

やっと出発の段となったが、道案内が必要といわれ、あらわれたのは脇差を差し、樫の杖を携えた物々《ものもの》しい格好の若者。芭蕉は、今日こそ危ない目にあうに違いないと危惧する。

あるじの云《いふ》にたがはず、高山森々《かうざんしん》として一鳥声《いってう》きかず、木《こ》の下闇《したやみ》茂りあひて、夜《よ》る行《ゆく》がごとし。雲端《うんたん》につちふる心地《ここち》して、篠《しの》の中踏分《ふみわけ》く《ふみわけ》、水をわたり岩に蹶《つまづい》て、肌《はだ》につめたき汗を流して、最上《もがみ》の庄《しやう》に出づ。かの案内《あない》せしおのこの云《いふ》やう、「此《この》みち必《かならず》不用《ぶよう》の事有《ことあり》。恙《つつが》なうをくりまいらせて仕合《しあはせ》したり」と、よろこびてわかれぬ。跡に聞《きき》てさへ胸とゞろくのみ也。

大山は昼でも薄暗く、夜道を行くような山越えだった。最上に到着したとき、山賊《さんぞく》が出なくて幸いだったといわれ、改めて怖さを感じる芭蕉であった。山中の苦しみと大山越えの恐怖と、次の尾花沢《おばなざわ》での厚遇とが対比される。

第三段
出羽路に跪を破る

尾花沢

旧知の豪商、清風の手厚いもてなし

旅人の心をも知り尽くした主人のいたわり

芭蕉が次に到着した尾花沢は、羽州《うしゅう》街道の宿場町。羽州幕府領を司る代官《だいかん》の陣屋があった。

芭蕉は俳諧《はいかい》に通じた旧知の豪商、清風《せいふう》を訪ね、彼の世話になりのんびりとした日々を過ごす。

尾花沢《をばなさは》にて清風《せいふう》と云者《いふもの》を尋《たづ》ぬ。かれは富《とめ》るものなれども志《こころざし》いやしからず。都《みやこ》にも折々かよひて、さすがに旅の情《なさけ》をも知《しり》たれば、日比《ひごろ》とゞめて、長途《ちやうど》のいたはり、さま〴〵にもてなし侍る。

清風とは俳号で、通称は島田屋八右衛門《しまだややえもん》である。紅花問屋《べにばなどんや》や金融業を経営し、大名に金

⑱堺田～尾花沢

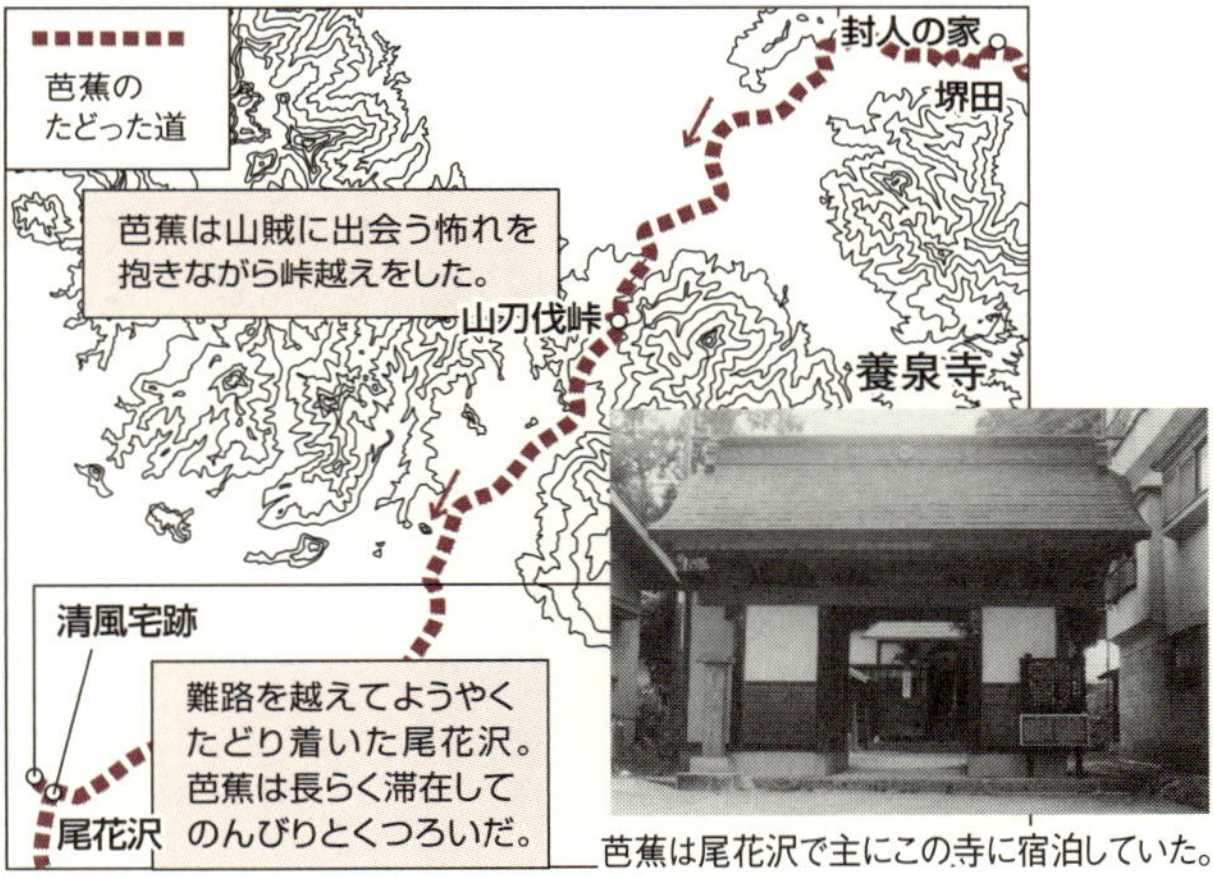
芭蕉のたどった道
封人の家
堺田
芭蕉は山賊に出会う怖れを抱きながら峠越えをした。
山刀伐峠
養泉寺
清風宅跡
難路を越えてようやくたどり着いた尾花沢。芭蕉は長らく滞在してのんびりとくつろいだ。
尾花沢

芭蕉は尾花沢で主にこの寺に宿泊していた。

を貸すほど富裕で、機知《きち》を働かせて三万両もの高利益を得た話や、三日間江戸吉原《よしわら》を借り切り、遊女《ゆうじょ》に休養を与えたという豪気《ごうき》な逸話《いつわ》も伝えられている。芭蕉とは三年ぶりの再会であった。

その清風が、主な宿所にと世話してくれたのは、前年に修造されたばかりの、樹木にかこまれた閑静《かんせい》な養泉寺《ようせんじ》であった。

十泊十一日の滞在中、芭蕉は尾花沢の様々な俳人から招待されたが、清風からは礼は尽くされたものの、多忙のためか、直接もてなしを受けることはなかった。

自分の庵にいるかのようにくつろぐ芭蕉

芭蕉は、清風は富裕な人だが人品は卑《いや》しく

なく、旅の情けを知り、手厚くもてなしてくれたと感謝している。その気持ちは次の句からも伝わってくる。

涼しさを我宿《わがやど》にしてねまる也
這出《はひいで》よかひやが下のひきの声
まゆはきを俤《おもかげ》にして紅粉《べに》の花
蚕飼《こがひ》する人は古代のすがた哉　曾良

この四句はすべて清風への挨拶で、「涼しさや」は、風のよく通る夏座敷で気兼ねなくくつろいでいると、まったく自分の庵《いおり》にいる気がする、の意。前章の封人《ほうじん》の家では無理に泊まったのだから、とてもこんな気分になれるはずもない。この気持ちの余裕が、ヒキガエルに対し「這い出してきて自分の相手をしておくれ、お互い何もすることがないのだから」の句を生む。

「まゆはき」は紅の花が眉刷毛《まゆはけ》のような形をして咲いているよ、の意。紅花は口紅、頬紅の原料である。この句から美女が連想されてもおかしくはない。

尾花沢での芭蕉の動向

5月 17日	尾花沢着。清風宅に宿泊する。
18日	養泉寺に移る。寺には風呂があった。
19日	談林系の俳人、素英に「ナラ茶」を接待される。
20日	小雨。
21日	朝と晩、それぞれ尾花沢の俳人に招かれる。 夜、清風宅に泊まる。
22日	晩、素英に招かれる。
23日	秋調から「日待」に招かれる。夜、清風宅に泊まる。
24日	一橋に寺でもてなしを受ける。
25日	秋調から庚申待に招かれる。
26日	昼から遊川の家で東陽にもてなしを受ける。
27日	尾花沢を立って立石寺に行く。

庚申待とは、庚申の日に徹夜して眠らず、身を慎めば長命を得ることができるとされた信仰。人の体内にいる虫が庚申の日に天に昇り、寿命をつかさどる神に人間の過失を報告し早死させようとするとの考えに由来する。そのため元来は宗教的行事であったが、芭蕉の頃には宗教的行事というよりも、仲間内で集まり夜通し遊ぶ日といったものになっていた。

当時、出羽《でわ》最上《もがみ》の紅花は最高品質のものだった。土地柄をほめて、紅花の買い継ぎ問屋をしていた清風への挨拶としたのである。

「蚕飼《こがい》」は、夏蚕《なつご》を飼う人々が髪に油をぬらず、お歯黒《はぐろ》もつけない清浄第一を心がけていることから、古代人の姿を思い浮かべたもの。その質朴《しつぼく》さをほめたのである。

この章では、清風の旅人の気持ちを心得た扱いにすっかりくつろぎ、心安らかに休息している芭蕉の心境が伝わってくる。

それも前章で安眠できなかった宿と、不安を抱えての大山越えが描かれているからこそ、芭蕉のゆったりした気分が実感できる。十分に休息した芭蕉は、また新たな気持ちで旅を続けるのであった。

第三段 出羽路に跪を破る

立石寺

俗塵を離れ「奥州の高野」と評判高い古刹

人々にすすめられ七里の道を南に下る

芭蕉は周囲の人々にすすめられて立石寺《りゅうしゃくじ》を訪れることになった。

山形領に立石寺《りふしやくじ》と云《いふ》山寺あり。慈覚大師《じかくだいし》の開基《かいき》にして、殊清閑《ことにせいかん》の地也。一見すべきよし、人々のすゝむるに依《より》て、尾花沢よりとつて返し、其間《そのかん》七里ばかり也。日いまだ暮《くれ》ず。麓《ふもと》の坊に宿かり置《おき》て、山上の堂にのぼる。

芭蕉は、尾花沢から南にのびた平坦な羽州街道を南に下る。この日の行程は午前九時に出発し、午後三時半頃には寺の麓に到着した。そのあいだ約七里。芭蕉はすぐに一〇一五段の石段をのぼる健脚ぶりを発揮している。

立石寺は近江延暦寺《えんりゃくじ》の三代座主《ざす》慈覚大師円仁《じかくだいしえんにん》が開山《かいざん》の古刹《こさつ》。宝珠山《ほうじゅさん》の山腹にあるので、山号を宝珠山とし、古来、当寺を中心とする一山を山寺《やまでら》と総称している。『出羽国風土略記《でわのくにふどりゃっき》』に「土俗奥の高野《こうや》といふ。諸人卒塔婆《そとば》を供養《くよう》し、碑《ひ》を建、永世を期する故とぞ」とある。中世以来、立石寺は庶民の死後、魂の帰る山と考えられ、先祖供養の山として人々の信仰を集めてきた。

自然と一体となった名句

岩に巌《いはほ》を重《かさね》て山とし、松栢年旧《しょうはくとしふり》、土石老《どせきおい》て苔滑《こけなめらか》に、岩上《がんしやう》の院々扉《とびら》を閉《とぢ》て、物の音き

⑲尾花沢〜立石寺〜大石田

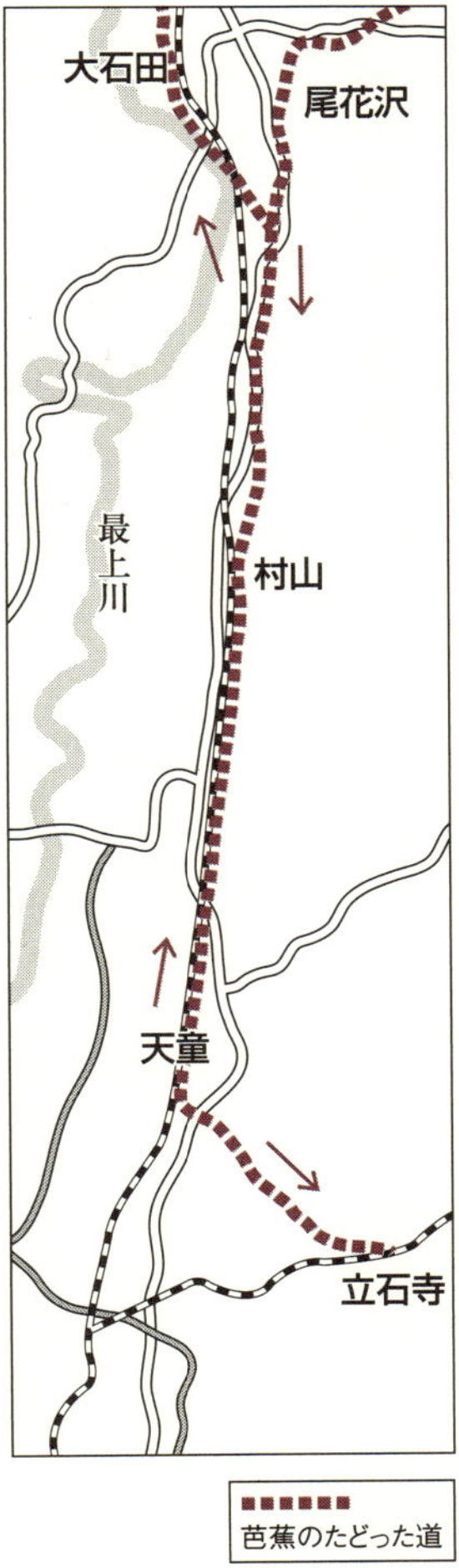
大石田
尾花沢
最上川
村山
天童
立石寺
芭蕉のたどった道

こえず。岸をめぐり、岩を這《はひ》て、仏閣《ぶつかく》を拝し、佳景寂寞《かけいじゃくまく》として心すみ行《ゆく》のみおぼゆ。
閑《しづか》さや岩にしみ入蝉《いるせみ》の声

岩と岩が重なり合ってできた山上の本堂に登る。年輪を重ねた樹木・岩石には、光るように滑らかな苔《こけ》がびっしりとはりついている。多くの院や坊が扉を閉ざしており、清澄《せいちょう》で幽閑《ゆうかん》な聖地の趣《おもむき》を醸《かも》し出している。

芭蕉は澄み切った心境を句に詠む。

「閑さや」の句は、この旅のなかでも最も有名な名吟のひとつといえよう。静寂のなかで、岩にしみいるような蝉の声が、山寺の静けさをいっそう深く感じさせる、との意である。

実は、この句は何度も推敲《すいこう》されている。初案は「山寺や石《いは》にしみつく蝉の声」で、次に「淋しさの岩にしみ込せみの声」と再案し、さらに「さびしさや岩にしみ込蝉のこゑ」と改め、最後に本文の句形に決定したのであった。

推敲の理由は、初案の上五《かみご》「山寺や」は、山寺全体の情景が前文に描かれており、また文中に「山寺」とあるので不要となる。再案の「淋しさ」は芭蕉の実感だ。それを句のなかで詠んでしまったら、説明的な句になってしまう。また、心細いという意味にとられる恐れもある。

　この句の主題は「心すみ行くのみおぼゆ」という心境。山寺のなかに身を置いたとき、心のなかからみるみる雑念が去っていき、いつしか大自然のなかにひとりあるといった孤独感にひたっている。

立石寺

立石寺は「山寺」としての名でも知られる天台宗の寺。東北屈指の信仰の霊山である。江戸時代には朱印寺領1420石、1637（寛永14）年には、5院32坊を抱える大きな寺であった。芭蕉は朝9時に尾花沢を立ち、午後3時半頃に立石寺に着いた。宿坊に荷物を預け、その日のうちに参詣を終えている。

　つまり、山寺の本情「静寂《せいじゃく》」と一体となったのだ。

　それが「閑さや」に凝縮《ぎょうしゅく》された。中七《なかしち》「しみ入」は芭蕉の閑寂《かんじゃく》な心境から生じたものである。

　山寺の静から、次は動の最上川《もがみがわ》へと移る。

第三段

出羽路に跪を破る

最上川

球磨川、富士川と並ぶ急流

大石田の人々の俳諧に対する熱意に応える

立石寺から大石田《おおいしだ》に戻った芭蕉は、最上川《もがみがわ》を下って、酒田《さかた》に向かうことになった。『旅日記』によれば、芭蕉は大石田に三日滞在し、歌仙《かせん》を興行している。

芭蕉のたどった道
ここから芭蕉は舟に乗り最上川を下った。
至新庄
本合海

最上川《もがみがは》のらんと、大石田《おほいしだ》と云《いふ》所に日和《ひより》を待《まつ》。爰《ここ》に古き俳諧の種こぼれて、忘れぬ花のむかしをしたひ、芦《ろ》角一声《かくいっせい》の心をやはらげ、此道《このみち》にさぐりあし、て、新古ふた道にふみまよふといへども、みちしるべする人しなければと、わりなき一巻《ひとまき》残しぬ。このたびの風流、爰《ここ》に至れり。

⑳本合海〜狩川

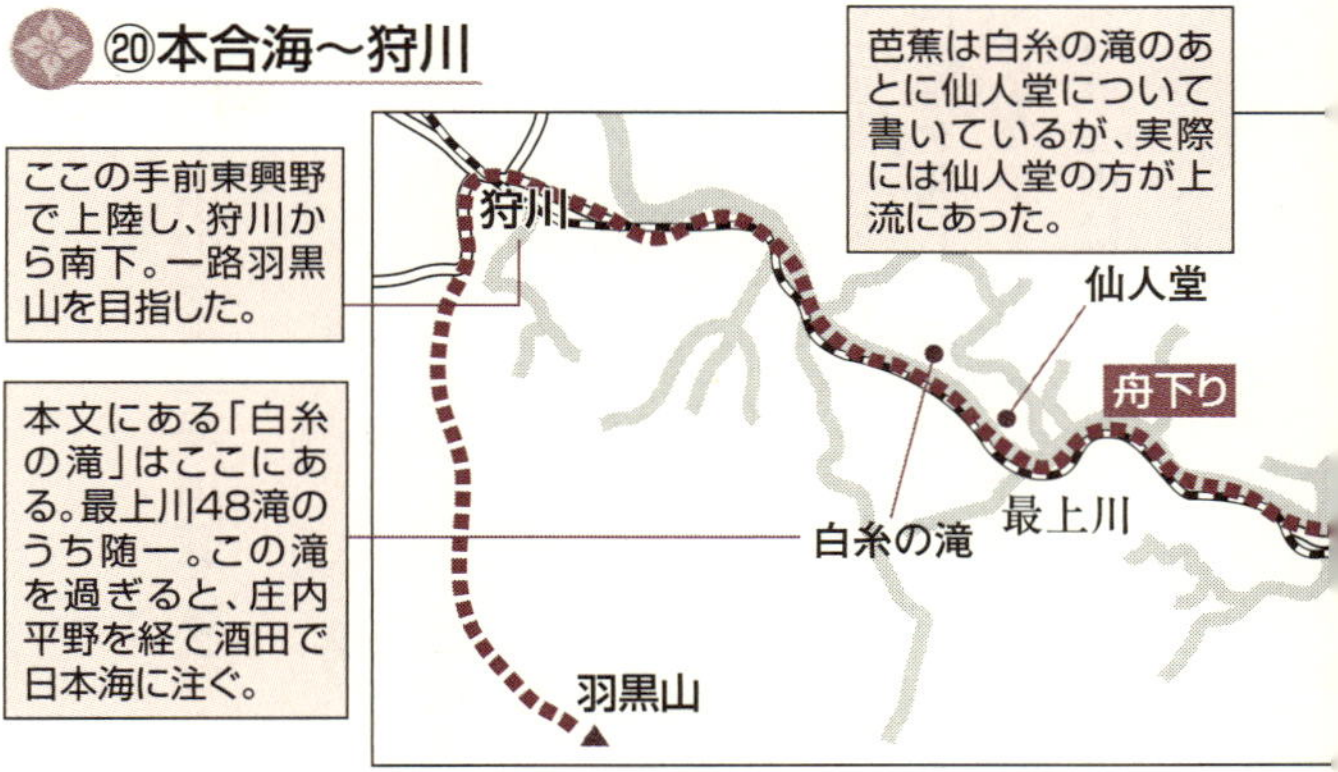
芭蕉は白糸の滝のあとに仙人堂について書いているが、実際には仙人堂の方が上流にあった。
ここの手前東興野で上陸し、狩川から南下。一路羽黒山を目指した。
本文にある「白糸の滝」はここにある。最上川48滝のうち随一。この滝を過ぎると、庄内平野を経て酒田で日本海に注ぐ。
狩川
仙人堂
舟下り
最上川
白糸の滝
羽黒山

大石田河岸は最上川中流に設けられた最上川最大の河岸。最上川の川船のうち、内陸部に拠点を置く最上船をこの河岸が独占していた。

この地は生活に余裕のある船持ちの旦那衆が多く、俳諧も盛んだった。しかし、片田舎の素朴な風流を楽しむといった程度のことで、俳諧の新風を学ぼうにもままならない。貞門《ていもん》・談林《だんりん》の古風から元禄の新風、どちらの道に進むべきか迷っているのが実情だった。芭蕉は請《こ》われて、最上川に面した舟問屋高野《たかの》一栄《いちえい》宅で歌仙（三十六句）を興行した。

このときの芭蕉の発句が「五月雨を集て涼し最上川」で、出席者は芭蕉、一栄、曾良、庄屋高桑《たかくわ》川水《せんすい》の四人。「風流、ここに至れり」とあるが、旅中、少しでも俳諧に関心ある人に出会うことを楽しみにしていた芭蕉である。大石田の人たちと俳諧興行ができたことに満足した。

最上川の本情「早川」を詠む

最上川は、みちのくより出《いで》て、山形を水上《みなかみ》とす。ごてん・はやぶさなど云《いふ》おそろしき難《なん》所有《じよあり》。板敷山《いたじきやま》の北を流《ながれ》て、果は酒田《さかた》の海に入《いる》。左右山覆《おほ》ひ、茂みの中に船を下《くだ》す。是《これ》に稲つみたるをや、いな船といふならし。白糸の滝は青葉の隙《ひま》〳〵に落《おち》て、仙人堂、岸に臨《のぞみ》て立《たつ》。水みなぎつて舟あやうし。

五月雨《さみだれ》をあつめて早し最上川

芭蕉は最上川を下った。最上川の本流の長さは二二四・四キロ。山形南端、吾妻山北面《あづまやまほくめん》に源を発し、酒田港《さかた》の辺りで日本海に注ぐ、日本三大急流のひとつ。山が覆《おお》いかぶさるようなかを船が下り、稲を運搬するこの辺り特有の稲船《いなふね》などがそこかしこに見られる。当時最上川は船運の大動脈で、物資を載せた酒田からの酒田船と大石田からの最上船の往来が盛んであった。

芭蕉乗船の地（本合海）

最上川下りの乗船地には、現在芭蕉と曾良の銅像がある。

先の一栄宅での発句が、本文の句形の初案である。

「涼し」は最上川の水量が豊かで、見るからに涼しげな景趣《けいしゅ》を表現したもの。最上川は素材として扱われているにすぎない。

本文では最上川が主題である。その本情は、『名所方角抄《めいしょほうがくしょう》』に「早川」と書かれているように、急流である。そこで、「早し」と改めた。上流の仙人堂を下流の白糸の滝よりあとに配して、「仙人堂、岸に臨て立」としたのも、「立つ」という語勢の強さが「早し」に合致するからである。余情《よじょう》として爽涼感《そうりょうかん》があり、「涼し」の理《り》にまさっている。

川を下り狩川《かりかわ》で舟を降り、出羽《でわ》三山《さんざん》巡礼へと向かった。

第三段

出羽路に跪を破る

羽黒・酒田

出羽三山に巡礼し、酒田の俳人と交流

羽黒権現の盛んな修験行法

次に芭蕉は、羽黒山《はぐろさん》、月山《がっさん》、湯殿山《ゆどのさん》の三山のひとつ、羽黒山に到着した。羽黒山は三山の中心で、厳しい山奥で修行する山岳信仰の修験道《しゅげんどう》羽黒山の本山。熊野《くまの》と並ぶ信仰の地として知られ、中世以降は陸奥《むつ》・出羽《でわ》両国の鎮守《ちんじゅ》とされていた。芭蕉の頃、出羽三山は寛永寺《かんえいじ》を本山と仰いでいた。六月三日、芭蕉は羽黒山に登拝する。

六月三日、羽黒山《はぐろさん》に登る。図司《づし》左吉《さきち》と云《いふ》者を尋《たづね》て、別当代《べっとうだい》会覚《ゑがく》阿闍梨《あじやり》に謁《えっ》す。南谷《みなみだに》の別院に舎《やど》して、憐愍《れんみん》の情《じやう》こまやかにあるじせらる。

四日、本坊にをゐて誹諧興行。

　有難《ありがた》や雪をかほらす南谷

五日、権現《ごんげん》に詣《まうづ》。当山開闢《かいびやく》能除大師《のうぢよ》は、いづれの代《よ》の人と云事《いふこと》をしらず。延喜式《えんぎしき》に

㉑手向《とうげ》～野口

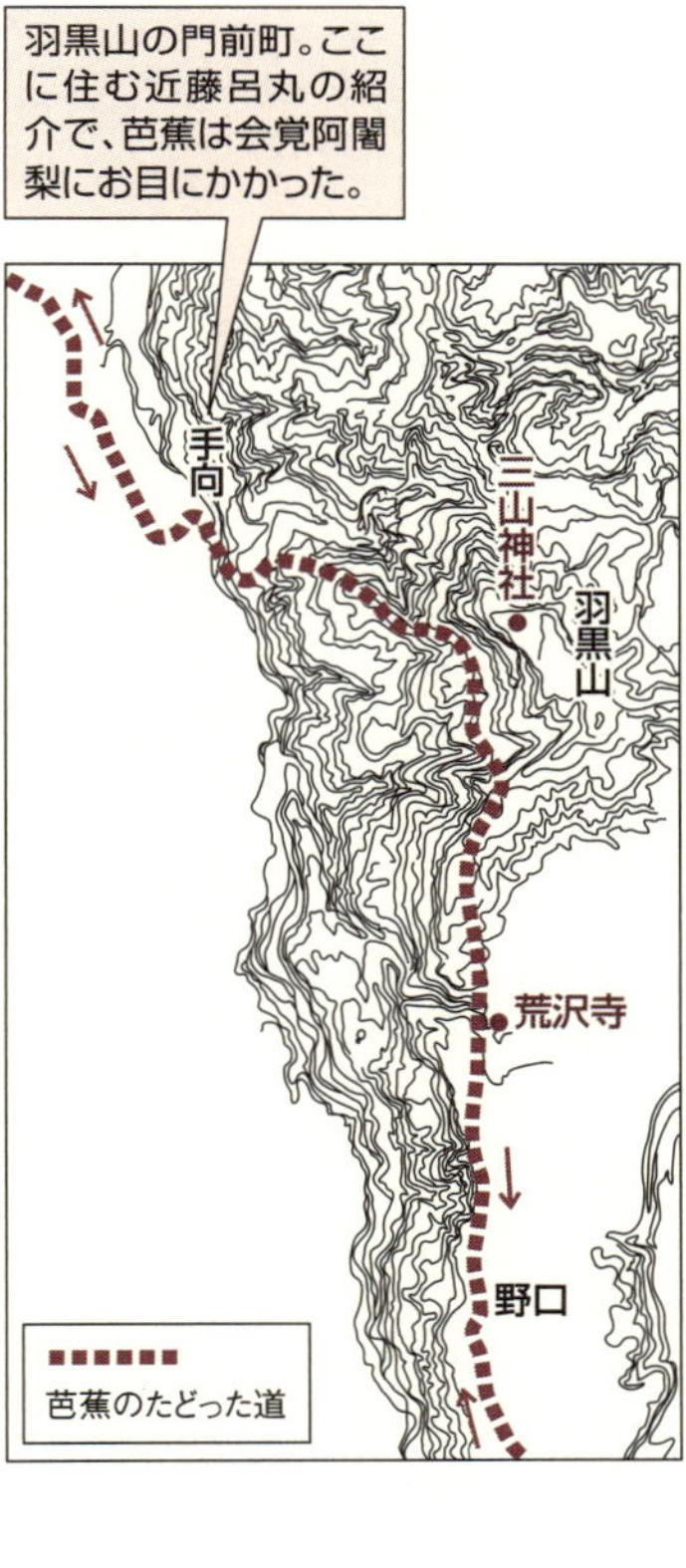
羽黒山の門前町。ここに住む近藤呂丸の紹介で、芭蕉は会覚阿闍梨にお目にかかった。
手向
三山神社
羽黒山
荒沢寺
野口
芭蕉のたどった道

「羽州里山《うしうさとやま》の神社」と有《あり》。書写《しよしや》、「黒」の字を「里山」となせるにや。羽州黒山を中略して羽黒山と云《いふ》にや。出羽といへるは、「鳥の毛羽を此国《このくに》の貢《みつぎもの》に献《たてまつ》る」と風土記《ふどき》に侍《はべる》とやらん。月山《ぐわつさん》、湯殿《ゆどの》を合《あはせ》て三山とす。当寺武江東叡《ぶかうとうえい》に属して、天台止観《てんだいしくわん》の月明らかに、円頓《ゑんどん》融通《ゆづう》の法《のり》の灯《ともしび》か、げそひて、僧坊棟《むね》をならべ、修験行法《しゆげんぎやうぼふ》を励《はげま》し、霊山霊地《れいざんれいち》の験効《げんかう》、人貴《たふとび》且《かつ》恐る。繁栄長《とこしなへ》にして、めで度《たき》御山《おやま》と謂《いひ》つべし。

六月三日、四日、別当代会覚阿闍梨より心のこもったもてなしを受け、「薫風《くんぷう》（初夏の風）に雪の冷気が感じられるのは、ありがたいことである」とお礼の発句を詠んだ。

五日、羽黒権現《ごんげん》に参詣。芭蕉は羽黒山の開祖、能除大師がいつの時代の人かはわからないと述べながらも、『延喜式』（九二七年撰進）にこの神社の名が出ていると、その縁起の古さを強調している。出羽は『風土記《ふどき》』にある古い地名である。羽黒山は江戸の寛永寺に属しており、天台宗《てんだいしゅう》の修行や教理を受け継ごうとして多くの僧侶たちが修行に励《はげ》んでいる。

芭蕉はこの霊山の繁栄は永遠に続くかのようで、まことにめでたいお山といえよう、と讃美《さんび》する。

三山巡礼に芭蕉が求めたもの

『旅日記』によると、月山登拝のため、前日は昼まで断食し、木綿注連《ゆうしめ》を襟《えり》にかけた。

八日、月山《ぐわつさん》にのぼる。木綿《ゆふ》しめ身に引《ひき》かけ、宝冠《ほうくわん》に頭《かしら》を包《つつみ》、強力《がうりき》と云《いふ》ものに道びかれて、雲霧山気《うんむさんき》の中に、氷雪を踏《ふみ》てのぼる事八里、更に日月《にちぐわつ》行道《ぎやうだう》の雲関《うんくわん》に入《いる》かとあやしまれ、息絶《たえ》身こゞえて頂上に臻《いた》れば、日没《ぼつし》て月顕《あらは》る。笹を鋪《しき》、篠《しの》を枕として、臥《ふし》て明《あく》るを待《まつ》。日出《いで》て雲消《きゆ》れば、湯殿《ゆどの》に下《くだ》る。

木綿注連という輪袈裟《わげさ》を首にかけ、白い宝冠《ほうかん》で頭を包み、白装束《しろしょうぞく》を身にまとって出発。もやが立ち込める雪渓《せっけい》の険《けわ》しい道を登って行くと、日や月の通う路のある雲間の関所に入ったかと思うほどで、息も絶《た》え絶《だ》えになり、凍《こご》えながら頂上についた。

芭蕉は疲れた体を休めるために、土間に笹を敷きつめた山小屋で、杉の角材を枕に一泊したのち、湯殿山へ向かった。

㉒弥陀ヶ原～湯殿山参籠所

芭蕉のたどった道
弥陀ヶ原
ここで参拝したあと、芭蕉は頂上を少し下ったところにある角兵衛小屋に宿泊した。
月山神社
月山
湯殿山参籠所
湯殿山神社
月光坂
湯殿山

谷の傍《かたはら》に鍛冶小屋《かじごや》と云有。此国《このくに》の鍛《か》冶《じ》、霊水を撰《えらび》て、爰《ここ》に潔斎《けつさい》して釼（剣）を打《うち》、終《つひに》「月山《ぐわつさん》」と銘《めい》を切《きつ》て世に賞せらる。彼竜泉《かのりようせん》に剣を淬《にらぐ》とかや。干将《かんしやう》・莫耶《ばくや》のむかしをしたふ。道に堪能《かんのう》の執《しふ》あさからぬ事しられたり。岩に腰かけてしばしやすらふほど、三尺ばかりなる桜のつぼみ半《なか》ばひらけるあり。ふり積《つむ》雪の下に埋《うづもれ》て、春を忘れぬ遅《おそ》ざくらの花の心わりなし。炎天《えんてん》の梅花爰《ここ》にかほるがごとし。行尊僧正《ぎやうそんそうじやう》の歌の哀《あはれ》も爰《ここ》に思ひ出《いで》て、猶まさりて覚《おぼ》ゆ。惣《そうじ》て、此《この》山中の微細《みさい》、行者《ぎやうじや》の法式として他言《たごん》する事を禁ず。仍《よつ》て筆をとゞめて記《しる》さず。坊に帰れば、阿闍梨の需《もとめ》に依《より》て、三山順礼の句々短冊《たんざく》に書《かく》。

涼しさやほの三か月の羽黒山

雲の峰幾つ崩《くづれ》て月の山

語られぬ湯殿にぬらす袂《たもと》かな

湯殿山銭ふむ道の泪《なみだ》かな　曾良

芭蕉は湯殿への途中、鍛冶小屋に目を留める。清浄な水で身を清めて剣を打ち、「月山」と銘を入れ、刀を鍛えあげた故事を思い出したのだ。芭蕉は道を究める者の深い心を思いやった。それは俳諧に新しみを求めて精進《しょうじん》する自身の姿に重なったことだろう。

湯殿山のことは「行者の法式として他言《たごん》する事を禁ず」とあるように、神聖な場として他言することが禁じられていた。

羽黒勝地之内南谷

芭蕉が訪れた頃は月山を望むことができた。現在は樹木にさえぎられて見ることができない。

三山巡礼の句の意味は以下の通りである。「羽黒山の山気身にしむ夕方、見上げる三日月の涼しげなことよ」巡拝を無事終えた気分が「涼しさ」にこめられている。「湧きあがっては消えた雲はいくつあったのか。今、月山の上には真如《しんじょ》の月がある」。空に向かっていた芭蕉の視線が下に移れば湯殿山。「語ることを禁じられた神域のありがたさに、涙がこぼれるのを禁じえない」芭蕉であった。

この修験の修行は死と再生の儀礼を通じ、生命の若返りを図るのだという。芭蕉は三山巡礼により、俳諧に新たな生命を与えたいと願ったはずだ。巡礼を終えた芭蕉は、鶴ヶ岡《つるがおか》で鶴ヶ岡藩士の長山重行《ながやましげゆき》らと歌仙を興行したのち酒田へ下る。

日本海最大の港町、酒田での交流

最上川河口にある酒田は、当時日本海最大の港町。西廻航路の海港であり、最上川舟運の河港でもあったため、米蔵が並ぶ港町として栄えていた。芭蕉は、藩医で酒田俳壇の中心人物伊藤玄順《げんじゅん》（俳号不玉《ふぎょく》）宅を宿とし、酒田の豪商たちと交流して歌仙を巻く。

あつみ山や吹浦《ふくうら》かけて夕すゞみ

暑き日を海にいれたり最上川

芭蕉がこの地を題材にして吟じた二句は、夕暮れの涼感たっぷりの句だ。「あつみ山や」は、温海山から吹浦までの雄大な夕涼みを詠み、不玉への挨拶とした句。「暑き日を」は、「最上川が暑い一日を海に流し込んだ河口の涼しいことよ」と、最上川の水量の豊かさと大きさを賞賛する句だ。これは「涼しさや海にいれたる最上川」を推敲したもの。続いて芭蕉は、松島同様旅の大きな目標としていた象潟《きさかた》へと向かうのであった。

㉓鶴ヶ岡～酒田

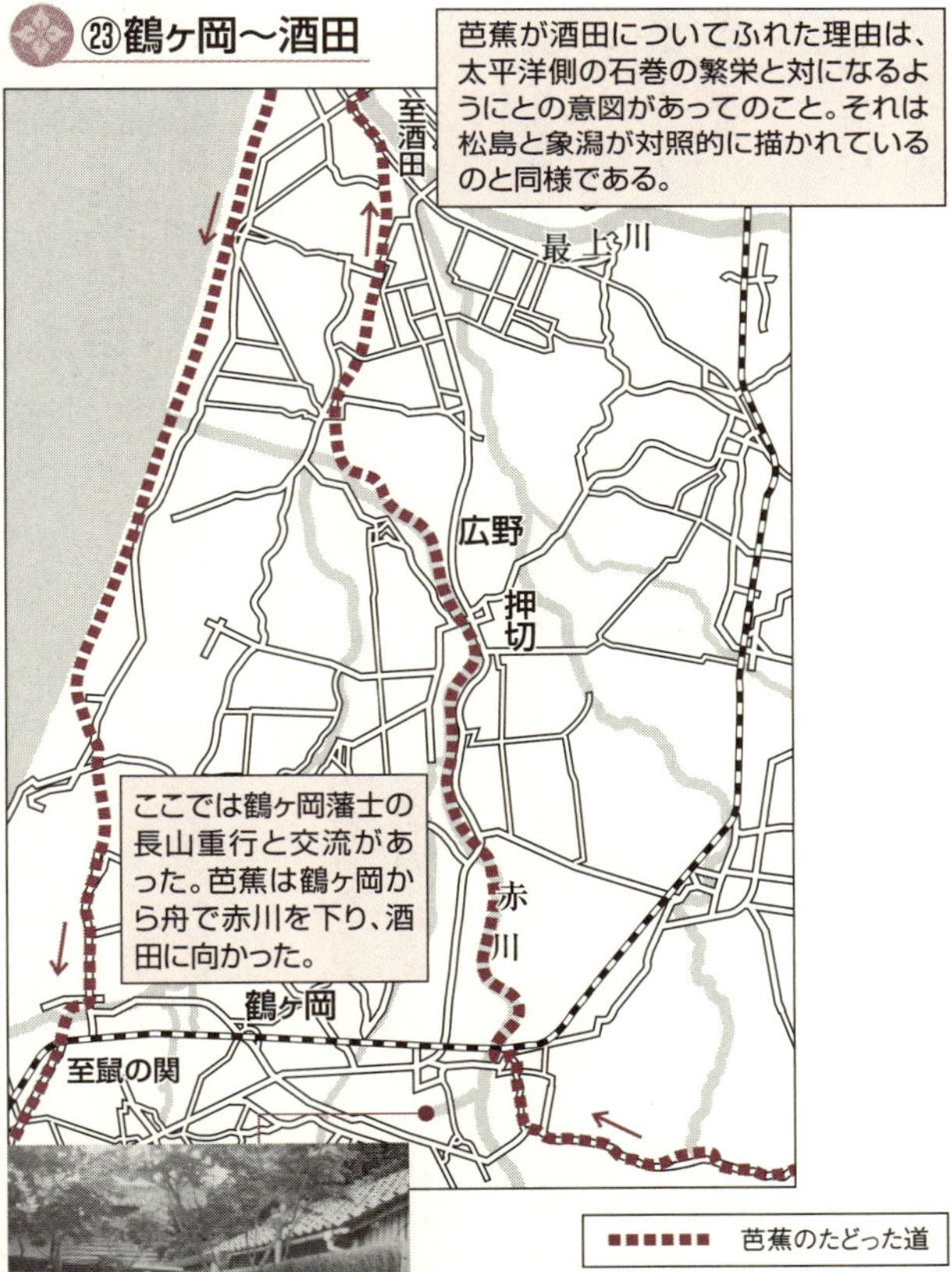
芭蕉が酒田についてふれた理由は、太平洋側の石巻の繁栄と対になるようにとの意図があってのこと。それは松島と象潟が対照的に描かれているのと同様である。
至酒田
最上川
広野
押切
赤川
ここでは鶴ヶ岡藩士の長山重行と交流があった。芭蕉は鶴ヶ岡から舟で赤川を下り、酒田に向かった。
鶴ヶ岡
至鼠の関
芭蕉のたどった道

長山重行邸跡

長山邸で三泊し、曾良や重行、そして羽黒から同行してきた近藤呂丸らと連句を興行した。

象潟

「象潟」の特色ある風景美

心急き立てられ雨中の象潟に期待高まる

この旅の目的地の一つが象潟《きさかた》だ。「日光」の曾良を紹介する文中にも「松しま・象潟の眺」と出ている。芭蕉は先の「松島」との対比を念頭に置きながら、構成を工夫している。

江山水陸《かうざんすいりく》の風光数を尽《つく》して、今象潟《きさかた》に方寸《ほうすん》を責《せむ》。酒田の湊《みなと》より東北の方《かた》、山を越《こえ》、礒《いそ》を伝ひ、いさごをふみて其際《そのさい》十里、日影や、かたぶく比《ころ》、汐風《しほかぜ》真砂《まさご》を吹上《ふきあげ》、雨朦朧《もうろう》として鳥《てう》海《かい》の山かくる。闇中《あんちゅう》に莫作して「雨も又奇《き》也」とせば、雨後の晴色又頼母敷《たのもしき》と、蜑《あま》の苫《とま》屋《や》に膝をいれて、雨の晴《はるる》を待《まつ》。

鳥海山《ちょうかいざん》をひかえる象潟は、一八〇四（文化《ぶんか》元）年の大地震で陸となるまでは、九十九島八十八潟と言われ、入江状の多島潟として、風光明媚《ふうこうめいび》な景観を誇っていた。

㉔小砂川～象潟

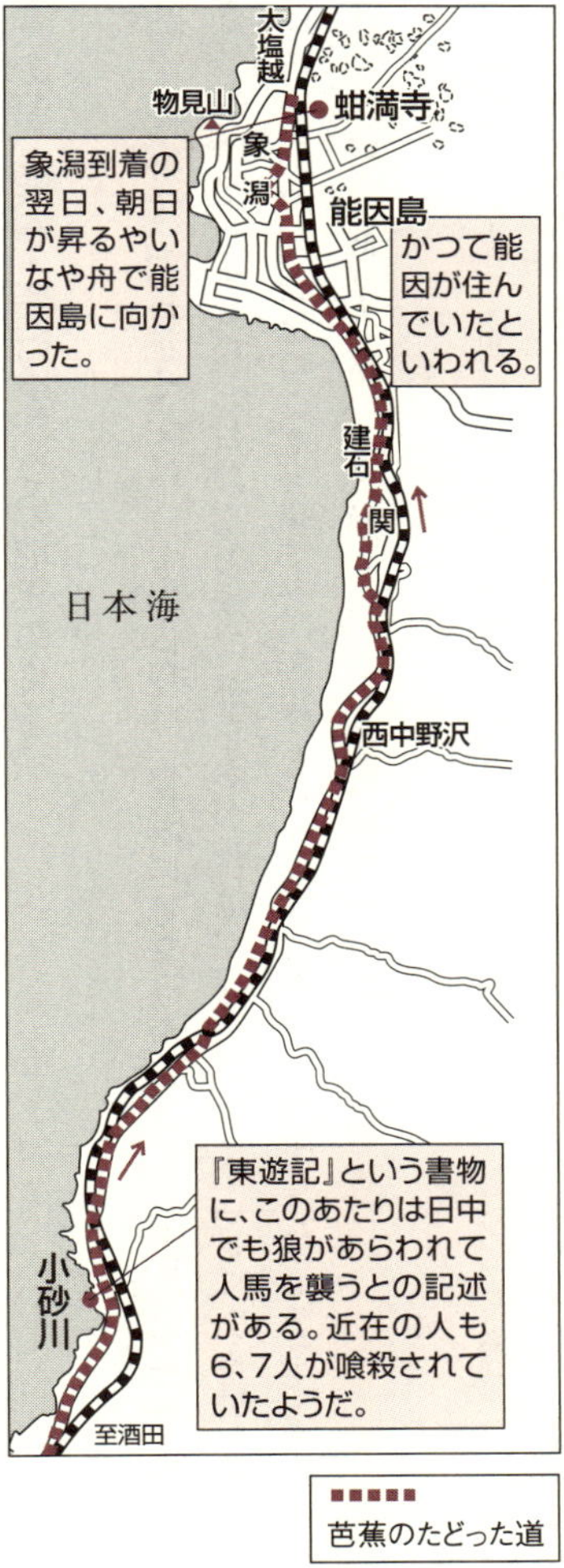
大塩越
物見山
蚶満寺
象潟
能因島
象潟到着の翌日、朝日が昇るやいなや舟で能因島に向かった。
かつて能因が住んでいたといわれる。
建石
関
日本海
西中野沢
『東遊記』という書物に、このあたりは日中でも狼があらわれて人馬を襲うとの記述がある。近在の人も6、7人が喰殺されていたようだ。
小砂川
至酒田
芭蕉のたどった道

酒田の港から山を越え、海伝いに砂浜を通り、約十里の道のりであった。ありとあらゆる風景を見尽《つく》して、あとは象潟だけと急《せ》きたてられる思いで象潟に着いてみると、目の前の象潟は、鳥海山も見えないほど雨にけぶっていた。

芭蕉は「蜑《あま》の苫屋《とまや》」、つまり漁師の小屋で晴天を待ちながら、「雨の日の眺めも風変りで趣がある」という中国の詩人蘇東坡《そとうば》の詩を思い出す。雨上がりの風景もどんなに素晴らしいか、と胸躍らせて待ちわびる芭蕉である。

晴天の潟、能因・西行ゆかりの地をめぐる

其朝《そのあした》天能霽《てんよくはれ》て、朝日花やかにさし出《いづ》る程に、象潟に舟をうかぶ。先能因島《まづのういんじま》に舟をよせて、三年幽居の跡をとぶらひ、むかふの岸に舟をあがれば、「花の上こぐ」とよまれし桜の老《おい》木《き》、西行《さいぎやう》法師の記念《かたみ》をのこす。江上《かうしやう》に御陵《みささぎ》あり。神功皇后《じんぐうこうぐう》の御墓と云《いふ》。寺を干満珠《かんまんじゆ》寺と云。此処《このところ》に行幸《ぎやうがう》ありし事いまだ聞《きか》ず。いかなる事にや。

翌日は晴天になり、朝日が昇るや否や、芭蕉は舟を出している。先の「雨後の」以下の文に照応させたのである。当時の舟の借り賃は一艘あたり一〇〇文《もん》であると、『巡拝記《じゅんぱいき》』という書物にある。案内役の今野加兵衛《こんのかへえ》が茶や酒、菓子を用意してくれた。芭蕉は舟で象潟の旧跡を巡った。

芭蕉が真っ先に訪れたのは能因法師が三年隠棲《いんせい》した跡と伝えられる「能因島」。次に西行作と伝える「象潟の桜はなみに埋れてはなの上こぐ蜑のつり船」にゆかりの桜に、その面影をしのぶ。さらに干満珠（蚶満）寺には、神功皇后《じんぐうこうごう》の墓という御陵もある。しかし、神功皇后が当地に来たという話は聞いたことがないと、芭蕉は首をかしげる。芭蕉は方《ほう》

能因島

現在、かつて潟だったところは水田になっている。島の部分は現在でも残っているので、田に水が張ってある時期には、かろうじて往時の景観を想起することができる。

丈《じょう》からの眺望を描いた。

> 此寺《このてら》の方丈《ほうぢやう》に座して簾《すだれ》を捲《まけ》ば、風景一眼《いちがん》の中《うち》に尽《つき》て、南に鳥海、天をさゝえ、其陰《そのかげ》うつりて江《え》にあり。西はむや〱の関、路《みち》をかぎり、東に堤を築《きづき》て、秋田にかよふ道遥《はるか》に、海《うみ》北にかまえて、浪打《うち》入《い》る所を汐こしと云《いふ》。

南には高くそびえる鳥海山の姿が海に映り、西には有耶無耶《うやむや》の関《せき》、東には秋田への道が続き、北には波が寄せる汐越《しおごし》と、周囲を隈《くま》なく眺めやる趣である。

松島との違いを美女になぞらえる

芭蕉は象潟を前出の松島と対照的に描くこ

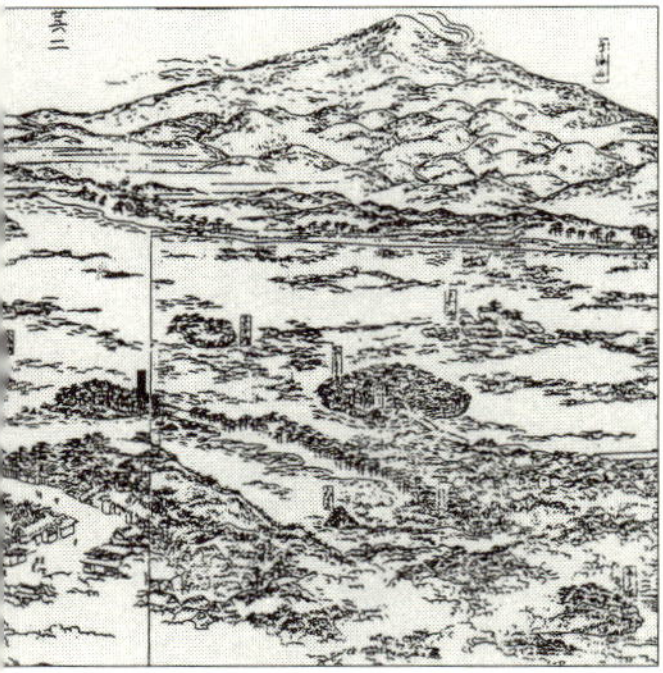

**陸地になる前の象潟
（二十四輩順拝図会）**

当時の象潟は、松島と並び称される
景観美を誇っていた。

とにより、印象深いものにしている。

江の縦横《じゆうわう》一里ばかり、俤《おもかげ》松島にかよひて、又異《こと》なり。松島は笑ふが如く、象潟はうらむがごとし。寂しさに悲しみをくはえて、地勢《ちせい》魂をなやますに似たり。

松島と象潟は、多くの島々が浮かぶ景観美という共通点がある一方、異なる点があった。

それは第一に地形上の相違である。松島は全体として楕《だ》円形《えんけい》になっている。東北東に長く約八キロ、幅は最大で五キロに及ぶ。そのなかに二三六の島々が散らばっている多島海で、塩釜《しおがま》あたりから二一キロにもなる海岸線もある。対する象潟は、東西二キロ、南北約三キロのほぼ真四角の潟のなかに、約八〇の島々が浮かぶ入り江状の多島潟であった。

松島は太平洋に大きく開け、象潟は狭い潟のなかに押し

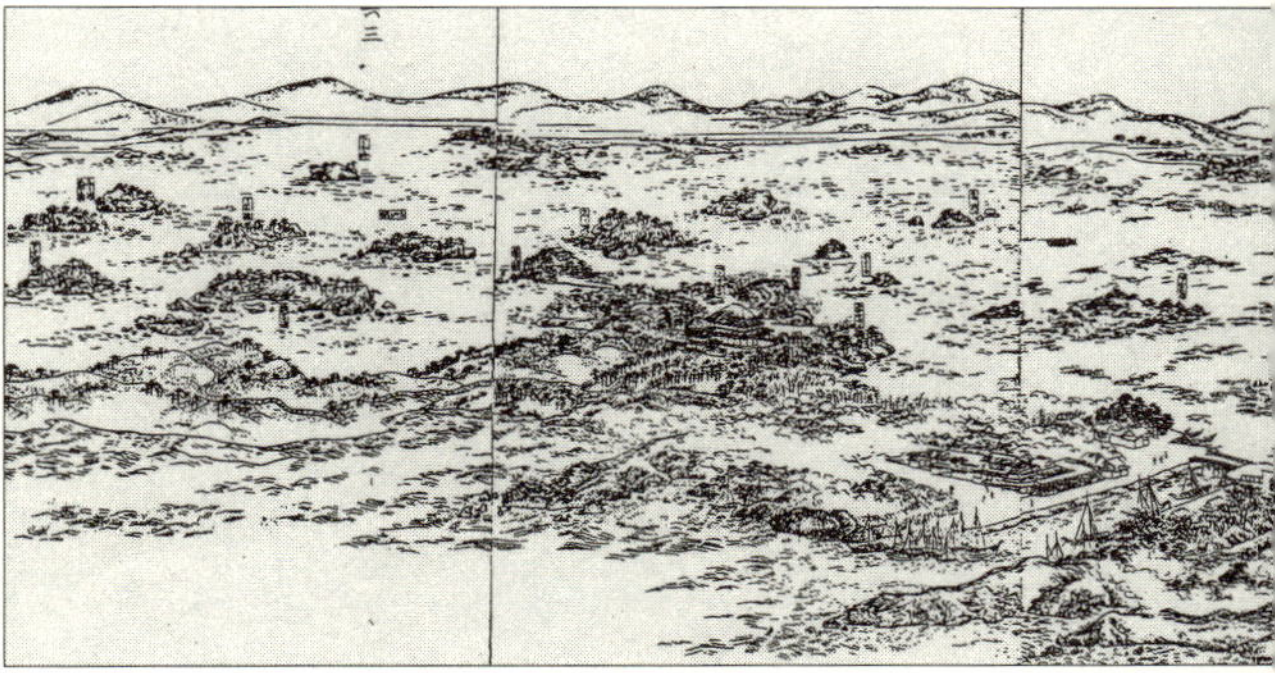

込められた感じを与えていたはずである。「松島は笑ふが如《ごと》く、象潟はうらむがごとし」は、その違いを美女の笑顔と愁《うれ》い顔になぞらえたのである。

　この美女とは北宋《ほくそう》の詩人、蘇東坡が、「西湖《せいこ》を把《も》って西《せい》子《し》（施）に比《ひ》せんと欲すれば、淡粧濃沫《たんしょうのうまつ》総《すべ》て相宜《あいよろ》し」と詠んだ春秋《しゅんじゅう》時代の越《えつ》の美女西施のことである。彼女は越王勾践《こうせん》から呉王夫差《ごおうふさ》に献ぜられたが、常に愁《うれ》いに沈んでいたという。象潟の印象は、まさにこの表情だと芭蕉は感じたのだ。西施は笑ったことがないはずで、「笑ふが如く」は芭蕉の新しい発想である。松島の「美人の顔を粧ふ」は「濃沫」にあたる。

　また、松島との対比は、全体の印象ばかりではなく、具体的な描写にも見られる。

　たとえば、松島では島々の形状、二階の窓から見て感じた眺望など日本一の風光美《ふうこうび》が中心になっている。一方、象潟では祭り・夕涼についての句を出すなど、日常の光景を描いているのが特徴だ。

松島の寝られぬほどの深い感銘に対し、象潟では由緒ある旧跡・この地ならではの眺望、日常の暮らしを描いている。

さらに、構成方法も松島とは異なって、松島は正午から真夜中まで時間の経過にしたがって描き、句は途中に一句をはさむのみ。象潟は二日にわたる構成だ。句は終わりに五句を並べて出している。この構成の相違が二つの章のそれぞれの主題を明確にしているのである。

晴雨の象潟の印象と人々の暮らし

象潟や雨に西施《せいし》がねぶの花
汐越や鶴《つる》はぎぬれて海涼し
祭礼
象潟や料理何くふ神祭　曾良
みの、国の商人
蜑《あま》の家《や》や戸板を敷《しき》て夕涼《ゆふすずみ》　低耳《ていじ》

象潟橋より望む鳥海山

芭蕉は象潟橋からの雨暮の景色と鳥海山の晴嵐を眺めた。

岩上《がんじやう》に雎鳩《みさご》の巣をみる
波こえぬ契《ちぎり》ありてやみさごの巣　曾良

これら五句のうち、あとの三句は祭礼や風習など日常生活を吟じたものだ。

一方、晴雨の象潟の印象を吟じたのが最初の二句だ。「象潟や」は、愁いに沈み、半ば目を閉じている西施を思い出させる雨中のねむの花。それは雨にけぶり、しっとりとした象潟の風情そのものだ。「うらむがごとし」の集約である。「汐越や」は、雨があがったあと、汐越に降り立った鶴の脚をひたひたと海水が濡らして、いかにも涼しげな情景を描き出す。

芭蕉はこの雨天・晴天の二句で情緒をはっきりと詠み分け、その対比は効果的である。

こらむ

『おくのほそ道』と旅の実態

芭蕉は道中、何を食べていたか

『おくのほそ道』は、実際に芭蕉が見聞したことをもとに、創作を交えながら書かれた紀行文だ。旅のなかで特に印象に残ったことが描かれている。

そうした性格上、当然『おくのほそ道』本文にはあらわれない旅の実態というものが存在する。また、たとえ描かれていたとしても、あまりに断片的過ぎて、その実態がよくつかめないという人もいるかもしれない。

たとえば食事。芭蕉は長距離を徒歩で旅していたので、宿に着く頃にはずいぶんと空腹を覚えていたのではないかとも思える。

もちろん飽食の現代とは違うという時代背景もあるし、自分を律することで俳諧に精進していた芭蕉のことだ。食事などは二の次だったと思われるが、現代の旅といえば、訪問先の名物に舌鼓を打つのも楽しみのひとつ。芭蕉も地方の名物料理を味わったのだろうか。

のり	芭蕉が仙台を出立する前夜に、餞別として仙台名物の「ほし飯」を贈った加右衛門。『旅日記』には、翌朝再び加右衛門が訪れ、気仙地方の名産である「のり」をひと包み持ってきたと書かれてある。
そうめん	出羽三山を巡礼した折、下山の翌朝は断食し、昼にそうめんを食べることで、お山成就の祝いとするのがしきたりだった。
粥	長山重行邸にて「粥ヲ望」との記述が『旅日記』にある。これだけでは芭蕉と曾良、どちらが望んだのか不明だが、のちに曾良が薬を求めたとの記述が多く見られる。胃を悪くしていたといわれる曾良の方が粥を欲したのかもしれない。

食事の筆頭はうどん、そうめん、冷麦――

『おくのほそ道』本文、および曾良の『旅日記』のなかには、いくつか食に関する記述がある。

それによると、うどん、そうめん、蕎麦切《そばきり》、茄《な》子《す》、菓子、粥《かゆ》、酒、茶などを味わっている。

これらを見ると、麺類が多いことに気付くだろう。

暑い盛りに外を歩いたことに加え、当時ではすでに老境に差し掛かっていた年齢の芭蕉なので、食べやすいさっぱりとした麺類を好んでいたのだろうか。

蕎麦切は当時のごちそうであった。

芭蕉が食べた地方の名物といえば、宮城野で加右衛門が餞別に送った「ほし飯」だ。「ほし飯」は、芭蕉は仙台を発ったあとに、曾良とともに舌鼓を打ったことと思われる。

道中、飢えに苦しんだとの記述は『おくのほそ道』にも『旅日記』にも見られない。意外と食も充実した旅だったのかもしれない。

第四段

北陸路を行く

——越後から大垣まで——

第四段 北陸路を行く

越後路・一振

「荒海や」の名吟と遊女との出会い

暑さと雨に悩まされた越後路

芭蕉は象潟《きさかた》橋から鳥海山《ちょうかいさん》の晴風を見てから、象潟を舟で立ち酒田《さかた》に戻り、北陸を目指す。

酒田の余波《なごり》日を重て、北陸道《ほくろくだう》の雲に望《のぞむ》。遥々《えうえう》のおもひ胸をいたましめて、加賀の府まで百卅里と聞《きく》。鼠《ねず》の関《せき》をこゆれば、越後《えちご》の地に歩行《あゆみ》を改《あらため》て、越中《えつちゆう》の国一ぶりの関に到る。此間九日《このかんここのか》、暑湿《しよしつ》の労に神《しん》をなやまし、病《やまひ》おこりて事をしるさず。

加賀《かが》の中心都市金沢《かなざわ》まで一三〇里あると聞き、前途はるかの思いを胸にした芭蕉《ばしょう》。出《で》羽《わ》の国から「奥羽《おうう》の三関」として知られる鼠の関を越え、やがて越後の市振《いちぶり》に到着した。酒田からはこの間計九日。そのあいだ、雨や湿気に悩まされた上、病気も起こり、道中の様子を書くどころではなかったと芭蕉は記す。

新潟県内の芭蕉のたどった道筋

市振方面から見た親不知

北陸道中最大の難所。現在では海岸の海蝕がすすみ、通行は不可能となっている。

子不知

親不知・子不知として知られる北陸道中の難所。現在では通行不能。

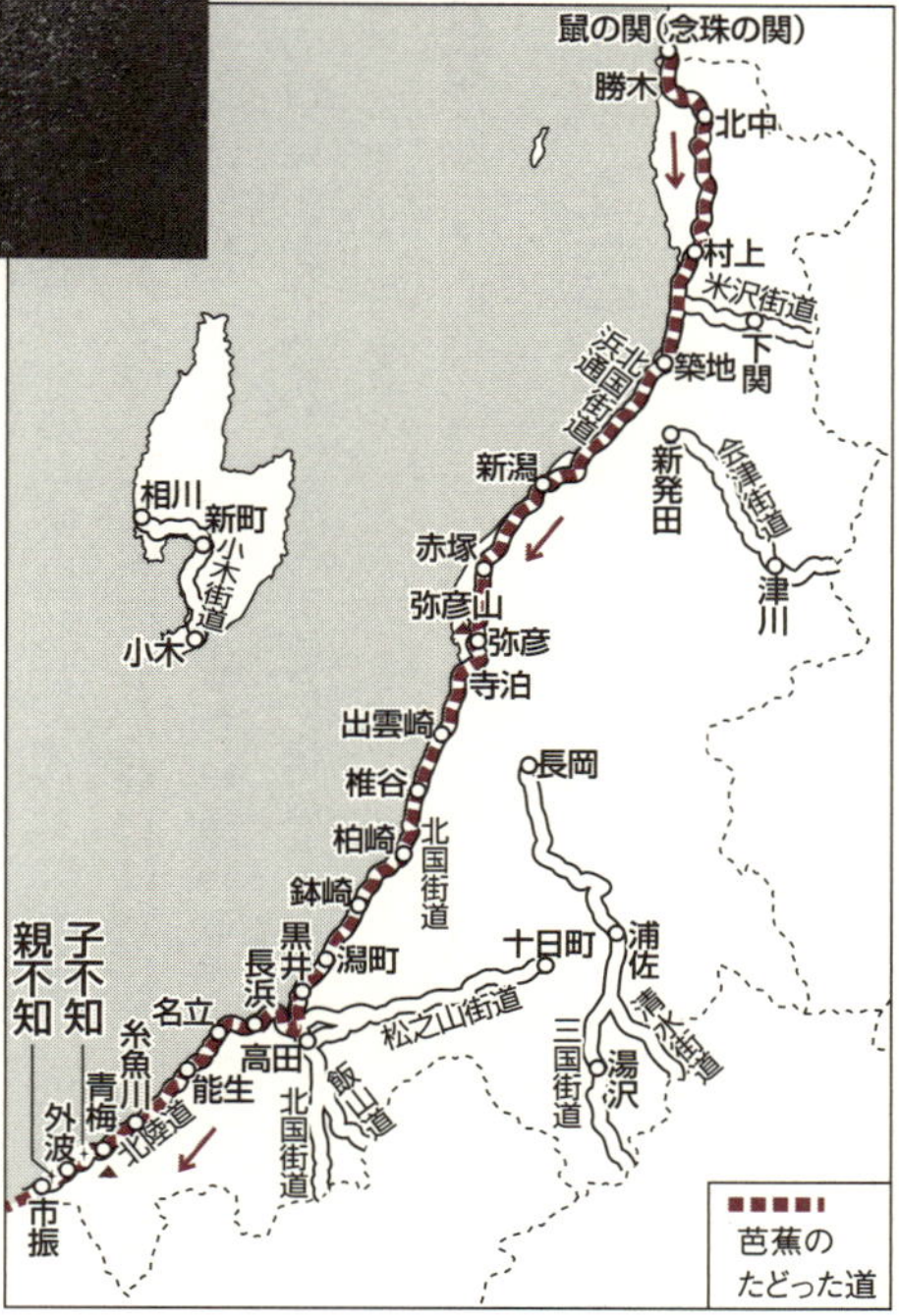

途中、病気をした記録はないのだが、実際の日程は十五日かかり、雨が降らない日は五日間だけだった。つまりほとんど雨に降られた上、暑いなかでの単調な旅は持病を抱えた芭蕉にはかなりの負担であったに違いない。

しかし、そのことが「越後路」が短文であることの要因ではない。この章は「象潟」と「一振」のあいだにある。「象潟」は先に見たように「松島」とならぶ景勝地。芭蕉は「松島」同様、長文を費した。一方、「一振」ではたまたま同宿した遊女《ゆうじょ》に同行を望まれながら拒絶し、「哀れさしばらくやまざりけらし」と書くほどの味わい深い章で、やはり長文となっている。「越後路」は前後の章を生かすため、あえて短い構成としたのである。

七夕の夜、佐渡の流人をあわれむ

文月《ふみづき》や六日《むいか》も常の夜には似ず
荒海《あらうみ》や佐渡《さど》によこたふ天河《あまのがは》

「文月や」の句は単に夜空について詠んだ句ではない。七夕《たなばた》の折、東北のねぶた流しのよ

『加賀藩下道中絵巻』より市振付近の図

右中央やや下に市振の文字が見える。この市振の章では遊女が登場するといった艶っぽい描写がなされ、ほかの章とは少し赴きを異にしている。

うな行事が各地で行なわれていた。「常の夜には似ず」には、そのことが念頭にある。

「荒海や」は七夕の句。荒海と呼ばれる日本海が眼前に広がる。見上げれば、年に一度、牽牛《けんぎゅう》と織姫《おりひめ》が逢うという天の川が、佐渡の方へ横たわるかのように流れている、という意。

二つの星が出会うこの日、親しい人と合えない日々を過ごす佐渡の流人《るにん》たちは、どのような思いで天の川を見上げているのだろう、との余情がある。

芭蕉自身も、流人の島、佐渡を目前にするところまではるばるやって来たものだとの感慨にふけっていたことだろう。

この二句で季節が秋に移ったことが示されている。

不幸な身の上をなげく遊女の物語

今日《けふ》は親しらず・子しらず・犬もどり・駒返《こまがえ》しなど云《いふ》北国《ほくこく》一の難所《なんじよ》を越《こえ》て、つかれ侍《はべ》れば、枕引《ひき》よせて寐《いね》たるに、一間隔《ひとまへだて》て面《おもて》の方《かた》に、若き女の声二人計《ばかり》ときこゆ。年老《おい》たるおのこの声も交《まじり》て物語するをきけば、越後の国新潟《にひがた》と云《いふ》所の遊女成《なり》し。伊勢参宮《いせさんぐう》するとて、此《この》関までおのこの送りて、あすは古郷《ふるさと》にかへす文《ふみ》した、めて、はかなき言伝《ことづて》などしやる也。白浪《しらなみ》のよする汀《なぎさ》に身をはふらかし、あまのこの世をあさましう下《くだ》りて、定めなき契《ちぎり》、日々の業因《ごふいん》、いかにつたなしと、物云《いふ》をきく〱寐入《ねいり》て、

親不知《おやしらず》・子不知《こしらず》は北陸道最大の難所で、飛騨《ひだ》山脈の北端が断崖となって日本海に落ち込んでおり、狭い波打ち際の道であった。

そこをやっとの思いで越え、宿で疲れ果てて眠ろうとした芭蕉の耳に聞こえてきたのは、伊勢参宮に行く新潟の遊女二人と、彼女たちを送ってきた年配の男性との会話であった。

遊女が、明日新潟へ帰る男に伝言を託しながら「どんな前世《ぜんせ》の因果《いんが》で、所を定めない漁師の娘のようにこんな落ちぶれた身になったのだろうか。今私がしていることが来世《らいせ》につながる

曾良の『旅日記』による越後路の行程

6月 25日	大山出立	4日	出雲崎
26日	温海	5日	鉢崎
鼠の関越え		6日	今町（直江津）
27日	中村	7日	同
28日	村上	8日	高田
29日	同	9日	同
7月 1日	築地	10日	同
2日	新潟	11日	能生
3日	弥彦	12日	市振

芭蕉は越後路について詳しく記さなかったが、曾良の『旅日記』によると、芭蕉たちは神社仏閣に参詣したり地元の俳人たちと交流していたことがわかる。

と思うと、本当に情けない」と我が身を嘆くのを聴きながら、芭蕉は眠ったのだった。

本来、遊女が抱え主に無断で旅に出ることはできない。芭蕉は「抜《ぬ》け参《まい》り」という当時の風習を生かしたのである。

この「抜け参り」とは、父母または主人の許しなく家を抜け出して、伊勢神宮に参拝することをいう。特に越後では「一生のうち一度は参宮する」という慣わしがあったという。

俗縁を断ち切り俳諧一筋に生きる芭蕉

あした旅立《たびだつ》に、我くにむかひて、「行衛《ゆくゑ》しらぬ旅路《たびぢ》のうさ、あまり覚束《おぼつか》なう悲しく侍《はべら》れば、見えがくれにも御跡《おんあと》をしたひ侍ん。

衣《ころも》の上の御情《おんなさけ》に大慈《だいじ》のめぐみをたれて結縁《けちえん》せさせ給《たま》へ」と、泪《なみだ》を落《おと》す。不便《ふびん》の事には侍れども、「我〳〵は所々《ところどころ》にてとゞまる方《かた》おほし。只《ただ》人の行《ゆく》にまかせて行《ゆく》べし。神明《しんめい》の加護、かならず恙《つつが》なかるべし」と、云捨《いひすて》て出《いで》つゝ、哀《あはれ》さしばらくやまざりけらし。

一家《ひとつや》に遊女もねたり萩《はぎ》と月

曾良にかたれば、書《かき》とゞめ侍る。

翌朝、その遊女が僧の姿をしている芭蕉をみて、仏の縁にすがり同行させてほしいと頼んできた。芭蕉は、気の毒だとは思ったが、「自分たちは所々で滞在することが多いから」と断ったものの、かわいそうだという気持ちがしばらくおさまらなかった。

芭蕉は、遊女が僧体の自分と道連れとなって善因《ぜんいん》を積み、さらに伊勢参りによって神の御加護《ごかご》にすがり来世の幸福を得たいと願う、そのいじらしさに打たれたのである。

「一家に」は、人は結局それぞれの道を生きるしかないという、芭蕉の想いがあらわれた句である。この句で示されているのは、澄みきった月と無心に咲く花、あるがままの世界である。芭蕉と遊女は偶然泊まり合わせた因縁があったとしても、別れ別れに旅立って行く。それが人生の姿だと観じているのだ。曾良に書き留めさせたのは、それだけ芭蕉の感銘が深かったからである。

この芭蕉と遊女の一期一会《いちごいちえ》の出会いは、「越後路」での牽牛《けんぎゅう》、織姫《おりひめ》の年に一度の逢瀬《おうせ》と気分的につながっている。蕉風連句《しょうふうれんく》の「匂付《においづけ》」である。日付をまず出してその日の出来事を記す日次の紀行文形式にはない特色で、これも『おくのほそ道』の新しみである。

築地～新潟間の水路

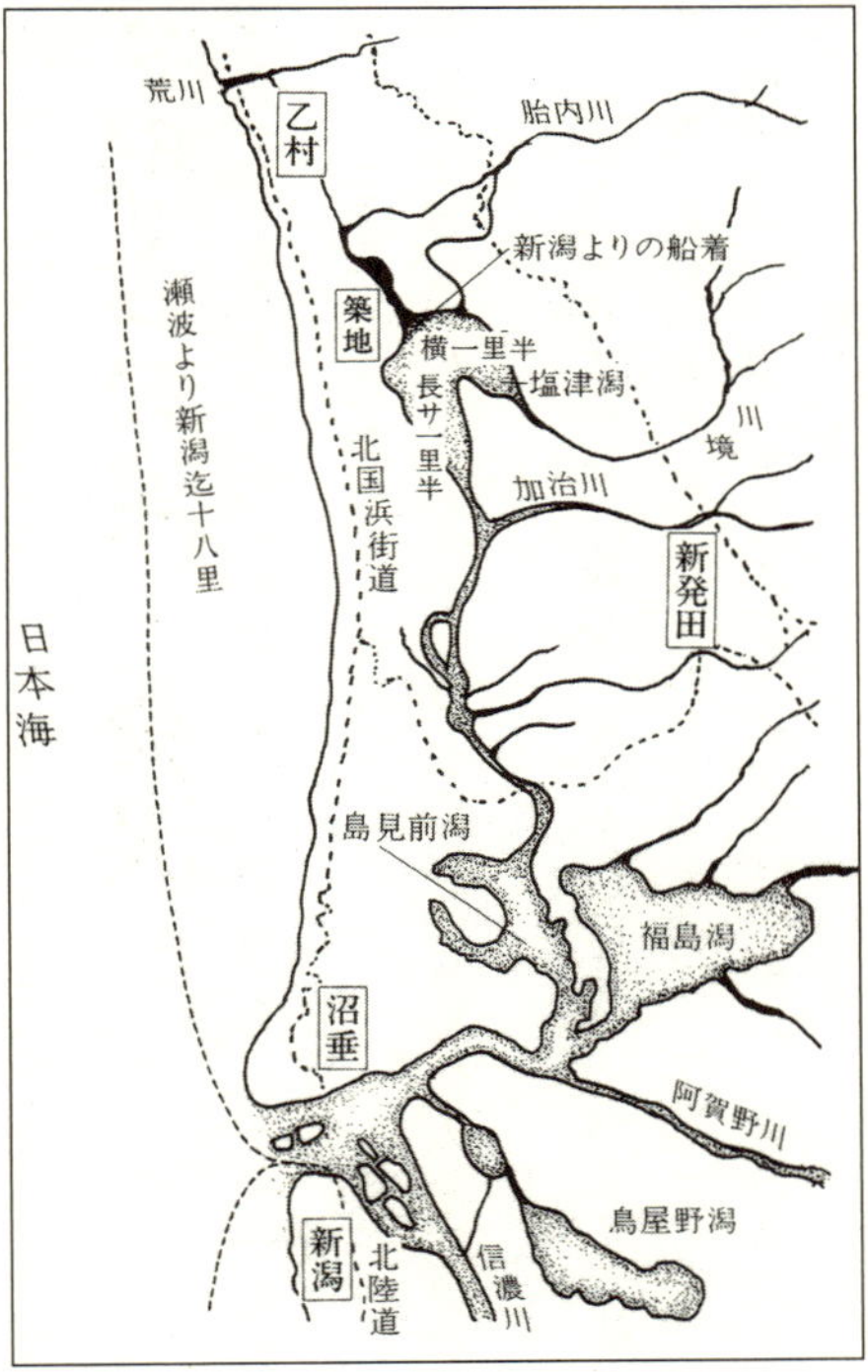

芭蕉は築地から内陸水路を利用し、島見前潟を経て新潟までを舟で下った。

出典:『おくのほそ道の旅』
萩原恭男、杉田美登（岩波書店）

第四段 北陸路を行く

那古の浦・金沢

対面を切望した俳人の死に慟哭

大国に入るのにふさわしい句を詠む

市振を出て越中の枕歌「奈呉《なご》の海」を訪ね、加賀に入った芭蕉は一句を詠じた。

くろべ四十八が瀬《せ》とかや、数しらぬ川をわたりて、那古《なご》と云《いふ》浦に出《いづ》。担籠《たこ》の藤浪《ふぢなみ》は、春ならずとも、初秋の哀《あはれ》とふべきものをと、人に尋《たづね》れば、「是《これ》より五里、いそ伝ひして、むかふの山陰にいり、蜑《あま》の苫《とま》ぶきかすかなれば、蘆《あし》の一夜《ひとよ》の宿かすものあるまじ」といひをどされて、かゞの国に入《いる》。

わせの香《か》や分入《わけいる》右は有磯海《ありそうみ》

芭蕉は歌枕「担籠の藤浪」を見たいと願うが漁師の家があるきりと聞き、断念する。

芭蕉は大国に入って句を詠むときは、心得ておくことがあると教えていた。その例が「わせの香や」の句である。一六九〇（元禄《げんろく》三）年、全国には二四三名の大名がおり、加賀の前田《まえだ》家は一二〇万五〇〇石で、その頂点に立つ大名であった。その大国での吟《ぎん》。「加賀の国に入ると早稲《わせ》の香が満ち満ちている。かき分けていくと、遥か右手には有磯海が眺められることよ」と詠んだ。大国加賀に入るに際し、その豊かな早稲の稔《みの》りと広大な視界を詠むことで、大国の品格を表現したのである。

富山県・石川県内の芭蕉のたどった道筋

市振を出た芭蕉は、魚津、岩瀬、金沢と、順当に北陸街道を南下して行った。

対面を願った一笑の死を知る

卯《う》の花山《はなやま》・くりからが谷をこえて、金沢は七月中《なか》の五日《いつか》也。爰《ここ》に大坂《おほざか》よりかよふ商人何処《かしよ》と云者有《いふものあり》。それが旅宿をともにす。

七月十五日に金沢に入った芭蕉は、大坂の商人である何処と同宿することになった。一方、お互いに対面を切望していた一笑《いっしょう》という俳人が、すでに去年の暮に世を去っていたことを知り、芭蕉の衝撃は大きかった。

一笑《いっせう》と云《いふ》ものは、此道《このみち》にすける名のほの〴〵聞《きこ》えて、世に知人《しるひと》も侍《はべり》しに、去年《こぞ》の冬、早世《さうせい》したりとて、其兄《その》追善《ついぜん》を催《もよほ》すに、

塚も動け我泣声《わがなくこゑ》は秋の風

ある草庵《そうあん》にいざなはれて

秋涼し手毎《てごと》にむけや瓜茄子《うりなすび》

途中唫《ぎん》

あか〳〵と日は難面《つれなく》もあきの風

一笑が二十代の頃から俳諧《はいかい》を始め、この道に打ち込んでいる評判は知られていた。金沢に到着して、はじめて芭蕉はその死を知ったのである。一笑の兄が追善《ついぜん》の会を催した折、

㉕魚津〜高岡

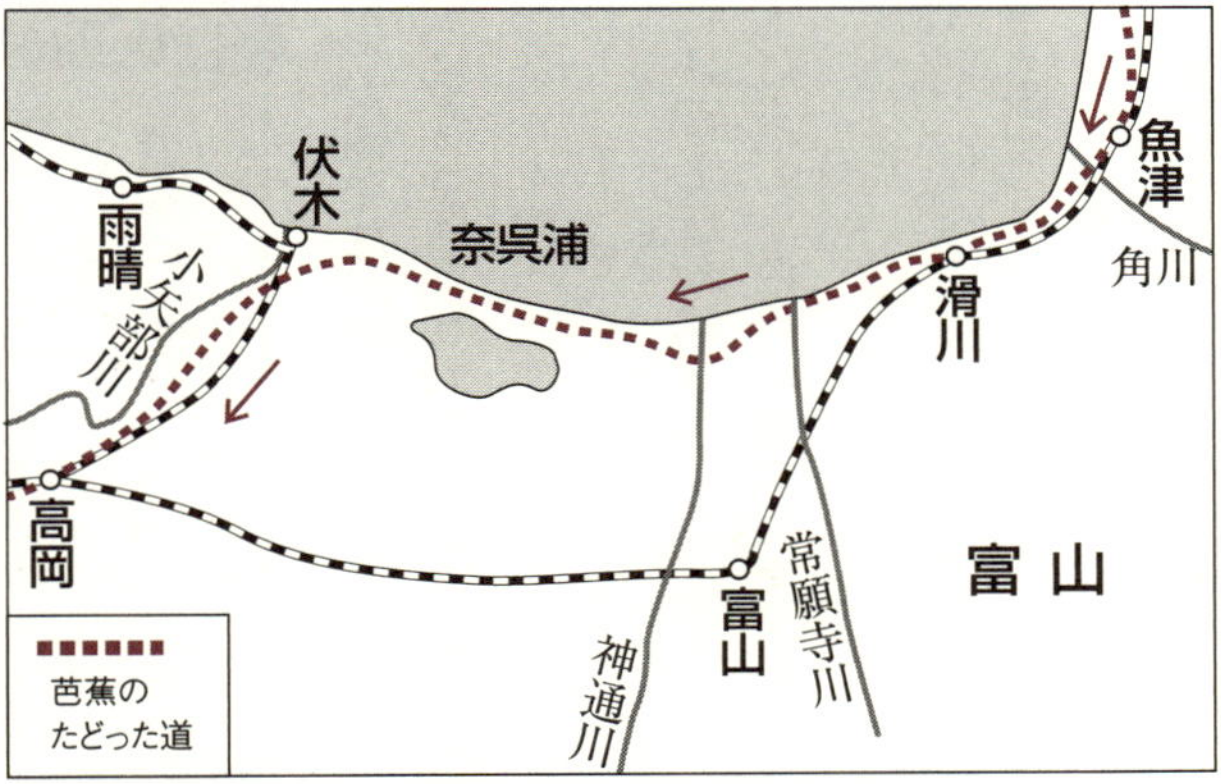

奈呉浦は『万葉集』に「奈呉の海女」と詠まれて以来、歌枕となった。

芭蕉は追悼《ついとう》吟を手向《たむ》けた。それが「塚も動け」の句だ。その意味は、私はあなたの墓前で大声をあげて泣いている。物悲しげな秋風は私そのもの。塚よ、私の心に応《こた》えてくれ——。芭蕉がこれほど感情をあらわにした句はほかにない。

金沢は俳諧熱心な土地柄である。ある人が催す句会では、「さあ、もぎたての瓜茄子は見るからに涼しそうだ。銘々勝手に皮をむいて頂戴しよう」と興じる芭蕉があった。「わせの香や」を引き立てるため、「あかあかと」は最後に置かれた。句は「残暑の日差しが容赦《ようしゃ》なく照りつける。ふと気付いた風の音には、さすがに秋の風情がある」との意。秋の気配を感じながら、芭蕉は北陸路を行く。

第四段 北陸路を行く

小松

斎藤別当実盛と木曾義仲の深い因縁

秋風の様々な風情を詠み分ける

金沢に九日間滞在したのちの七月二十二日、北陸路をさらに西進した芭蕉は小松《こまつ》に入り、ここで三泊した。

小松と云《いふ》所にて
しほらしき名や小松吹萩《ふくはぎ》すゝき

句は、「小松とはなんとかわいらしい名前であろう。同じ地名の野に秋風が吹き、萩やススキも優しく揺れ、まことに上品で美しい眺めである」の意。

金沢での一笑追悼《ついとう》の悲しみの風、加賀入国の途中、初秋を感じさせる風、この秋の野辺《のべ》に吹く優しい風――。芭蕉は秋風の風情を様々に詠み分けたのである。

㉖金沢〜小松

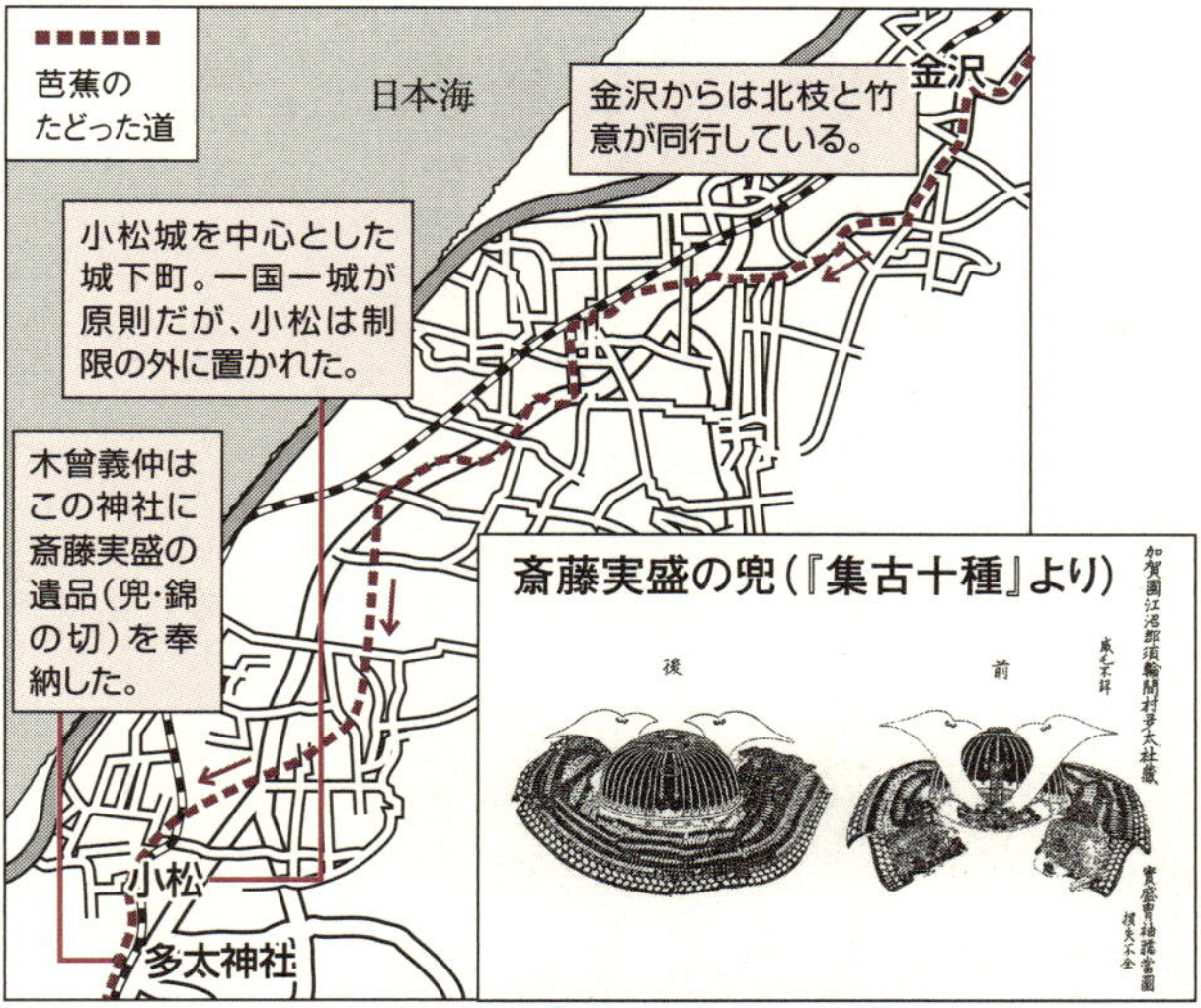
芭蕉のたどった道
日本海
金沢
金沢からは北枝と竹意が同行している。
小松城を中心とした城下町。一国一城が原則だが、小松は制限の外に置かれた。
木曽義仲はこの神社に斎藤実盛の遺品（兜・錦の切）を奉納した。
小松
多太神社
斎藤実盛の兜（『集古十種』より）
後
前

兜を見て二人の武将の定めを思う

芭蕉は、この地の多太《ただ》神社に参詣し、奉納されている斉藤実盛《さいとうさねもり》の遺品を拝観した。

此《この》所、太田《ただ》の神社に詣《まうづ》。実盛《さねもり》が甲《かぶと》・錦《にしき》の切《きれ》あり。往昔《そのかみ》、源氏に属《ぞく》せし時、義朝《よしとも》公より給《たま》はらせ給《たまふ》とかや。げにも平士《ひらさぶらひ》のものにあらず。目庇《まびさし》より吹返《ふきがえ》しまで、菊から草のほりもの金《こがね》をちりばめ、竜頭《たつがしら》に鍬形《くはがた》打《うつ》たり。

実盛は越前《えちぜん》の住人で、のち武蔵《むさし》国長《なが》井《い》に移り、長井別当《べっとう》実盛とも称した。はじめ源義経《みなもとのよしつね》の父義朝《よしとも》に仕え、その死後は平宗盛《たいらのむねもり》に属している。

「錦の切」は実盛が平宗盛に、自分は越前の出身で今度の北陸の戦いでは討死を覚悟している。今生《こんじょう》の思い出にしたいからと願って賜《たまわ》ることができた、赤地の錦の直垂《ひたたれ》の切れである。

実盛は一一八三（寿永《じゅえい》二）年、木曾義仲《きそよしなか》追討のため北陸に下った平維盛《これもり》に従った。平家軍は五月、倶利伽羅峠《くりからとうげ》の戦いで敗れたあと、六月、加賀の篠原《しのはら》の戦いでも義仲軍に圧倒され、敗走。

実盛はただ一人残って戦い、遂《つい》に手塚太郎《てづかたろう》に討たれた。実盛が老武者と人から侮《あなど》られないようにと、白髪を黒く染めて出陣したのは有名な話である。


真《実》盛討死《うちじに》の後、木曾義仲願状《きそのよしなかぐわんじやう》にそへて、此社《このやしろ》にこめられ侍《はべる》よし、樋口《ひぐち》の次郎が使《つかひ》せし事共《ことども》、まのあたり縁起にみえたり。


遺品を多太神社に納めた義仲と実盛とは深い因縁があった。

実盛が源義朝に仕えていた頃、義仲の父義賢《よしかた》が義朝と対立。その際、義朝の長男、源義《よし》平《ひら》に義仲の殺害を命じられながらも、幼い彼の命を助けて木曾の仲原兼遠《なかはらかねとお》に預けたのである。
義仲は甲・直垂《ひたたれ》を奉納した折の副書に、わずか七日ではあるが、父子の契《ちぎり》をしたと書いている。芭蕉はその二人が源氏と平家に分かれ、二度も戦った運命に同情を禁じ得なかったであろう。

那谷寺〜小松

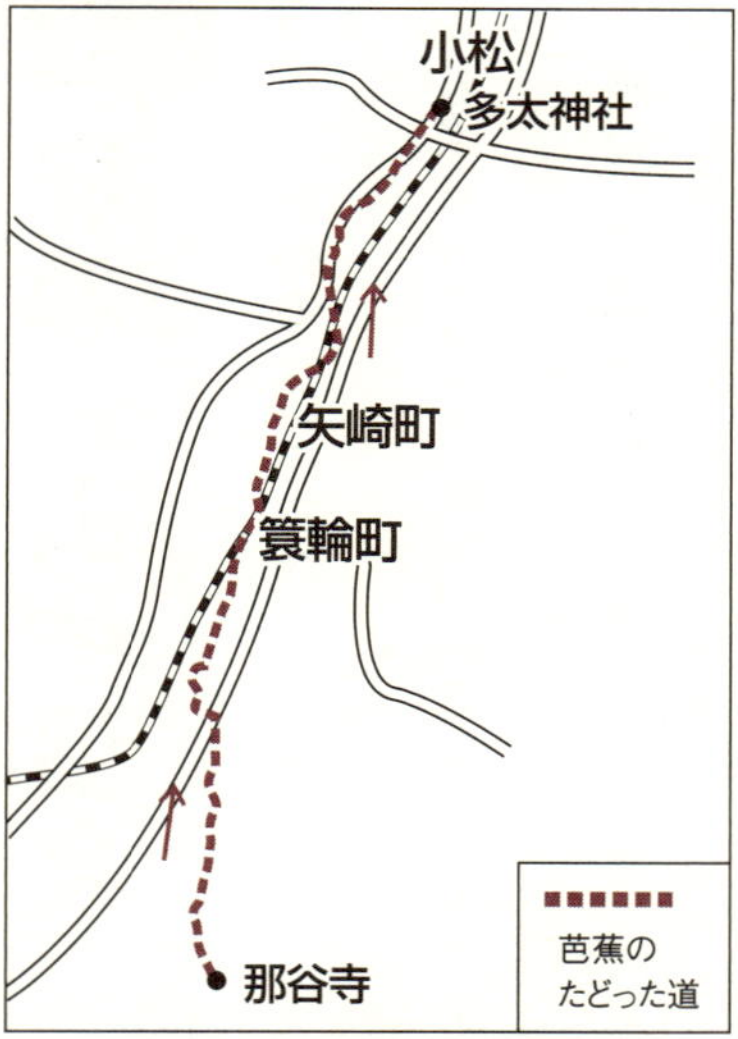

多太神社で斉藤実盛、木曽義仲の悲運に同情した芭蕉は、その後那谷寺へ向かった。

むざんやな甲《かぶと》の下のきりぎりす

句は、「この兜を見ていると、命を救った義仲を敵とすることになった実盛と、恩人を討たねばならなくなった義仲、二人の悲運をいたましく思わずにはいられない。兜の下でコオロギもむせびないていることよ」との意である。

第四段 北陸路を行く

那谷・山中温泉

清澄な古刹と曾良との別離

清浄そのものの石の白さがありがたい

山中《やまなか》の温泉《いでゆ》に行《ゆく》ほど、白根《しらね》が嶽跡《だけあと》にみなしてあゆむ。左の山際《やまぎは》に観音堂あり。花山《くわざん》の法《ほふ》皇《わう》、三十三所の順礼《じゅんれい》とげさせ給ひて後《のち》、大慈大悲《だいじだいひ》の像を安置し給ひて、那谷《なた》と名付《なづけ》給ふと也。那智《なち》・谷汲《たにぐみ》の二字をわかち侍《はべり》しとぞ。奇石《きせき》さま〲に、古松《こしょう》植《うゑ》ならべて、萱《かや》ぶきの小堂《せうだう》、岩の上に造りかけて、殊勝《しゅしょう》の土地也。

石山の石より白し秋の風

那谷寺《なたでら》は、平安期の花山天皇《かざんてんのう》が西国三三か所を巡礼したあと、観世音菩薩《かんぜおんぼさつ》像を安置されたという。句は、「奇岩の重なるこの那谷の石は、近江《おうみ》の石山よりもさらに白い。折から白風とも呼ばれる秋風が吹き渡って、あたりを一層清澄《せいちょう》な気分にさせることである」の意。

那谷寺は当時の地誌に記載がない。境内は人影もまばらであったろう。その閑寂《かんじゃく》さが芭蕉を引き付けたものと思う。

名湯山中温泉で腹痛に病む曾良と別れる

当時、温泉街の湯宿には内湯がなく、浴客は湯ざや（総湯）で入湯するのが一般的であった。湯ざやは湯本《ゆもと》と呼ばれる旧家が周囲に旅宿を構えて経営した。ここに登場する久米《くめ》

㉗山代町～山中温泉

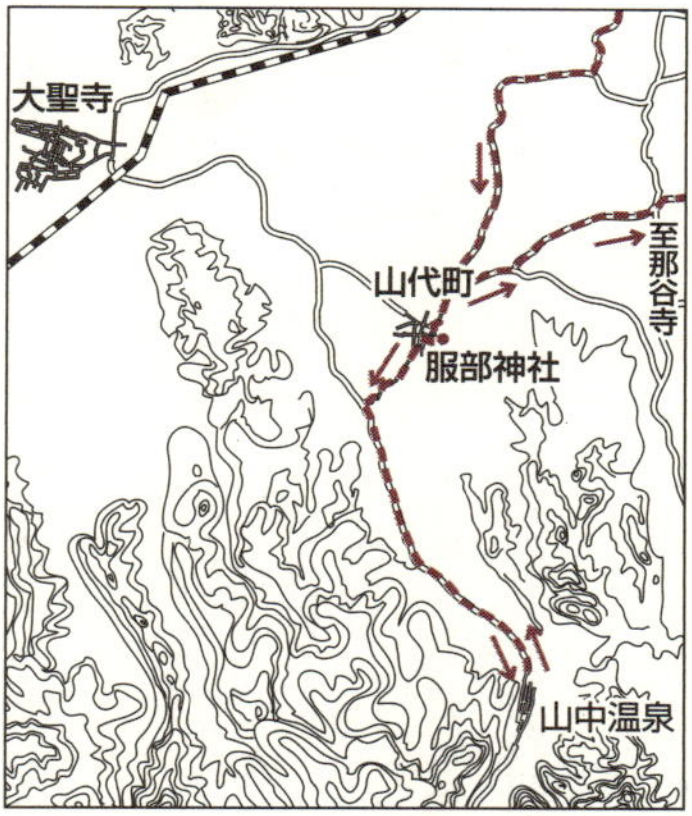

■■■■■ 芭蕉のたどった道

那谷寺

小松から山中温泉に向かった芭蕉は、そこで曾良と別れる。その後、小松に戻る途中に立ち寄ったのが那谷寺であった。

之助《のすけ》の和泉屋《いずみや》も湯本である。元禄の頃の絵図を見ると、山中には四二軒の宿があった。

温泉《いでゆ》に浴《よく》す。其功有明に次《つぐ》と云《いふ》。

山中《やまなか》や菊はたおらぬ湯の匂《にほひ》

あるじとする物は、久米之助《くめのすけ》とて、いまだ小童《せうどう》也。かれが父誹諧を好み、洛《らく》の貞室《ていしつ》、若輩《じやくはい》のむかし、爰《ここ》に来《きた》りし比《ころ》、風雅に辱《はづか》しめられて、洛に帰《かへり》て貞徳《ていとく》の門人となつて世にしらる。功名の後、此《この》一村判詞《はんじ》の料《れう》を請《うけ》ずと云《いふ》。今更むかし語《がたり》とはなりぬ。

句は、「この山中の湯に入っていると、体のなかまで湯の気が染み通る。あの謡曲『菊滋童《きくじどう》』のように、菊の露を飲む必要はない。延命長寿《えんめいちょうじゅ》の効ある湯の香が満ち満ちている」の意。父親と安原貞室《やすはらていしつ》のことを取りあげているのは、古くから俳諧の盛んな地であることをほめたのである。

曾良は腹を病《やみ》て、伊勢の国長島《ながしま》と云《いふ》所にゆかりあれば、先立《さきだち》て行《ゆく》に、

行《ゆき》くてたふれ伏《ふす》とも萩《はぎ》の原　曾良

と書置《かきおき》たり。行《ゆく》もの、悲しみ、残《のこる》もの、うらみ、隻鳧《せきふ》のわかれて雲にまよふがごとし。
予も又、
今日《けふ》よりや書付《かきつけ》消さん笠《かさ》の露

曾良は、師と別れ、一人行脚《あんぎゃ》の旅で行き倒れたとしても、萩の花が咲く季節、その野のなかで死ぬならば本望であると、曾良の体を気遣う芭蕉に、覚悟のほどを示している。

芭蕉は、「今日からは心細い旅となる。笠の「同行《どうぎょう》二人《ににん》」の文字を、笠に降りた露で消すことにしよう。それにつけても侘《わび》しさがつのってくることだ」と詠んだ。

山中温泉周辺図

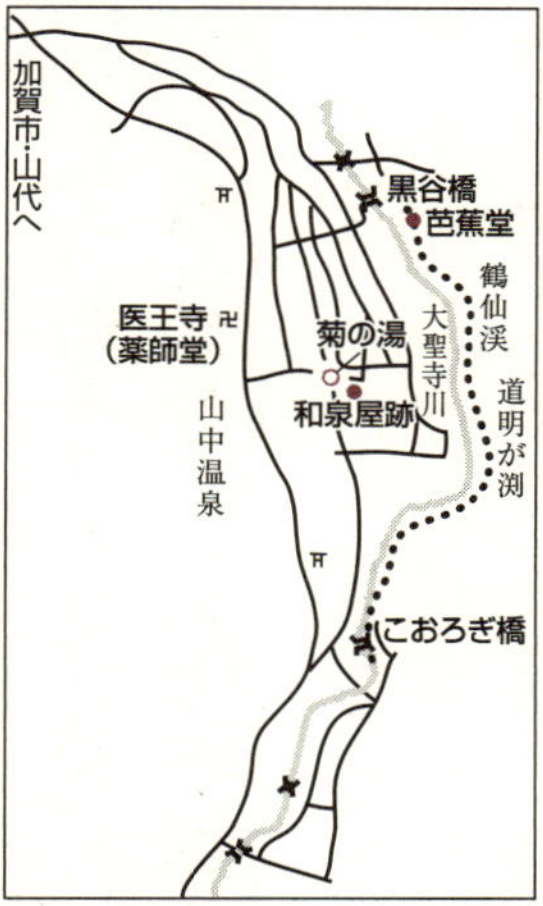
加賀市・山代へ
黒谷橋
芭蕉堂
鶴仙渓
医王寺
（薬師堂）
大聖寺川
菊の湯
和泉屋跡
道明が渕
山中温泉
こおろぎ橋

曾良（芭蕉堂歌仙図より）

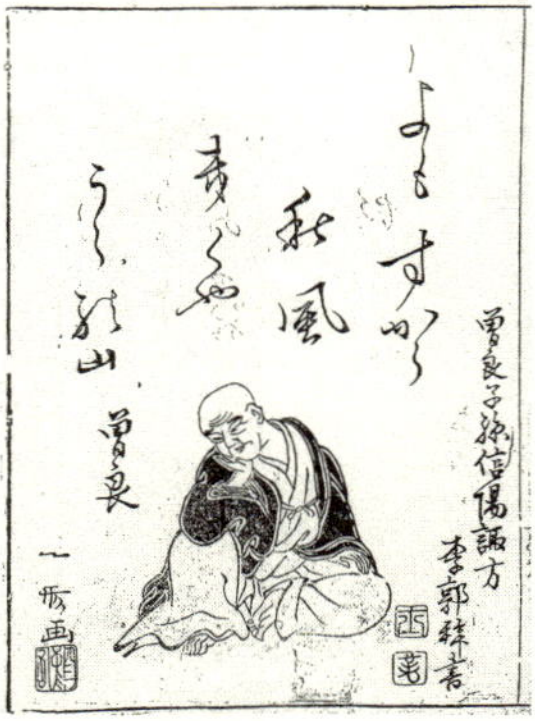

曾良は几帳面で責任感の強い性格だった。師である芭蕉の同行者として、なにかと気を使ったはずである。そこから生じたストレスが腹痛を呼び、曾良を苦しめていたのだろう。

第四段 北陸路を行く

全昌寺・汐越松・天竜寺・永平寺

先を行く曾良を想う
北枝との別れ

曾良の句にまんじりともせず夜を明かす

大聖持《だいしやうじ》の城外、全昌寺《ぜんしやうじ》といふ寺にとまる。猶《なほ》加賀の地也。曾良も前の夜、此《この》寺に泊《とまり》て、

　終宵《よもすがら》秋風聞《きく》やうらの山

と残す。一夜《いちや》の隔《へだて》千里に同じ。吾《われ》も秋風を聞《きき》て衆寮《しゆれう》に臥《ふせ》ば、明《あけ》ぼのゝ空近う読経《どきやう》声すむまゝに、鐘板《しようばん》鳴《なつ》て食堂《じきだう》に入《いる》。けふは越前《ゑちぜん》の国へと、心早卒《さうそつ》にして堂下《だうか》に下るを、若き僧ども紙《かみ》・硯《すずり》をかゝえ、階《きざはし》のもとまで追来《おひきた》る。折節庭中《をりふしていちゆう》の柳散れば、

　庭掃《はき》て出《いで》ばや寺に散《ちる》柳

とりあへぬさまして、草鞋《わらぢ》ながら書捨《かきす》つ。

曾良は、病気をかかえ、一人で全昌寺に泊った夜、「別れた師を想い、寝もやらず一晩

中裏山に吹く秋風を聞くことである」という意の句を残した。芭蕉は一夜の隔《へだ》てなのに千里も離れてしまった気がすると曾良を想う。

翌朝、芭蕉は僧に一句を望まれ、「一夜の宿の御礼にせめてこの柳の葉を掃《は》き清めてから出立したい」と草鞋をはきながら句を書き与えて寺を出た。

福井県内の芭蕉のたどった道筋

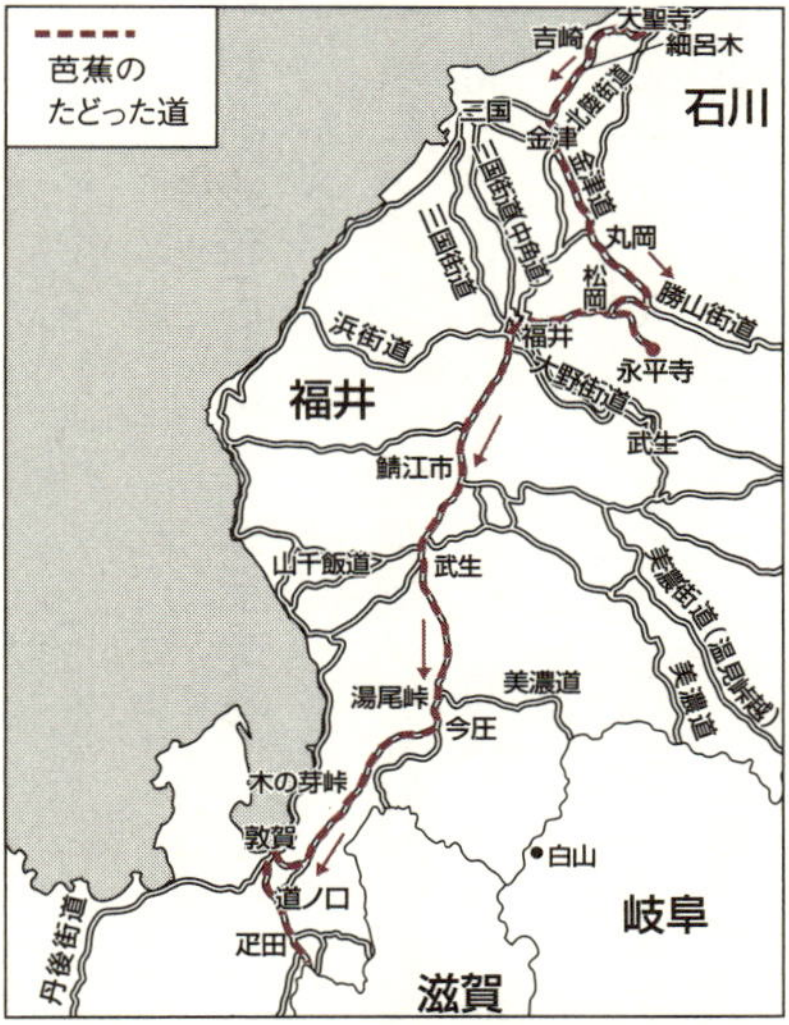

金沢から同行していた北枝とは松岡の天竜寺で別れた。

越前の境《さかひ》、吉崎《よしざき》の入江《いりえ》を舟に棹《さをさ》して、汐越《しほこし》の松《まつ》を尋《たづ》ぬ。

終宵《よもすがら》嵐《あらし》に波をはこばせて
月をたれたる汐越の松　西行

此《この》一首にて数景尽《つき》たり。もし一弁《いちべん》を加《くはふ》るものは、無用の指を立《たつ》るがごとし。

汐越《しおこし》の松は日本海沿いの街道にあった名木。芭蕉が本来の大聖寺《だいしょうじ》から細呂木《ほそろぎ》へ向かう北陸街道をとらず、吉崎浦《よしざきうら》に出て、浜坂浦《はまさかうら》へ船で渡り、わざわざ「汐越の松」を見に出かけたのは、この歌が西行《さいぎょう》作と信じていたからである。

見送りの北枝に餞別の句を与える

松岡《まつおか》（本文の「丸岡」は誤記）の天竜寺《てんりゅうじ》を訪れた芭蕉には、金沢から同行してきた北枝《ほくし》との別れが待っていた。北枝は加賀蕉門で重きをなした人物。彼は見送りのつもりが、十七日間も同行していた。その世間離れした人柄が芭蕉の心にかなったのだ。

丸岡天竜寺《まるをかてんりゆうじ》の長老《ちやうらう》、古き因《ちなみ》あれば尋《たづ》ぬ。又、金沢の北枝《ほくし》といふもの、かりそめに見送りて此処《このところ》までしたひ来る。所々《ところどころ》の風景過《すぐ》さず思ひつゞけて、折節《をりふし》あはれなる作意など聞《きこ》ゆ。今既《すでに》別《わかれ》に望みて、

物書《かき》て扇引《あふぎひき》さく余波哉《なごりかな》

「秋になり不用の扇にものを書き、引き裂こうとするが、さすがに名残惜しくて、できかねることだ。それはあなたとの別れそのものだ」との餞別吟《せんべつぎん》を北枝に与えた。

五十丁山に入《いり》て、永平寺《えいへいじ》を礼《らい》す。道元禅師《だうげんぜんじ》の御寺《みてら》也。邦機千里を避《さけ》て、かゝる山陰《やまかげ》に跡をのこし給ふも、貴きゆへ有《あり》とかや。

芭蕉は、道元《どうげん》禅師が開基《かいき》した曹洞宗《そうとうしゅう》の本山永平寺《えいへいじ》を礼拝。都から遠い山中に寺を創建されたのも、貴《とうと》い理由があったからだという。ここは北枝との別離が主題であるため、天竜寺・永平寺の記事は簡略にしている。

㉘全昌寺〜永平寺

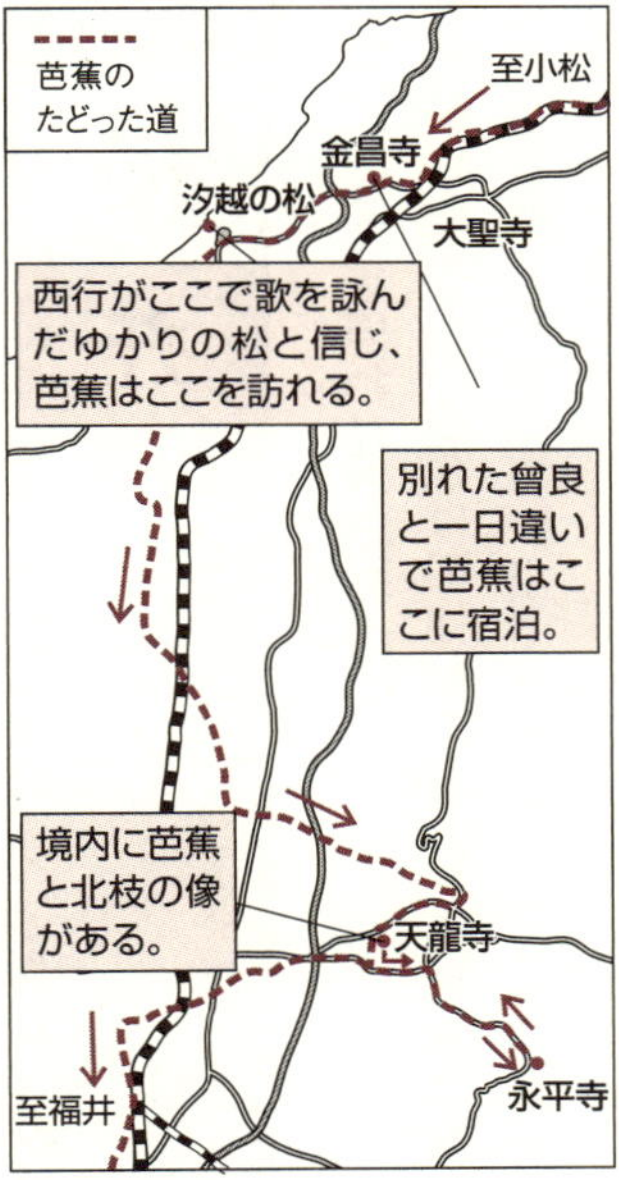

芭蕉のたどった道
至小松
金昌寺
汐越の松
大聖寺
西行がここで歌を詠んだゆかりの松と信じ、芭蕉はここを訪れる。
別れた曾良と一日違いで芭蕉はここに宿泊。
境内に芭蕉と北枝の像がある。
天龍寺
永平寺
至福井

天龍寺

中央の像が芭蕉と北枝の別れをモチーフにしたもの。

第四段

北陸路を行く

福井

清貧の隠士、旧知の等栽を訪ねる

物語の一場面を思わせる隠者の住居

別離の続いたあと、芭蕉は旧知との再会を楽しみに福井《ふくい》へ向かった。その相手は福井から江戸に出てきた折に知り合った等栽《とうさい》（洞哉）。福井俳壇の長老的存在だった。

福井は三里計《ばかり》なれば、夕飯《ゆふげ》したゝめて出《いづ》るに、たそかれの路《みち》たど〳〵し。爰《ここ》に等栽《とうさい》と云《いふ》古き隠士《いんし》有《あり》。いづれの年にか、江戸に来《きた》りて予を尋《たづぬ》。遥《はるか》十とせ余《あま》り也。いかに老《おい》さらぼひて有《ある》にや、将死《はたしした》けるにやと人に尋侍《たづねはべ》れば、いまだ存命して、そこと教ゆ。市中ひそかに引入て、あやしの小家《こいへ》に、夕貌《ゆふがほ》・へちまのはえかゝりて、鶏頭《けいとう》・はゝ木ゞに戸ぼそをかくす。

福井市中心図

西慶寺
福井別院本瑞寺
福井県庁
九十九橋
足羽川
芭蕉が訪ねると、等栽の妻と思しき人物があらわれた。
等栽宅跡
（左内公園内）
江戸時代、この橋は北半分が木材で、南半分が石材で造られていたことから、奇橋・名橋として知られていた。
芭蕉のたどった道

夕暮れの道は足元がはっきりしないが、芭蕉は福井へと歩いた。一笑《いっしょう》のこともあるから、無事かどうか人に尋ね聞いて一軒のあばら家にたどり着く。

さては、此《この》うちにこそと門《かど》を扣《たたけ》ば、侘《わび》しげなる女の出《いで》て、「いづくよりわたり給ふ道心《だうしん》の御坊《ごばう》にや。あるじは此《この》あたり何《なに》がしと云《いふ》もの、方に行《ゆき》ぬ。もし用あらば尋《たづね》給へ」といふ。かれが妻なるべしとしらる。

芭蕉が戸を叩くと、みすぼらしい女性が出て来て、「主人は外出しています。用があるならそちらで尋ねて下さい」というので、どうやらこの女性が等栽の妻だとわかる。

隠士《いんじ》の家にふさわしく町中からひっそりと人目をさけたような所で、夕顔やへちまに覆われた粗末な家屋。

これらは『源氏物語《げんじものがたり》』夕顔《ゆうがお》の巻、光源氏《ひかるげんじ》が、小家の立ち並ぶむさくるしい界隈《かいわい》で、こちらもあちらも、今にも倒れそうな軒に夕顔が延びてからみついている夕顔のもとを訪れた場面を踏まえている。

芭蕉は、昔の物語（源氏物語）にはこんな風情《ふぜい》があったものだと思い、楽しんでいるのである。


むかし物がたりにこそ、かゝる風情《ふぜい》は侍れと、やがて尋《たづね》あひて、その家に二夜《ふたよ》とまりて、名月はつるがのみなとにとたび立《だつ》。等栽も共に送らんと、裾《すそ》おかしうからげて、路の枝折《しおり》とうかれ立《たつ》。

敦賀で名月を見るため二人で旅立つ

等栽は赤貧《せきひん》だった。芭蕉に貸す枕すらなく、近くの作業小屋から木の端を拾って来て使

浅水橋（朝六つの橋）

敦賀に向かう途中、浅水川にかかっていたのがこの橋。清少納言の『枕草子』に、「橋はあさむづの橋」とあり、古来から知られた橋であった。芭蕉は「あさむつや月見の旅の明ばなれ」（『其袋』）と詠んでいる。

ってもらったと伝わっている。しかし、当の芭蕉はこの暮らしが気に入って、等栽の家に二泊している。

芭蕉が敦賀《つるが》で名月を見ようと思い立って福井を立つことになったとき、等栽も送っていくといい、着物の裾をひょいとおかしな格好にまくりあげて、うきうきとして道案内に立った。

この剽軽《ひょうきん》な友に芭蕉の心もはずんでいたであろう。

等栽の浮世離れした人物像には、先に別れた北枝に共通するものがある。気持ちの通い合った旧友との再会に、芭蕉の心はなごんだ。今までの章にはない芭蕉の姿が伝わるようである。

敦賀

芭蕉がたたえた遊行上人、砂持の神事

歌枕をたどりながら敦賀に至る

等栽という楽しい道連れを得た芭蕉は、福井を出発し、十四日に敦賀《つるが》に到着した。

漸《やうやう》白根《しらね》が嶽《だけ》かくれて、比那《ひな》が嵩《だけ》あらはる。あさむづの橋をわたりて、玉江《たまえ》の蘆《あし》は穂に出《いで》にけり。鶯《うぐひす》の関を過《すぎ》て、湯尾《ゆのを》峠《たうげ》を越《こゆ》れば、燧《ひうち》が城《じやう》、かへるやまに初鴈《はつかり》を聞《きき》て、十四日の夕ぐれ、つるがの津に宿《やど》をもとむ。

前章の「うかれ立」の気分を「かくれて」「あらわる」の対句表現で応じている。「あさむづの橋」は「朝六つ」(午前六時)にかけて、芭蕉が早朝に出立したことをほのめかしている。「玉江」は古歌に「玉江の月のあけがたの空」とあり、連想が働いている。「鶯の関」は、関の原(関ヶ鼻)を歌った古歌に、鶯の鳴き声に邪魔されて通り過ぎることができない、とあることによる。今は鶯の鳴かない秋だから通れたのである。「燧が城」に陣を布いた義仲勢は、味方の寝返りによって敗れる。となれば、続く「かへるやま」に通じることになる。

福井から敦賀までの道のりを描いた前半は、言葉遊び的要素を含みながら、歌枕の旧跡を組み合わせている。道順からいえば、「玉江」は「あさむづ」より手前にある。

㉙関ヶ鼻～南今庄

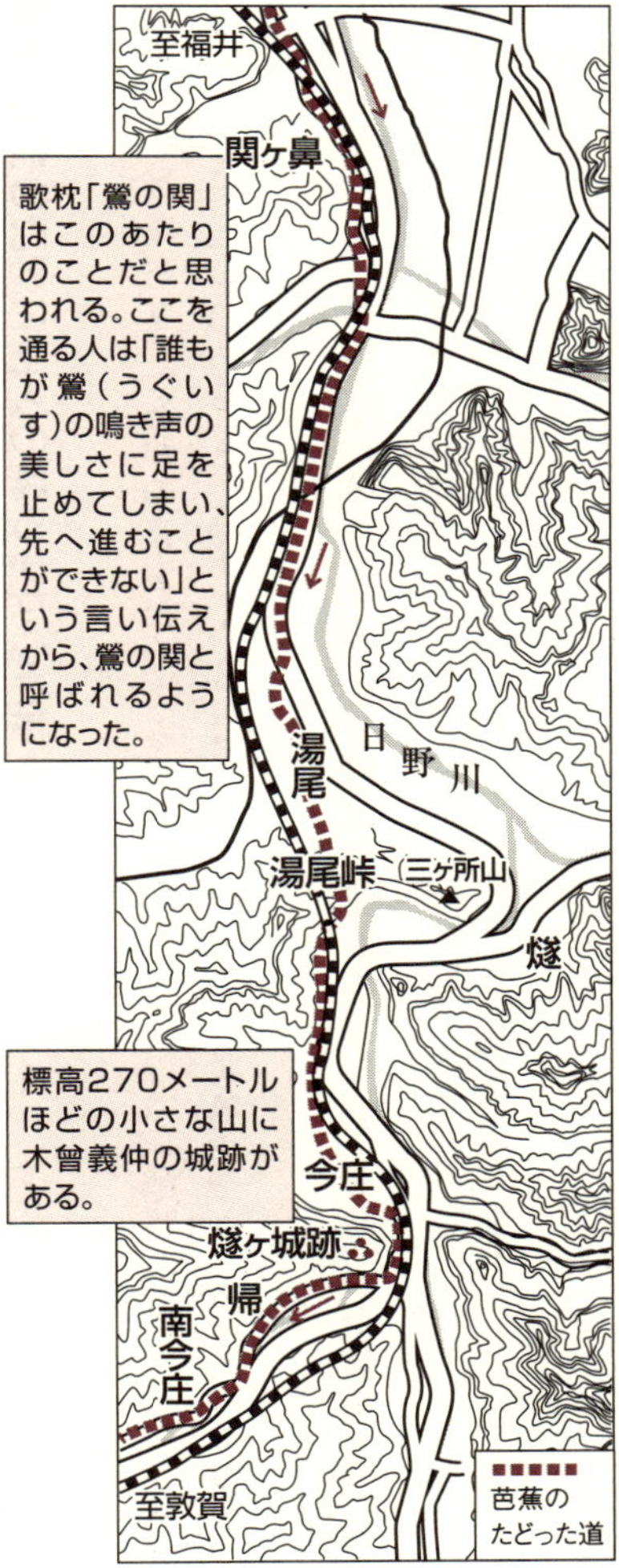
至福井
関ヶ鼻
歌枕「鶯の関」はこのあたりのことだと思われる。ここを通る人は「誰もが鶯（うぐいす）の鳴き声の美しさに足を止めてしまい、先へ進むことができない」という言い伝えから、鶯の関と呼ばれるようになった。
日野川
湯尾
湯尾峠
三ヶ所山
燧
標高270メートルほどの小さな山に木曽義仲の城跡がある。
今庄
燧ヶ城跡
帰
南今庄
至敦賀
芭蕉のたどった道

月下の神前の白砂に上人の清らかな心を拝す

その夜、月殊晴《ことにはれ》たり。「あすの夜もかくあるべきにや」といへば、「越路《こしぢ》の習ひ、猶《なほ》明夜の陰晴《いんせい》はかりがたし」と、あるじに酒すゝめられて、けいの明神《みやうじん》に夜参《やさん》す。仲哀《ちゆうあい》天皇の御廟《ごべう》也。

「変わりやすい北国の天候だから十五夜の天候は予測がつかない」と聞いた芭蕉は、仲《ちゅう》哀《あい》天皇を祀《まつ》る気比《けひ》明神に夜参した。

境内《けいだい》は白砂が月光に照らされ、霜《しも》を置いたように神々《こうごう》しい雰囲気を醸《かも》し出していた。

社頭神さびて、松の木の間《こま》に月のもり入《いり》たる、おまへの白砂霜を敷《しけ》るがごとし。往昔《そのかみ》、遊行《ゆぎやう》二世の上人《しやうにん》、大願発起《ほつき》の事ありて、みづから草を刈《かり》、土石《どせき》を荷《にな》ひ、泥渟《ていてい》をかはかせて、参詣往来《わうらい》の煩《わづらひ》なし。古例《これい》今にたえず、神前に真砂《まさご》を荷ひ給ふ。「これを遊行の砂持《すなもち》と申《まうし》侍《はべ》る」と、亭主《ていしゆ》のかたりける。

月清し遊行のもてる砂の上

十五日、亭主の詞《ことば》にたがはず雨降《ふる》。

気比神宮(気比明神)

芭蕉は8月14日に敦賀に着いた。翌日の天候は予測がつかないという話を聞くと、その日の夜に気比神宮に参詣している。写真の鳥居は17世紀中期の慶安の頃に、椌(むろ)の大木を用いて再建されたと伝えられる。

名月や北国《ほくこく》日和《びより》定《さだめ》なき

「月清し」の句は、代々行なわれてきた遊行上人《ゆぎょうしょうにん》の砂持の儀式に対するありがたさを詠ったものだ。「気比明神に参詣すると、神前には遊行上人がお運びになった白い真砂《まさご》が敷き詰められている。その砂を十四日の煌々《こうこう》とした月光が照らしており、ただただ神々しく清らかである。参詣する人々の難儀を救おうとされた上人のありがたさが身に染む」との意。月光の清らかさ、真っ白な砂の輝きに上人の高徳をたたえる余情がある。

「名月や」の句は、北国の変わりやすい空模様に無常を感じたことを詠んだもの。前日の晴天がうそのように雨模様となったことで、北国の天候の変わりやすさに驚く芭蕉であった。

第四段
北陸路を行く

種の浜

「須磨」にもまさる「色の浜」の寂しさ

ますほの貝を拾おうと色の浜に向かう

敦賀滞在中の八月十六日、芭蕉は、敦賀湾の色《いろ》の浜《はま》（種《いろ》の浜）に出かけた。

十六日、空霽《はれ》たれば、ますほの小貝《こがひ》ひろはんと、種《いろ》の浜《はま》に舟を走《は》す。海上《かいしやう》七里あり。天屋《てんや》何某《なにがし》と云《いふ》もの、破籠《わりご》・小竹筒《ささえ》などこまやかにした、めさせ、僕《しもべ》あまた舟にとりのせて、追風《おひかぜ》時のまに吹着《ふきつき》ぬ。

芭蕉が色の浜へ出かけたのは、西行が「汐染むるますほの小貝ひろふとて色の浜とはいふにやあらむ」と詠んでいるからで、自分もますほの小貝を拾おうと思ったのである。

色の浜へは、陸路は険しいため、廻船問屋《かいせんどんや》天屋五郎右衛門《あまやごろうえもん》（俳号は玄流《げんりゅう》）が手配してくれた舟で向かった。

㉚敦賀〜色の浜

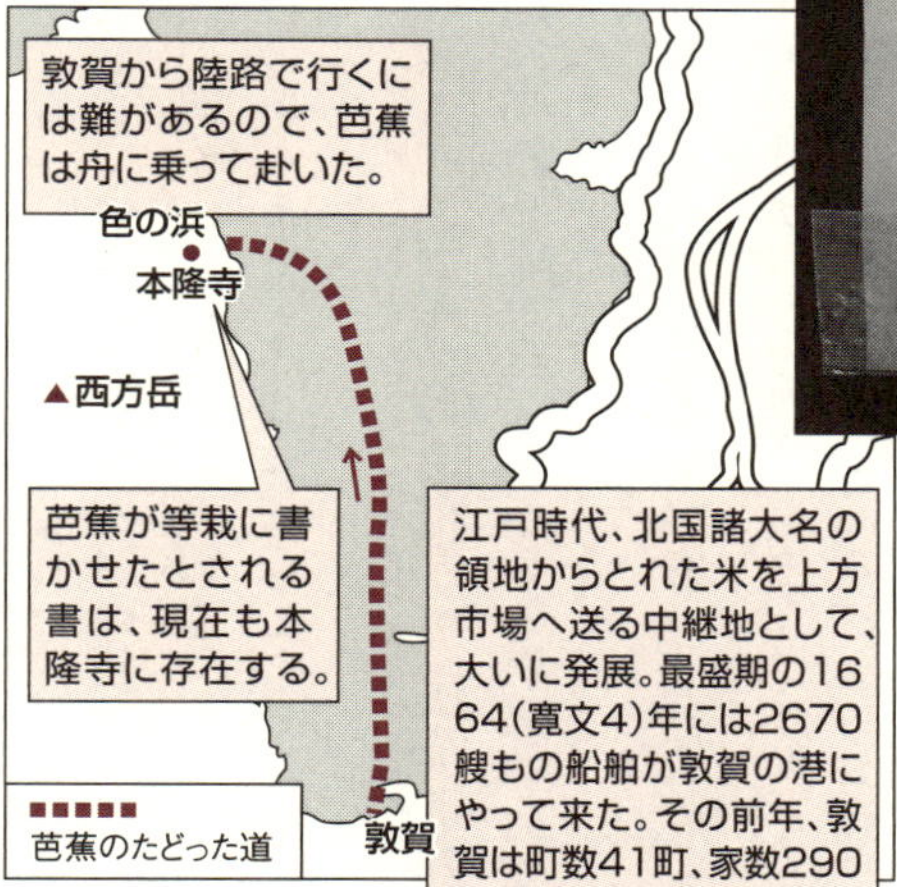
敦賀から陸路で行くには難があるので、芭蕉は舟に乗って赴いた。
色の浜
本隆寺
西方岳
芭蕉が等栽に書かせたとされる書は、現在も本隆寺に存在する。
江戸時代、北国諸大名の領地からとれた米を上方市場へ送る中継地として、大いに発展。最盛期の1664(寛文4)年には2670艘もの船舶が敦賀の港にやって来た。その前年、敦賀は町数41町、家数2903軒、人口15101人に達していた。
敦賀
芭蕉のたどった道

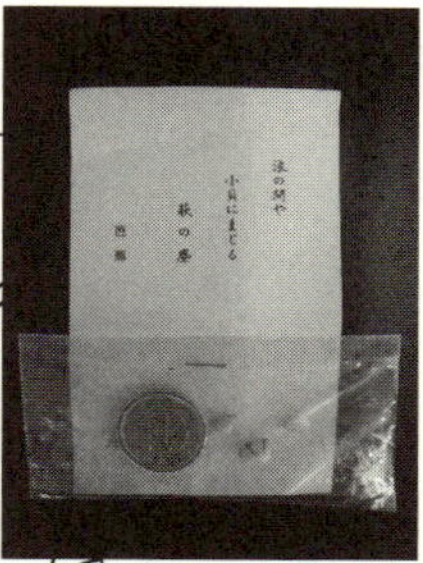

「ますほの小貝」とは、薄い紅色と黄褐色の小さな貝である。大きいものでも大人の小指の爪ほどもない。この貝は色の浜の名物だった。

舟には使用人も同船し、白木《しらき》製の折箱に入った弁当や竹筒には酒も用意されるなど、配慮は行き届いたものだった。さぞかし楽しい舟旅であったろう。

漁村の寂しさに感銘

追い風を受け、あっという間に色の浜に到着。そこはみすぼらしい漁師の小家が十数件あるだけのうら寂しい場所だった。

浜はわづかなる海士《あま》の小家《こいへ》にて、侘《わび》しき法花寺《ほっけでら》あり。爰《ここ》に茶を飲《のみ》、酒をあたゝめて、夕ぐれのさびしさ、感に堪《たへ》たり。
寂しさや須磨《すま》にかちたる浜の秋
浪《なみ》の間《ま》や小貝《こがひ》にまじる萩《はぎ》の塵《ちり》
其日《そのひ》のあらまし、等栽《とうさい》に筆をとらせて寺に残《のこ》す。

色の浜にはさびれた「法花寺」、法華宗《ほっけしゅう》の本隆寺《ほんりゅうじ》があった。芭蕉らはそこで茶を飲み、酒を酌《く》み交わしながら、浜の秋の夕暮れに深い感動をおぼえた。

この章の主題は「寂しさ」である。

前年、一六八一（元禄元）年の『笈《おい》の小文《こぶみ》』の旅で須磨《すま》を訪れた芭蕉は、「かかる所の秋なりけりとかや。（中略）かなしさ、さびしさいはむかたなし（後略）」と書いている。『源氏物語』須磨の帖に「くらべようもなく、心にしみるのは、このような配所の秋である」という一節があり、それを踏まえて「悲しさ、寂しさはいいようもなく」とした。「寂しさや」の句で「須磨」といっているのは、『笈の小文』の旅で訪ねた「須磨」のことである。

芭蕉は寂しさにおいて「色の浜」が「須磨」に勝《まさ》ったと、発句合《ほっくあわせ》の判者《はんじゃ》のようにはっ

「寂しさや」の句碑

色の浜にある芭蕉の句碑。ひなびた色の浜の様子に、芭蕉が感じたのは「寂しさ」である。

きり判定を下した。その根拠は、みすぼらしい漁師の小家が十数軒点在しているだけの色の浜の寂しさは、現在自分の眼前にある。その現実の風景から受けた実感において、色の浜の方が須磨より勝っていると詠んだのだ。

結局「須磨」の寂しさは、物語の世界のものだったということである。

芭蕉は、一六九四（元禄七）年刊の『炭《すみ》俵《だわら》』において、最晩年の作風「軽み」を示した。

その作風について、軽くすらすらと日常の言葉だけで句を作れ、故事来歴によって付けるべきではないと教えた。この「寂しさ」の句は、まさにその考えを作品として表現している。

第四段
北陸路を行く

大垣

旅の終わりは新たな旅への始まり

曽良もかけつけ人々と無事を喜ぶ

芭蕉は敦賀で等栽と別れたと思われるが、その代わりに弟子の路通《ろつう》（本文では露通）が迎えに来た。というのも、芭蕉は山中温泉で大垣《おおがき》の如行《じょこう》に「十五日前後にはそちらに着けるだろう」と手紙を出していたのだが、十五日を過ぎても芭蕉が到着しないので、向こうから迎えを寄こしてきたのだ。この使いにたったのが序章にも登場した路通であった。

その路通に伴われ、芭蕉は『おくのほそ道』結びの地、大垣へと向かう。迎えの人々との再会の場面が次のように描かれている。

露通《ろつう》も此《この》みなとまで出《いで》むかひて、みの、国へと伴《ともな》ふ。駒《こま》にたすけられて大垣《おほがき》の庄《しやう》に入《いれ》ば、曽良も伊勢より来《きた》り合《あひ》、越人《ゑつじん》も馬をとばせて、如行《じよかう》が家に入集《いりあつま》る。前川子《ぜんせんし》、荊口父子《けいこうふし》、其外《そのほか》したしき人々日夜とぶらひて、蘇生《そせい》のものにあふがごとく、且悦《かつよろこ》び、且《かつ》いたはる。

㉛ 敦賀〜大垣

大垣に着いた芭蕉を喜び迎えたのは、先行していた曾良のほか、大垣近辺に住む芭蕉の門人たちだった。

いよいよ大垣に入ると、曾良も駆けつけ、多くの門人たちが集まってきた。芭蕉はその時の自分の気持ちを語らない。

それは、「蘇生《そせい》のものにあふがごとく、且《かつ》悦び、且いたはる」と、無事に到着し師を迎えて弟子たちが感激する様子で、芭蕉の心情も行間から推しはかることができるからだ。

馬を飛ばしてきた越人は名古屋の染物屋を営む人物で、蕉門十《しょうもんじっ》哲《てつ》のひとり。芭蕉を泊めた如行は元大垣藩士で近藤源太夫《こんどうげんだゆう》という。前川子は津田荘兵衛《つだそうべえ》といい、「前川」が俳号で、大垣藩の要職にあったため子と敬称をつけている。荊口は大垣藩士の宮崎《みやざき》太左衛門《たざえもん》で、三人の息子も門人だった。ほかにも古くからの友人木因《ぼくいん》の姿もあった。

長い旅路を無事まっとうし、気心の知れた人々と再びまみえることができた時の芭蕉の心情は、いかばかりのものだったろうか。

芭蕉は大垣に十四日間滞在したが、按摩《あんま》をしてくれた竹戸《ちくこ》という人物に旅中携帯した紙衾《かみふすま》（和紙でできた寝具）を俳文とともに与え、門人たちをうらやましがらせるという一幕があった。旅が終わった安堵感《あんどかん》を思わせる、ほほえましい逸話である。

名残を惜しみつつ伊勢へ船出する

旅の物うさもいまだやまざるに、長月六日《ながつきむいか》になれば、伊勢《いせ》の遷宮《せんぐう》おがまんと、又舟にのりて、
蛤《はまぐり》のふたみにわかれ行《ゆく》秋ぞ

結びの句は、「蛤の蓋《ふた》と身が別れるように、大垣の友人知人と別れて伊勢の二見《ふたみ》に向か

大垣周辺図

無事大垣までたどり着くことができた芭蕉は、ここで門人たちとの再会を楽しんだ。
おおがき駅
如行宅跡
濁子宅跡
大垣城
前川宅跡
荊口宅跡
切石町
俵町
竹島町
結びの地
水門川
結びの地には芭蕉の像が立っている。

『おくのほそ道』
結びの地

現在、結びの地に立つ芭蕉の像（左）。右は木因。

うのは誠につらく悲しいことである。折から秋も暮れようとしており、寂しさが身に染みる」の意。

　この句の「行秋ぞ」は、旅立ちの際の「行春や」に照応させている。二見への新しい旅へ向かう意欲が感じられ、芭蕉の行脚《あんぎゃ》が終わりのないものであることを余情に見せる、味わい深い句である。

　長きにわたる『おくのほそ道』の旅はこうして終わりを迎えた。

　九月六日、芭蕉は曾良と路通を伴い大垣を出船。見送りを受けつつ伊勢へ向かうため揖斐川《いびがわ》を下った。

曾良『旅日記』による『おくのほそ道』宿泊地一覧

（括弧内の日付は新暦による）

三月二十七日（五月十六日）	粕壁
二十八日（五月十七日）	間々田
二十九日（五月十八日）	鹿沼
四月一日（五月十九日）	日光、仏五左衛門の宿
二日（五月二十日）	玉入
三日（五月二十一日）	余瀬、翠桃宅
四日（五月二十二日）	黒羽、浄法寺図書宅
五日（五月二十三日）	同
六日（五月二十四日）	同
七日（五月二十五日）	同
八日（五月二十六日）	同
九日（五月二十七日）	同
十日（五月二十八日）	同
十一日（五月二十九日）	余瀬、翠桃宅
十二日（五月三十日）	同
十三日（五月三十一日）	同
十四日（六月一日）	同
十五日（六月二日）	黒羽、浄法寺図書宅
十六日（六月三日）	高久
十七日（六月四日）	同
十八日（六月五日）	那須湯本
十九日（六月六日）	同
二十日（六月七日）	旗村
二十一日（六月八日）	矢吹
二十二日（六月九日）	須賀川、等躬宅
二十三日（六月十日）	同
二十四日（六月十一日）	同
二十五日（六月十二日）	同
二十六日（六月十三日）	同
二十七日（六月十四日）	同
二十八日（六月十五日）	同
二十九日（六月十六日）	郡山
五月一日（六月十七日）	福島
二日（六月十八日）	飯坂
三日（六月十九日）	白石
四日（六月二十日）	仙台国分町
五日（六月二十一日）	同
六日（六月二十二日）	同
七日（六月二十三日）	同
八日（六月二十四日）	塩釜
九日（六月二十五日）	松島
十日（六月二十六日）	石巻
十一日（六月二十七日）	登米
十二日（六月二十八日）	一関
十三日（六月二十九日）	同
十四日（六月三十日）	岩手山
十五日（七月一日）	堺田
十六日（七月二日）	同
十七日（七月三日）	尾花沢、清風宅
十八日（七月四日）	尾花沢、養泉寺
十九日（七月五日）	同
二十日（七月六日）	同
二十一日（七月七日）	尾花沢、清風宅
二十二日（七月八日）	尾花沢、養泉寺
二十三日（七月九日）	尾花沢、清風宅
二十四日（七月十日）	尾花沢、養泉寺
二十五日（七月十一日）	同
二十六日（七月十二日）	同
二十七日（七月十三日）	山寺
二十八日（七月十四日）	大石田
二十九日（七月十五日）	同
三十日（七月十六日）	同
六月一日（七月十七日）	新庄
二日（七月十八日）	同
三日（七月十九日）	羽黒山南谷、南谷別院
四日（七月二十日）	同
五日（七月二十一日）	同
六日（七月二十二日）	月山、角兵衛小屋
七日（七月二十三日）	羽黒山南谷、南谷別院
八日（七月二十四日）	同
九日（七月二十五日）	同
十日（七月二十六日）	鶴ヶ岡、長山重行宅
十一日（七月二十七日）	同
十二日（七月二十八日）	同
十三日（七月二十九日）	酒田
十四日（七月三十日）	同
十五日（七月三十一日）	吹浦
十六日（八月一日）	塩越
十七日（八月二日）	同
十八日（八月三日）	酒田
十九日（八月四日）	同
二十日（八月五日）	同
二十一日（八月六日）	同
二十二日（八月七日）	同
二十三日（八月八日）	同
二十四日（八月九日）	同
二十五日（八月十日）	大山
二十六日（八月十一日）	温海
二十七日（八月十二日）	中村
二十八日（八月十三日）	村上
二十九日（八月十四日）	同
七月一日（八月十五日）	築地村
二日（八月十六日）	新潟
三日（八月十七日）	弥彦
四日（八月十八日）	出雲崎
五日（八月十九日）	鉢崎
六日（八月二十日）	今町（直江津）
七日（八月二十一日）	同
八日（八月二十二日）	高田
九日（八月二十三日）	同
十日（八月二十四日）	同
十一日（八月二十五日）	能生
十二日（八月二十六日）	市振
十三日（八月二十七日）	滑川
十四日（八月二十八日）	高岡
十五日（八月二十九日）	金沢
十六日（八月三十日）	同
十七日（八月三十一日）	同
十八日（九月一日）	同
十九日（九月二日）	同
二十日（九月三日）	同
二十一日（九月四日）	同
二十二日（九月五日）	同
二十三日（九月六日）	同
二十四日（九月七日）	小松
二十五日（九月八日）	同
二十六日（九月九日）	同
二十七日（九月十日）	山中
二十八日（九月十一日）	同
二十九日（九月十二日）	同
三十日（九月十三日）	同
八月一日（九月十四日）	同
二日（九月十五日）	同
三日（九月十六日）	同
四日（九月十七日）	同
五日（九月十八日）	小松
六日（九月十九日）	同
八月上旬	大聖寺、全昌寺
八月上旬〜中旬	松岡、天竜寺 福井、等栽宅（二泊）
十四日（九月二十七日）	敦賀
二十一日（十月四日）以前	大垣、如行宅

『芭蕉　おくのほそ道』校注者萩原恭男（岩波書店）による

『おくのほそ道』掲載全句

〈序章〉
草の戸も住替る代ぞひなの家

〈旅立〉
行春や鳥啼魚の目は泪

〈日光〉
あらたうと青葉若葉の日の光
剃捨て黒髪山に衣更　曾良
暫時は滝に籠るや夏の初

〈那須〉
かさねとは八重撫子の名成べし　曾良

〈黒羽〉
夏山に足駄を拝む首途哉

〈雲巌寺〉
木啄も庵はやぶらず夏木立

〈殺生石・遊行柳〉
野を横に馬牽むけよほとゝぎす
田一枚植て立去る柳かな

〈白河の関〉
卯の花をかざしに関の晴着かな　曾良

〈須賀川〉
風流の初やおくの田植うた
世の人の見付ぬ花や軒の栗

〈あさか山・しのぶの里〉
早苗とる手もとや昔しのぶ摺

〈佐藤庄司が旧跡〉
笈も太刀も五月にかざれ帋幟

〈笠島・武隈〉
笠島はいづこさ月のぬかり道
桜より松は二木を三月越シ

〈宮城野〉
あやめ草足に結ん草鞋の緒

〈松島〉
松島や鶴に身をかれほとゝぎす　曾良

〈平泉〉
夏草や兵どもが夢の跡
卯の花に兼房みゆる白毛かな　曾良
五月雨の降のこしてや光堂

〈尿前の関〉
蚤虱馬の尿する枕もと

〈尾花沢〉
涼しさを我宿にしてねまる也

這出よかひやが下のひきの声
まゆはきを俤にして紅粉の花
蚕飼する人は古代のすがた哉　曾良

〈立石寺〉
閑さや岩にしみ入蝉の声

〈最上川〉
五月雨をあつめて早し最上川

〈羽黒・酒田〉
有難や雪をかほらす南谷
涼しさやほの三か月の羽黒山
雲の峰幾つ崩て月の山
語られぬ湯殿にぬらす袂かな
湯殿山銭ふむ道の泪かな　曾良
あつみ山や吹浦かけて夕すゞみ
暑き日を海にいれたり最上川

〈象潟〉
象潟や雨に西施がねぶの花
汐越や鶴はぎぬれて海涼し
象潟や料理何くふ神祭　曾良
蜑の家や戸板を敷て夕涼　みの、国の商人 低耳
波こえぬ契ありてやみさごの巣　曾良

〈越後路・市振〉
文月や六日も常の夜には似ず
荒海や佐渡によこたふ天河
一家に遊女もねたり萩と月

〈那古の浦・金沢〉
わせの香や分入右は有磯海
塚も動け我泣声は秋の風
秋涼し手毎にむけや瓜茄子
あか〳〵と日は難面もあきの風

〈小松〉
しほらしき名や小松吹萩すゝき
むざんやな甲の下のきり〴〵す

〈那谷・山中温泉〉
石山の石より白し秋の風
山中や菊はたおらぬ湯の匂
行〳〵てたふれ伏とも萩の原　曾良
今日よりや書付消さん笠の露

〈全昌寺・汐越松・天竜寺・永平寺〉
終宵秋風聞やうらの山　曾良
庭掃て出ばや寺に散柳
物書て扇引さく余波哉

〈敦賀〉
月清し遊行のもてる砂の上
名月や北国日和定なき

〈種の浜〉
寂しさや須磨にかちたる浜の秋
浪の間や小貝にまじる萩の塵

〈大垣〉
蛤のふたみにわかれ行秋ぞ

主な参考文献

『おくのほそ道の旅』萩原恭男・杉田美登、『芭蕉 おくのほそ道』校注者萩原恭男（以上岩波書店）／『資料 日本文学史 近世篇』青山忠一・萩原恭男・田中伸編（桜楓社）／『図説 江戸6 江戸の旅と交通』竹内誠監修（学習研究社）／『おくのほそ道』久富哲雄（講談社）／『新潮古典アルバム18 松尾芭蕉』（新潮社）／『日本史小百科〈宿場〉』児玉幸多編（東京堂出版）

〈本書は二〇〇六年『図説 地図とあらすじで読む おくのほそ道』として小社よりB5判で刊行されたものに加筆・修正したものです。〉

青春新書
INTELLIGENCE

こころ涌き立つ「知」の冒険

いまを生きる

"青春新書"は昭和三一年に──若い日に常にあなたの心の友として、その糧となり実になる多様な知恵が、生きる指標として勇気と力になり、すぐに役立つ──をモットーに創刊された。

そして昭和三八年、新しい時代の気運の中で、新書"プレイブックス"にその役目のバトンを渡した。「人生を自由自在に活動《プレイ》する」のキャッチコピーのもと──すべてのうっ積を吹きとばし、自由闊達な活動力を培養し、勇気と自信を生み出す最も楽しいシリーズ──となった。

いまや、私たちはバブル経済崩壊後の混沌とした価値観のただ中にいる。その価値観は常に未曾有の変貌を見せ、社会は少子高齢化し、地球規模の環境問題等は解決の兆しを見せない。私たちはあらゆる不安と懐疑に対峙している。

本シリーズ"青春新書インテリジェンス"はまさに、この時代の欲求によってプレイブックスから分化・刊行された。それは即ち、「心の中に自らの青春の輝きを失わない旺盛な知力、活力への欲求」に他ならない。応えるべきキャッチコピーは「こころ涌き立つ"知"の冒険」である。

予測のつかない時代にあって、一人ひとりの足元を照らし出すシリーズでありたいと願う。青春出版社は本年創業五〇周年を迎えた。これはひとえに長年に亘る多くの読者の熱いご支持の賜物である。社員一同深く感謝し、より一層世の中に希望と勇気の明るい光を放つ書籍を出版すべく、鋭意志すものである。

平成一七年

刊行者　小澤源太郎

監修者紹介

萩原恭男〈はぎわら　やすお〉

1934年東京生まれ。早稲田大学第一文学部卒業後、同大大学院文学研究科を経て、1976年より大東文化大学文学部教授に就任。現在は大東文化大学文学部名誉教授。おもな著作に『芭蕉連句集』『芭蕉書簡集』『芭蕉　おくのほそ道』『おくのほそ道の旅』(いずれも岩波書店)がある。

図説《ずせつ》　地図《ちず》とあらすじでわかる！

おくのほそ道《みち》

青春新書
INTELLIGENCE

2013年6月15日　第1刷

監修者　萩《はぎ》原《わら》恭《やす》男《お》

発行者　小澤源太郎

責任編集　株式会社プライム涌光

電話　編集部　03(3203)2850

発行所　東京都新宿区若松町12番1号　〒162-0056　株式会社青春出版社

電話　営業部　03(3207)1916　振替番号　00190-7-98602

印刷・共同印刷　製本・ナショナル製本

ISBN978-4-413-04399-1